청어소설선 ◊ 004

쑥맥들

윤석원 소설집

자아와 세계의 균열이 원환적 고리를 이루면서
하나가 되어 행복한 시대를 펼쳐 보여줄 것이다.
텍스트가 갖는 상징이나 비유를 채워 읽는 것은
독자의 권리이며, 독서의 과정이다.

청어

쑥맥들

윤석원 소설집

작가의 말

세 번째 묶는 단편소설집입니다.
다행이라기보다 어쩐지 부끄럽습니다.
그 알량함을 겨우 유지한 소설가 모습입니다.
능력도 모자라고,
노력도 많이 부족했으며,
거기다 게으르기까지 했습니다.
　여전히 민망한 것은 8년 만에 내놓으면서도 여기에 싣는 여덟 편 소설이 나름의 몫을 다 해주리라는 바람과 기대를 하고 있어서입니다. 당치도 않겠지만 그만큼의 용기가 없었으면 또 올해도 책 내놓기를 포기했을 겁니다. 고맙고 감사하게도 레지던스 프로그램 기회를 얻어 '토지문화관', '부악문원'의 창작실을 이용할 수 있었던 덕분에 이번 소설집이 완성되었고, 또한 이렇게 면목 없음을 대신합니다.

　작품에 관한 변명이나 설명은 불필요하겠지요. 독자의 눈이 더 분명하게 읽어내실 것이니, 판단을 기다리는 수밖에요. '근년에 읽은 소설 가운데 이렇게 풍자성과 골계미를 갖춘 작품을 보지 못했다.'는 어느 평론가의 해설을 다 기대할 수는 없겠지만, 아무쪼록 읽고, 나름의 도움이 되는 무언가를 얻어내시기를 바라는 마음입니다. 뿐만 아니라 워낙에 책을 읽지 않는 시절이어서, 책을 볼 수 없으면 듣기라도 해야 한다는 절실함으로 대신 책을 읽어주는 세상입니다. 어쩐지 쓰는 사람도 읽는 사람도 더 많아졌으면 하는 희망입니다.

딱 하나뿐인 재주가 어쩌다 글쓰기가 되었는지 알 수 없으나, 그 재주를 풀어 먹고 살기는 벌써 물 건넌 듯하나, 그냥 요렇게 명맥을 놓지 말고 더 오래오래 쓸 수 있기를 소망해 봅니다. 그야말로 실속 없는 직업이라고 흉보면서도 그냥 마냥 지켜봐 준 각시가 어쨌든지 고맙고, 이제는 아웅다웅 해봐야 다 소용없을 때가 되었으니 다행입니다. 새로운 것보다는 익숙한 것이 좋고, 즐거움보다는 조용함이, 미움보다는 예쁨이 무작정 좋으니 어쩝니까. 더는 비우고 채울 필요도, 내려놓고 올라갈 이유도 없어졌다는 뜻입니다. 우리는 그저 건강하십시다.

이번에도 동료라는 의무감 덕분에 평론을 책임해 주신 한채화 선생님 고맙고, 청어출판사 노고에 감사하고 또 응원합니다.

2025년 6월 윤성원

차례

작가의 말　6

쑥맥들　12
동상이몽　40
팔랑귀　66
벽, 넘다　94
낯선 외출　118
게걸음　148
중심잡기　174
계영배　202

해설 | 한채화(문학평론가)　228
자아와 세계의 심연

'역사와 전통이 찬란한 룡대龍大중학교'는 그들이 자랑스러워 하는 모교다. 나이도 불문, 때와 장소도 없었다. 묻지도 따지지도 않고 동문 누구나 꼭 그렇게 힘주어 모교를 소개했다. 큰 용과 용대가리 중 뭘 더 선호했는지 아직도 결론에 이르지 못했으나, 하여튼지 자나 깨나 모교를 사랑하는 마음들은 한결같았다. 뭔 허풍이고, 개 뻥이냐 따져도 어림없고 어쩔 수 없다 했다. 언제부터 누가 먼저 그랬는지 알 수도 없었다. 하여간 졸업생 모두는 흑룡이든 백룡이든 청룡이든 승천하는 용처럼 되라는 염원이 그냥저냥 전통으로 전해졌으리라. 덕분인지 이름만으로도 알만한 훌륭하고 또 출중한 선후배들도 다방면에 여럿 있다. 도시의 명문학교들에 비하면 '새 발의 피'겠지만. 아무튼 그들 모교는 잘라도道 목살군郡 심두면面 죽수리里에 있었다. 하지만 현실의 인구 절벽을 일찌감치 극복할 수 없었기에 몇 해 전 폐교가 되었고, 군 소재지 학교로 통합되었다.

오늘 27회 재경모임이 있는 날이다. 한때 육십여 명 넘게 참석하기도 해서 열정이 넘쳤다. 그리고 더 잘나갈 때는 재경 총동문회를 좌지우지할 만큼 힘을 과시했지만 오늘은 스물셋이 모였다. 이만하면 그래도 그 열의가 아직 살아있다는 그들만의 자긍심이요, 증표였다. 몇 놈이 늦게라도 참석한다고 설레발이지만 나타나 봐야 알 일이고. 여자는 달랑 둘 나왔다. 졸업 당시 다섯 학급 중 여학생은 한 반이었다. 지역적 특성도 조금 있었겠고, 복잡한 생각 아니라도 여러 불균형한 모습에서 비롯된 그 시절의 결과물이었으리라. 그래서 그랬는지 여자 동창들 존재감이 덜한 것도 사실이고, 총동문회도 여성 참여는 귀했다.

무엇보다 오늘 참석자가 적은 이유는 그 뜬금없던 코로나19 여파가 크다. 나라 안팎으로 무섭게 감염되고, 사망자가 늘어날 때는 예측이 불가능할 만큼 공포였다. 나라마다 방역에 대한 차이는 있겠지만 현재 우리는 한고비를 넘은 것 같다고 마스크 착용의무를 완화했다. 했는데도 마스크를 쓴 사람이 더 많다는 것은 그 두려움 때문이다. 그리고 나이 탓도 있으리라. 그들 스스로가 '그새'와 '어느새'라는 말을 편안하게 나불대고 있고, 또 그럴 것이 이제는 만 나이를 사용하기로 했어도 어차피 노인으로 포함되었으며, 지하철 무임승차를 하네마네, 노인 나이를 더 올려야 한다는 등등의 중심에 선, 그래 저래 말도 탈도 많은 '58 개띠' 그들이다. 그러거나 말거나 이런저런 사정으로 서둘러 소풍 끝내고 돌아간 놈들도 여럿 있다.

일찍 도착해 몇 순배가 돌았는지 벌써 거나해진 놈들이 저 안쪽에서 이러쿵저러쿵, 떠들썩하다. 내 집처럼 편안하라고, 또 동창들을 위해서 통 크게 저녁 장사도 접었단다. 요강인지 호강인지 모처럼 대접받는 기분, 오랜만일 것이다. 공식적으로 딱 3년을 만나지 못했으니, 그럴 법도 했다. 뿐만 아니라 그들에게 썩 괜찮은 친구였고, 검은 호랑이처럼 살고자 했던, 죽는 날까지 그들의 회장을 할 것 같았던 공달수가 임인년을 다 채우지 못하고 갑자기 죽었던 때문이기도 했다. 그냥 웃자고 했던 말인데, 공교롭게도 달수는 소원대로 죽을 때까지 회장 자리를 지켰던 셈이다.

오늘 급하게 모임을 주선한 이유도 그 빈자리를 채우고자 해서다. 뭐 그리 대단한 직職이라고 이미 두 놈이 물밑작업을 하고 있었다. 달수를 최고라 믿고 의지했으며, 많은 것이 비슷했던 현 총무인 모병식이 벌써부터 회장되겠다고 준비했었다. 그리고 또 한 명. 어느 조직이든 리더가 달수처럼 오래 버티면 문제가 발생하기 마련이라던, 국가공무원을 퇴직한 고복만도 후보로 나왔다. 면 소재지에 살았던 둘은 어려서부터 서로가 못난 놈이라 꼬집고 싸웠으며, 오늘날까지도 들었다 났다 서로를 인정하지 않는 사이다.

드디어 총무가 식당 출입구에서 마이크에 바람을 '후후' 넣었다. 우선 느닷없게 세상을 뜬, 우리들 친구 공달수 회장의 명복을 한 번만 더 빌자며, 술잔을 내밀었다. 얼떨결에 잔을 들었지만 이건 또 뭐지!? 하는 표정들이 많다. 그 막간을 이용해 오늘 논의하고 결정할 용건을 꺼냈다. 그리고 촌놈들이 서울에 올라와 계묘년, 이 봄날까지 무탈하게 살았고, 또 코로나를 잘 견디고 요렇게 참석해줘서 고맙고 감사하단다. '역사와 전통이 찬란한 룡대중학교' 졸업생 우리는 사는 날까지 명문의 자존심을 지키면서 우리들 모임을 더 발전시키잔다. 공감하는 놈도 있고, 서두가 너무 길다 불평하는 놈도 있어서 총무 모병식 사설은 더 진행되지 않았다. 누군가 고복만도 한마디 하라 부추겼다. 기다렸다는 듯, 복만이 일어나 역사와 전통 타령은 그만 우려먹고, 우리도 실속을 차리잔다. 이제부터는 누가 먼저 갈지 모르고, 다음 모임 때 누가 또 빠지게 될지 알 수 없다. 회비도 현실화시키고, 더 자주 만나서 자유롭게 놀아보잔다. 둘 다 옳은 말을 했는데, 벌써부터 병식이 의견에 반대하는 놈도 있고, 복만이 의견을 견제하는 놈도 있다. 지지와 견제만으로도 금세 분위기가 썰렁하다. 애들 장난도 아니고, 그럼 노망 전조증상들인가? 물론 민주국가에서 의견조정이나 타협과 협력은 당연하다고 했다. 막무가내, 고집불통으로 몰아붙이는 게 문제지. 시작부터 놈들의 눈치코치가 뜨거워져 회장선출 끝이 기대되는 바이다. 우연인지 모르겠으나 식탁 한쪽은 병식을, 또 한쪽은 복만을 좋아하는 놈들 끼리끼리 앉아있다. 서로 웃고 떠들고 있지만 속내를 숨기고 있는 꼴들이 꼴같잖게 그럴듯해 보인다. 요즘은 동문회뿐만 아니라 이런저런 모임에서도 감투를 서로 쓰지 않겠다고 난리들인데, 참 별일인 것이다.

　세상살이가 그렇듯, 돌아보면 그 알량하고 말라비틀어진 감투를 두고 늘 지랄방정이었다. 그래서 바뀌고 또 지켜지기도 했듯이, 동창모임을 이만큼 유지할 수 있었고, 더 발전하고 변화도 했을 터였다. 후보자들처럼 적극적인 참여와 경쟁하는 모습과 달리, 중간쯤에 앉은 박봉자와 마순임을 비롯한 몇 놈들은 귀를 봉창했는지 별 반응이 없다. 하지만 늘 중용을 지켜내는 소수의견을 무시할 수 없었다. 당연한 이치였으리라. 술이 더 돌면서 분위기가 시끌벅적해지자, 소리꾼 나창대가 일어났다. 세상사 다 이래저래 굴러가는 것이고, 그 위짝이나 그 밑짝이나 매일반이며, 그 속에서 사는 우리들인데 뭐가 그리도 심난하고 심각하냐며, 손뼉을 짝짝~ 치면서 소리를 내지른다.

"시방부터 쪼까 노라보더라고."
"얼쑤~"
"사는 게 그럽디다야! 사람이 살다봉께 다 그러코 그럽디다.

쩐 있고 빽 있다고 하루 열끼 스므끼 허천나게 퍼묵는 거 아니고, 가방끈 질다고 다 유식헌 말씸허고, 무식허다고 다 쌍소리허는 것도 아니고, 그러케 발버둥 침시로 오살나게 결판지게 징허게 사러봐짜 사람 사는 거, 다 거그서 거그드랑께에."

"잘헌다."

"그러고봉께, 일만원 버는 놈이, 십만원 버는 놈 모르고, 돈 만 원이 제일인 줄 알고 살며는 그놈이 잘사는 거십다야. 이래도저래도 내 꼴리는 대로 안 되는 시상, 그 시상을 원망허고, 그 시상과 대그빡 터지게 싸워봐짜 만만헌 나만 상처받고, 이러케 사나 저러케 사나 도로마이타불! 어쨌다고 그토록 버둥거렸는지 모르것써요. 내 맘 편허고, 남 안 울리고 살며는 그놈이 잘사는 놈이드랑께에."

"얼씨구, 잘허네."

"욕심, 그 욕~심! 그거 쪼까만 버리고 살며는 거그서부터가 행복인디. 뭐시 그러케 부러울 것이 많고, 어째서 그토록 알고 싶은 것도 많으까이. 애간장 터지게. 전생에 뭣을 그리도 잘 묵고 잘 사렀다고 그 지랄이어쓰까? 좋은 음식 많이 처묵었다고 머리빡 좋아지는 거 아니고, 크나큰 방에서 잔다고 좋은 꿈 둘씩 셋씩 꾸는 것도 아니고, 이무기가 용이 되는 것도 아닙디다야. 사람 사러가는 것 거그서 거그고, 남덜도 다 그러케 저러케 살더랑께요."

"절씨구~ 좋아."

"우덜 인생인디! 남 신경쓰다봉께 내 인생이 개 같아집디다야. 똥인지 된장인지도 모르고 살 때, 잘난 사람이 이러타면 이런 줄 알고, 칭구가 저러타면 저런 줄 알고 살 때가 차말로 좋은 때였는디, 시방은 그때가 언제였는지 생각도 못허고 사러가고 있습디다야. 언젠가부터 막걸리도 실허지고 칭구도 실허집디다야. 술이 요만큼 올라오면 이놈 저놈, 썩을 놈 죽일 놈 허면서 마냥 그냥 좋아했는디, 시방은 왜 이따위로 사느냐고, 이따위밖에 못사냐고 찌국짜국 서로를 괴롭힙디다야. 어떠케 살며는 잘사는 건지 아시요? 남 눈에 눈물 흘리게 허면, 내 눈에는 피눈물 난다는 말, 거짓깔 아니더랑께요. 어째꺼나 누구든 더 눈물나게는 허지말더랑께에~"

"얼씨구~ 좋고."

"고개 들어서 하늘 봤던 때가 언젠지도 모르것고, 차말로 기쁘고, 유쾌 상쾌 통쾌해서 웃어본 지가 언젠지, 그런 시절이 있기는 했는지도 궁금해집디다야. 누가 뭔 징하고 숭한 일 있냐고 물어볼 때, 증말로 아무 일도 없었는디, 어깨쭉지가 저절로 추욱 처집디다야. 죄 없는 내 어깨가 대신 죄를 받고 있더랑께요. 알수록 볼수록 복잡해지는 게 시상이었는디, 내 무덤 내가 판다고, 어련히 다 알아지는 시상인디, 미리 알려고 그 지랄방정이었지 뭐여! 제기럴, 내가 만든 시상에 내가 따악 걸려버립디다야. 하여튼간에 알아야 헐 것은 어째 그리도 많은지, 토끼 눈처럼 뻘게지고 눈

탱이 밤탱이 되도록 배우고 익혀가도 어째서 무장 더 모르것는지 말여! 환장허것더라고. 무담시 멜겁시 내 살, 남의 살까지 다 깎어 묵고 사러왔더랑께요."

"지화자~ 좋아."

"하여튼 그럽디다."

"얼~수."

"시상 사는 일, 다 그러코 그럽디다야. 왜 그토록 시간은 없고, 헐 일은 또 지지리도 많었는지, 태어나 살아간다는 것이, 다 죄였다는 걸 뼈마디가 사무치도록 일러주더랑께요. 검사, 형사가 뭐허는 놈인지도 모르고 그냥 마냥 무서워허던 그때가 차라리 행복했습디다야. 우리 어매가 밥 묵고 어여 가자 그러면, 어여가 어딘지도 모름서 맹물에 마른밥, 꿀떡 꿀떡 마구 생키던 그때가 그립디다야. 많이 못 배웠어도 내 헐 말은 다 허고 삽디다. 그러케 잘 묵고 잘 사렀어도 때가 되면 다 죽읍디다. 그러고 사는 것이 사람 사는 거 아니거써요?"

"암, 그러고 말고지. 어절씨구 저절씨구~"

플라톤은 '남자아이는 모든 동물 중에서 가장 다루기 힘들다.' 그랬고, 또 누군가는 '어른은 결코 소년을 이해할 수 없다.'며 본인도 한때 소년이었음에도 불구하고 그랬다. 어쨌거나 천방지축, 질풍노도 시절을 지나온 그들도 자신을 이해하지 못하면서 그때가 그립고 그립다 했다. 그러한 특성은 촌놈들에게 더 유별나고 애틋했다. 왜 그렇게도 그때를 간절하게 그리워하는지 알 수 없으나, 하여간 촌놈들은 잘나나 못나나 고향 '잘라도' 향우회부터 초중고 동창회와 동문회까지 줄기차게도 찾아다녔다. 귀소본능 때문이었을까? 그 단순함만으로 오늘 재경모임을 다 이야기할 수는 없으리라. 그 시절은 다 아픔이고, 다시는 돌이키고 싶지 않은 세월이라면서도 그랬다. 아픔이 클수록, 후회가 많을수록 그때를 더 집착했기 때문이다. 너나없이 늘 춥고 배고팠기에 누가 더 아프고 부족했는지 알 필요는 없었다. 그들 모두가 아이 때도, 소년일 때도 그랬으니까. 입을 줄이기 위해서 초등학교를 다니다 마을을 떠난 친구도 있었고, 중학교와 고등학교를 중퇴하거나 졸업하고 도시로 간 친구들은 당연히 더 많았다. 잘하고 못하는 공부와 관계없이 형편에 따라, 배고파서 못 살겠다고 고향 '목살군'을 떠나서 공돌이와 공순이가 되었을 것이다.

  오랜만에 걸쭉한 사투리가 식당 안을 홀라당 뒤집어놓았다. 모병식을 응원하겠다고 준비한 소리였는데, 모두 다 가슴이 벌떡벌떡 뛰는 모양이다. 남도창은 물론이고 판소리와 육자배기까지 그 가락과 분위기에 촌놈들 몸은 저절로 반응하고 흔들렸다. 너나없이 장단을 맞추고, 추임새로 흥을 돋울 수 있었으니, 다들 고향 덕분에 타고난 소질이었으리라. 그 흥겨움에 술잔은 더 빨리 돌고 돌았다. 귀에 익숙한 고향 사투리지만 서울살이에 도움은커녕 무시당하지 않으려고 맘껏 쓰지 못해서 하나씩 잃어버린 말이었다. 자의든 타의든 잃어버린 것은 소리와 말뿐만 아니었다. 촌놈이라는 이유로 알게 모르게 늘 새가슴으로 살았던 세월도 있었다.

소리와 흥에 취해 있던 친구들 가슴속으로 기필코 공달수가 스며들었던 모양이다. 판소리를 특별나게 좋아했던 것도 있었지만, 달수의 죽음을 친구들 누구도 지켜보지 못한 때문이다. 차라리 코로나19라는 핑계로 그 허망함을 털어낼 수 있으면 하는 바람이었다. 달수는 십년을 넘게 회장을 하고 있었다. 오십 대 초반이던 어느 날부터 본인 목돈으로 운영회비를 만들어놓고 재경모임을 좌지우지하기 시작했다. 총동문회의 크고 작은 행사부터 번개는 물론이고 정규모임 식대와 유흥비까지 손 빠르게 늘 지불했다. 본시 잘 쓰는 놈 앞에서 불만은 많지 않았다. 물론 뒷담화가 없지는 않았겠지만. 하여간 같은 촌놈들이 상경해서 다른 놈들보다 일찍 자리를 잡았고, 중동 붐이 조금씩 주춤하던 때, 주어진 기회를 잘 이용해서 튼튼한 터전을 마련했었고, 퇴직 후에도 대기업 우산 아래서 만사 오케이였다. 하지만 달수 속사정을 속속들이 다 알 수는 없었다. 그리고 가화만사성과는 거리가 먼 삶을 살다간, 그들을 대표하는 '쑥맥'이 아니었을까 싶다.

그러나저러나 회장이 되고 싶다는 모병식을 우선 소개해야겠다. 겨우겨우 중학교를 졸업했고, 언제 어떻게 없어졌는지, 배고프고 힘들다던 고향 '심두면'을 떠났다. 공부가 싫은 이유도 있었다. 공부를 잘하고 못하는 것보다, 느자구가 있고 없거나, 싸가지가 있고 없음이 촌놈들에게는 됨됨이의 표본이었다. 설사 공부를 잘했어도 싸가지가 없으면 방정한 놈은 아니었다. 촌놈들은 무슨 뜻인지도 모르고, 그 싸가지가 '있다'와 '없다'로 해서 본인 의지와는 무관하게 앞날이 점쳐졌던 나쁜 기억을 지울 수 없었다. 그것도 아직 서울구경을 해본 녀석이 몇 되지도 않았을 촌놈들한테 말이다. 서울에 동대문[興仁之門], 서대문[敦義門], 남대문[崇禮門], 북문[弘智門] 그 중심에 보신각(普信閣)이 있다는 것을 아는 녀석은 공부를 좀 했을 터였고, 한양도성을 오상五常에 기초하여 '인 의 예 지 신'으로 사람이 갖춰야 할 다섯 가지 기본 덕목이라는 뜻을 아는 녀석은 결코 없었을 것이다. 그리고 보신각종이 4대문 중심에서 울리는 것은 '인 의 예 지'를 갖추어야 사람을 신뢰할 수 있다는 유교적인 철학까지, 그야말로 꿈속에서도 생각해 본 적이 없었을 녀석들인데, 이 사四가지, '인의예지'가 없는 사람을 사가지(싸가지) 없는 놈이라 했다는 것이다. 이토록 뜻깊은 역사를 더군다나 촌놈들이 어찌 꿈이라도 꿔볼 생각을 했겠는가 말이다.

　어른들 눈에 병식은 일찍부터 불량소년이었다. 얼마나 싸가지 없고 불량했는지는 아는 놈도 있고 모르는 놈도 있었다. 고향을 떠난 후 어디서 어떻게 살았는지 관심도 없었고, 보이지 않으니

까맣게 잊고 살았다. 사십 대 초반, 느닷없이 그들 모임에 나타난 병식은 신수가 훤해 보였다. 건설업을 시작해서 그야말로 에스컬레이터를 탄 것처럼 일이 잘 풀렸단다. 서울 변두리 허름한 집을 사, 빌라를 어렵게 완공했는데, 거짓말처럼 어렵지 않게 완판 분양이 되더란다. 그것을 발판으로, 해가 더할수록 규모가 커졌고, 그 시절에 벌써 '빌라왕'으로 통했을 만큼 급성장했다. '빌라왕'들 수법이 그때와 지금 어떤 차이냐고 묻자, 그때는 집값이 '폭등이'와 '폭락이'처럼 오락가락하지 않았고, 또 양심이라는 것이 있었으며, 지금처럼 흥청망청할 수도 없었단다. 일테면 근본이 다르다는 뜻인데, 공감하는 친구는 많지 않은 듯했다. 밑지고 장사하는 놈 없다는 반응. 어쨌거나 거기까지 오는데, 그 만고풍상을 생각하면 기가 막힌단다. 왜 아니었겠는가! 촌놈이 꿈 찾아 야반도주를 했었는데 말이다.

그 싸가지 때문에 도착한 곳이 서울역이었다. 청계천과 창신동에서 재봉과 재단을 영혼이 빠지도록 배우다 몸과 마음이 거부해 뛰쳐나왔다. 동대문 근처를 돌면서 야바위꾼들 바람잡이와 오사리잡놈 짓거리는 육신이 성할 날이 없어 제명대로 못 살 것 같았다. 하여간 날삯꾼이나 달삯꾼이나 거기서 거기였다. 하늘은 점점 먹구름으로 가득해졌다. 그래도 고향으로는 돌아갈 수 없었다. 비록 싸가지 없는 놈이었을지라도 가난이 죄였다는데, 그런 부모를 원망하고 싶지 않더란다. 스물두 살 설날, 4대문 안을 벗어나고자 무작정 버스를 탔다. 동쪽으로 가던 버스는 천호대교를 넘고 하남을 지나고 광주를 지나서 후미진 종점에 도착했다. 죽이라도 먹을 요량으로 떠나온 고향 '죽수리'와 다를 바 없는 동네였다. 많은 것이 부족했기에 그동안 잔머리만 늘었고, 그 잔꾀에 스스로가 깨지고 넘어지는 악순환이었다. 이제 온몸으로 살아야겠다는 다짐으로 들어선 곳이 벽돌공장. 아무런 생각 없이 무작정 일만 했단다. 젊음 때문에 사는 것이 불편하다면 차라리 그것을 포기할 작정이었다. 역시 비워야 채울 수 있고, 포기해야 또 얻을 수 있더라고, 몸은 고단했지만 마음이 편해졌다. 이런저런 인연으로, 그야말로 바닥부터 시작한 건설업이었다. 친구 따라 물 건너다가는 물에 빠져 죽는다는데, 그렇지도 않았다. 중동뿐만 아니라 국내에서도 굴지의 토목공사를 담당했던 친구 공달수 도움은 디딤돌이 되었다.

특히 판단과 안목, 추진력과 배포를 잊을 수 없단다. 물론 본인 스스로도 열심히 살았다 자부하고 있는 병식이다. 아이들도 스스로가 잘 해냈겠지만 두 아들은 의사와 변호사가 되었고, 딸은 미국 명문대 교수가 되었으니 징그럽게도 공부가 싫었다던 병식의 재주를 인정할 수밖에. 그리고 시작은 어려웠으나 병식의 마무리는 남달랐다. 중소기업으로 성장해서 한참 더 벌어도 괜찮은 때였는데, '룡대건설'을 과감하게 정리했다. 또 무모하다는 데도 사회복지법인, '룡대복지재단'을 설립해 서울특별시에 기부채납을 했다. 충분히 받았고 누릴 만큼 누리고 살면서도 두 아들이 부모 재산을 두고 옥신각신하는 꼴을 더 용서할 수 없었단다. 세상이 아무리 달라졌을지라도 아닌 것은 아니었다. 죽었으면 죽었지 부모 탓을 할 수 없었던 병식은 그렇게 현직에서 물러났다. 오늘 그들이 모인 '룡대식당'은 노후를 건강하게 보내자면서 모병식 부부가 힘쓰고 있는 곳이다. 그런데 친구들 눈에도 부부 모습이 '쑥맥'처럼 보인다는데, 더 두고 볼 일이다.

"인자부터는 탈탈 다 털어버리고 놀아 보자고이."
"좋지~"
"우리 인생, 하늘땅도 아니고 희극비극도 아니었다네! 우리가 산다는 것은 그 어떤 이유도 필요가 없었는디, 세상이 우리에게 알려준 것은 돈과 명예였고, 세월이 우리에게 물려준 것은 정직과 감사였다네. 이리저리 불지 않으면 바람이 아니고, 요래조래 늙지 않으면 사람이 아니며, 저만큼 이만큼 가지 않으면 세월이 아닐 것이네. 이 세상엔 그 어떤 것도 유한하거나 무한하지 않았고, 저 구름 속으로 아득히 흘러간 우리덜 젊음도 그저 통속적인 세월의 한 장면이었다네. 안 그러든가?"
"아따, 옳은 말이여. 근디 너머 유식헌 말 쓰는디."
"알고는 있는가? 시방 우리가 어디까지 얼마만큼 와부렀는지."
"그래, 쭈욱 더 가보더라고~"

"인자는 짜글짜글해진 눈가 주름살도 더 친숙해졌것지? 잡아야 헐 것과 놓아야 헐 것도 다 보았을 테고, 눈으로 보는 것뿐만 아니라 가슴으로도 삶을 느꼈을 것이며, 내 앞날과 소망보다는 새끼들 장래와 희망을 더 걱정했을 것이네. 뿐이것는가! 여자는 남자가 되고, 남자는 여자가 되어가는 때라는 거. 밖에 있었던 신랑은 안으로 들어오고, 안에 있었던 각시는 밖으로 나가고. 나이를 보태기보다, 한살이라도 더 빼고 싶었던 거. 여지껏 마누라 이겨 먹고 억지로 살았지만, 시방부터는 마누라한테 꼼짝 못하고 살아야한다는 거. 뜨거운 여름에도 가슴에 한기가 느껴지고. 들판에서 불어오는 실바람에도 철딱서니 없게 눈시울이 붉어지고. 많은 것을 가진 것처럼 보이나, 가슴속은 텅 비어가는 나이만큼을 살았다 그 말이네. 시방 우리덜이!"

"어째야쓰고, 서러워서~"

"세상은 그러더랑께에."

"아이고, 또 뭐시?"

"세상에는 온통 엄마만 있고, 아부지는 없드랑께! 자식새끼덜은 다 세상에서 우리 엄마만큼 고생헌 사람이 없다며, 우리 엄마, 우리 어매 허드라고. 그 잘난 아부지 당신은 어디서 무얼허셨습디까? 아부지라는 이름으로 사느라 집안 울타리와 기둥이었고, 새벽같이 나가 더우나 추우나, 비가 오나 눈이 오나 바람이 부나 아부지로 사느라, 윗사람 눈치 보며, 아랫사람한테 떠밀리면서,

자나 깨나 마누라와 새끼덜 먹이고 입히고 공부시키느라 그 몸을 바치지 않았쓰까요? 식구덜 입에 밥 들어가는 것이 마냥 흐뭇허고, 마누라 곱게 치장시키는 재미에, 내 몸 부서지는 것도 모르고 일만허며 살아오지 않았쓰까요? 옛날엔 그래도 월급날 봉투라도 척 내밀며, 마누라 앞에 개폼이라도 잡으며 위세를 떨었지만, 그마저도 통장으로 싸그리 입금되고, 죽자사자 일만 했지 돈은 구경도 못해 보고, 마누라한테 받은 용돈이 부족해서 애교떨며 사정허지 않았쓰까요? 어디 그뿐이거써. 세탁기에 밸밸밸 꼬인 빨래 꺼내, 탈탈탈 털어서 널고. 청소기 돌리는 일도. 분리수거 허는 날 맞춰 쓰레기 버리는 것도. 강아지 밥 주고 목욕시키는 것까지, 다 당신의 몫이었지요이?"

"시방 안 그런 놈도 있당가?"

"이 세상 아부지들 참 불쌍허드랑께에."

"하이고, 또 으째서?"

"결혼허고 본인을 위해선 돈과 시간도, 사랑과 명예도, 취미와 건강에도 투자한 적이 없었을 거시여. 마누라처럼 화장허는 것도 아니고, 철따라 옷 사 입는 것도 아니고, 오로지 죽어라 일터만 댕겼을 거시여. 그러다 어느 날 정년퇴직허고 집만 지키는 똥강아지가 되았을 거시고. 마누라는 당신을 삼식이라 잔소리허고, 새끼덜은 엄마 심들게 허지 말고 여행도 다니라 그러지만, 나가면 그 알량한 돈 쏠까 봐 그저 집이나 동네에서 맴도는 당신이것지요? 여행도 노는 것도 젊어서 해봤어야지, 빌어먹을! 집나와 봐야 갈 곳도 없어서 공원만 어슬렁거리드랑께는. 차라리 마누라 눈칫밥 묵고, 집에 들어앉아 있는 게 그나마 마음이라도 편타 그러더랑께요. 차말로 지랄허고 자빠진 꼴이지! 아무리, 이 세상 흐름이라지만 마음이 참 아픕디다야."

"아이 쓰벌! 눈물난께, 인자 고만 허드라고이."

'역사와 전통이 찬란한 룡대중학교' 졸업생들답게 역시 소리는 신명이 났다. 재경모임 회장을 하겠다는 고복만을 응원한다고 남봉팔이가 걸쭉하고 구성지게 뽑았다. 고수를 자청한 이칠복의 장단과 추임새 또한 산드러졌다. 숟가락이 북채를 대신하고 탁자와 양재기가 북 소리를 내고 있었지만 그것으로도 충분했다. 한마디로 기가 막혔다. 국악 한마당을 펼쳐놓은 듯, 흥과 장단에 익숙한 촌놈들이라 잘들 놀았다. 용머리를 꿈꾸다 뜻을 이루지 못한 공달수를 더 생각나게 했다. 그러게 죽은 놈만 불쌍한 것인가? '개똥밭에 굴러도 이승이 낫다.'는데, 왜 죽었느냐 물을 수도 없었다. 신명이 났다가 구슬프기도 한 가락과 이야기가 그들을 더 낭창거리고 울렁거리게 했다. 깽깽이나 빨깽이를 탓할 것 없이 '잘라도' 촌놈들 열에 여덟이나 아홉은 고향을 떠나 살아야 했었다. 촌놈들은 이유와 원인을 터득하기 전에 관습처럼 고향을 떠났다. 먹고살기 위해서건, 바르게 살기 위해서라도 그래야 했었다. 때문에 그들은 가락이나 소리에 스스로가 찰랑대고 낭창거려야 타향에서 그나마 견디고 견뎌낼 수 있었으리라.

말 그대로 촌놈인데 촌놈 같지 않았던 고복만은 반듯했다. 한마디로 품행이 방정하고 느자구와 싸가지도 있었다. 물론 일찍부터 싹수가 노랗던 놈들도 있었지만, 대개는 환경도 공부도 비슷한 '그 나물에 그 밥'이었다. 그 시절 촌놈들에게 가장 무난한 진로는 '룡대고등학교'를 거쳐 도청소재지 국립대학이나 사관학교를 선택하는 것이 유행이었다.

복만은 일찍이 육군사관학교를 목표로 하고 있었다. 하지만 신원조회를 통과하지 못해 뜻을 이루지 못했다. 육이오 때 할아버지가 인민군에 끌려간 이유였다는데, 그 이상은 부모에게 물을 수가 없었단다. 끌려갔는지 자진해 올라갔는지 누구도 알 수 없었지만 그 후폭풍은 두고두고 감당할 수 없는 불씨였다. 집안 형편이 어려운 탓에 더 아쉬웠지만, 다행히 장학금으로 '잘라'대학교 법과대학에 입학했다. 개천의 용을 기대했고, 신분상승을 위한 디딤돌이라 생각했다. 촌놈들 처지는 또한 비슷해서 본인이 갈 길은 스스로가 정해 개척해야 했었다. 해서 시행착오도 그만큼 많았으리라. 또 한편으로 시절이 그랬던 것처럼 대학 캠퍼스는 민주화가 만발해서 다른 무엇도 눈에 보이지 않았다. 나창대처럼 애당초에 투사가 되었더라면 하는 유혹을 결국은 넘지 못하고, 말석으로 그 대열에 참여했던 복만은 어쨌거나 혹독했던 처벌과정을 온몸으로 이겨내야 했다. 결국 대학졸업도 할 수 없었다. 그러나 다행인 것은 운 좋게도 그 불굴의 정신까지는 망가지지 않았다. 한마디로 '또라이'는 면할 수 있었다는 뜻이다. 그러했던 사이에 부모님은 그 한을 다 풀어내지 못하고 돌아가셨다. 투사도 아니었고 더는 투사가 될 수도 없었다. 때문에 복만은 못나고도 못나서 친구들보다 더 늦게 고향 '잘라도'를 떠났다.

역시 고복만도 그 싸가지 덕분에 맨몸으로 서울에 도착했다. 살기 위해 몸으로 때우고 오롯이 혼자 견뎌낼 수밖에 없었던 세월이었다. 독서실에서 자고 먹고 일하면서 다시 공부를 시작했다. 믿을 것은 오로지 실력이고 노력뿐이었다. 그러기 위해 지독하게 준비했고, 기대 이상으로 성적도 잘 나왔다. 욕심이 과했던지 무엇보다 검사가 빨리 되고 싶었다. 하지만 면접과정에 거푸 실패하면서 그 시절에 넘을 수 없는 벽을 또 발견한 것이다. 이번엔 연좌제가 아닌 공안사범의 시위전력이 그 문을 열 수 없게 했다. 난장판인지 장난판인지도 알 수 없고, 실력과 노력으로도 안 되는 세상! 복만은 또 앞이 캄캄했다. 때문에 죽을 수도 없는 법, 살아야 했다. 해서 방위병으로 병역의무를 다했고, 그때 그 문은 열어주지 않았지만 세상이 변했으니 다른 문이라도 두드리고 싶었다.

그렇게 검찰직 7급 시험을 통과해서 내내 검찰청에 있다 퇴직을 했었다. 할아버지가 억울한 누명에서 벗어나는 순간만을 기다렸던 것처럼. 고복만은 늘 그랬다. '인간사 별거 아니라'고. 뿐만 아니라 퇴직사로 이런 말도 했었다. '세상 사람들은 나에 대해 아무런 관심이 없다. 그러게 남의 눈에 비친 내 모습을 걱정하면서 살 필요도 없다. 내가 이 세상 모든 사람을 좋아하지 않는데, 모두가 나를 좋아해 줄 필요도 없다. 누군가 나를 싫어한다면 그냥 세상 이치리라 생각하라. 사람은 누구나 자기중심의 관점에서 벗어나기 어렵다. 그래서 내가 정말로 하고 싶은 것을 하며 살아야 한다. 그리고 내가 먼저 행복해야 세상도 행복할 것이고, 또 내가 세상을 행복하게 만들 수도 있다.' 하지만 복만은 정작 그렇게 살지 못했다. 여태껏 결혼도 하지 못했고, 식구나 가족도 없었다. 그랬는데 사는 동안 볼 수 없었던 것들이, 너무 아쉽고 너무나 아프게도 퇴직할 때가 되어 비로소 보이더란다. 그래 저래 고복만 역시 '쑥맥'인 셈이었다.

"나도 한마디 해부러야쓰것다. 얼쑤~"
"절쑤~ 그러더라고."
"시방봉께는 저놈덜 꼬락서니가 콩허고 보리도 분간 못허는 쑥맥 같애서 허는 말이랑께. 빌어먹을! 여그저그서 저놈덜이 분간을 못허고 살았든 세상이 어찌 콩허고 보리뿐이것냐고?"
"그야 많었것지. 두말허면 잔소리여."
"세상만사! 상식과 비정상을, 옳고 그름을, 칭찬과 쌍욕을, 긴

것과 짧은 것을 구별허지 못헌게 더 문제여. 그래서 저 해를 달이라 허고, 저 달을 해라고 허면, 낮과 밤이 바뀌는 불상사가 펼쳐지게 될 것 아니것냐고? 그러면 또 이성이 침묵허고, 양심이 마비되고, 거짓이 참이 되며, 변명이 사과로 받아들여지는 개만도 못헌 개망나니 새끼덜 쑥맥시대가 된다, 그 말 아니것능가?"

"암, 그럴거시여!"

"그래서 말이랑께. 쑥맥시대의 난맥상은 그 어떤 혼란보다 폐해가 큰 것이여. 상식은 몰락허고, 비정상이 정상으로 둔갑허는 도술이 최고가 되더랑께는. 그놈에 도술을 부리며, 세상 사람을 홀리는 도사들이 쑥맥시대에 주류가 되것지. 저것들은 사람들 정신을 마비시키고, 주머니를 털고, 판단력과 분별력을 잃은 정신이 빠진 쑥맥들을 꼬드겨, 감언이설로 사람들을 부추겨서 지들 뱃속만 채우게 되것지. 벌써 정신이 나간 쑥맥들은 이리저리 몰려다니며, 도사들 구호에 맞춰 절규허며 탱큐허고, 개 거품을 물고, 가짜뉴스를 쏟아내것지. 이념이 사람을 잡아먹고, 관념이 현실을 가리고 엎어버려 쑥맥의 난이 펼쳐지는 거 아니것능가? 그런 나라 꼴은 또 어쩌것냐고!"

"그런디, 시방 어째야쓰까!"

"어절씨구, 여그 이 콧딱지만헌 회장뽑음서도 바야흐로 쑥맥의 난에 이르고 있으며, 쑥과 맥을 분별해야 할 언론과 권력기관은 쑥맥시대에 기름을 부어 불 지르고, 개 거시기 같은 권력은 그 위에서 눈치껏 난세를 즐기고 있는데, 콩과 보리도 제대로 구별허지 못허는 쑥맥의 세상을 쥐죽은 듯 말없이 살기는 너무나도 심들고 폭폭헌 일 아니것능가? 절로 터진 입인께 말해보더라고."

"올커니, 다 지당허신 말씀이랑께!"

"쑥맥들아, 인자부터는 씨잘데기없는 짓거리 고만 허드라고이. 괜찮은지 편찮은지도 더는 따지지 말랑께. 너와 나 말고 우리가 좋고, 좌도 우도 말고 다 함께 가면 우리나라 좋은 나라, 대~한민국이여. 그렁께, 우리 쑥맥들은 여그까지여. 화무십일홍일 것인디, 우리도 빨리빨리 자식덜 결혼시켜서 손주덜 손잡고 봄나들이나 가더라고. 그렁께야, 시방부터 우리덜 회장과 총무는 가시나덜이 접수헐란다. 특히 병식이, 복만이는 잘 알아들었것제이."

"아따, 잘헌다 고거시 최고여."

쿵타당 쿵~

내내 신바람을 낸 고수의 북채가 휘~ 공중을 돌아 내려왔다. 그리고 북소리 끝은 야무지고 간결했다. 또 한바탕 뒤집어지고 말았다. 식탁 중앙에서 조용히 지켜보고 있던 박봉자가 느닷없이 일어나 내지른 소리였다. 평소 가문의 영광처럼 아끼던 십팔번 '진도아리랑'을 기막히게 뽑아낼 줄 알았는데, 아니었다. '쑥맥' 같은 사람들에게 할 말이 많았던 모양이다. 못할 이유도 없었으리라. 몸에 익숙한 가락과 정감이 넘치는 가사가 더 구성지고, 어깨

춤도 절로절로 추게 했다. 장단이 착착 들어맞고, 구구절절이 옳은 소리를 멋들어지게 풀어냈다. 또한 이 대명천지에 '쑥맥의 난'까지 끄집어내 떠들고 있는 것도 그렇고, 베이비부머들이 이 현실에서 인구절벽과 인구 쇼크를 걱정하고 있으니, 이런 아이러니도 없다. 그런저런 간절함을 가슴속에 품고 있었으니, 미치고 환장할 판이었으리라. 더도 덜도 말고, 그들의 회장으로는 '딱'이었다. 먼저 그 가시나덜처럼 무능하거나 사기는 더 치지 않겠다기에 일사천리, 만장일치로 회장 박봉자, 총무 마순임을 추대했다.

동문회장이 된 봉자는 초등학교 교장으로 퇴직한 할머니다. 따지고 자시고 할 것도 없이 그들 대부분은 조부모가 되고도 넘칠 나이들이다. 했지만 어찌된 영문인지 자식들 대개가 결혼을 마다거나 미루고 있어서 속을 태우는 중이다. 대한민국은 올해 군사력, 경제력, 외교력 등을 합산해 평가하는 '세계에서 가장 강력한 국가' 6위에 올랐다는 US뉴스앤드월드리포트 발표가 무색할 만큼 결혼과 출산은 바닥 수준이다. 빈부의 문제와 세대의 갈등도 크게 한몫을 했다. 그리고 무엇보다 결혼을 지옥처럼 생각하는 요즘 세태가 두 몫을 했다. 그 이유와 원인은 수없이 많으리라.

어찌됐든 좋아진 환경에서 잘 먹고 입고, 잘 살았던 자식들인데도 그 모양들이어서 촌놈들은 할 말이 더 없다. 그런데 봉자는 딸 하나 딱 있었고, 때맞춰 딱 결혼도 하고, 손녀 하나를 딱 두었으니 만사형통일 터. 해서 세상 바라보는 눈이 남다르리라 생각했는데, 역시나 매일반이었다. 하기는 열심히 벌어서 잘나가는 남편 만들어보고자, 뒷바라지하기 바빴을 것이다. 어쩌다가 구의원을 했던 인연으로 정치바람에 휩쓸려 시의원 한번, 국회의원 두 번을 내리 실패했으니, 그 바람은 약속도 아니고 야속하기만 했고, 그 속이야 짐작하고도 남았다. 그러게 세상살이가 다 탄탄대로고 말랑말랑했으면 누군들 불만이고 불평이겠는가? 피눈물을 쏟아내야 했던 민주화의 여정부터 눈물바다를 수없이 구경해야만 했던 이산가족 찾기며, 어쩔 수 없었다던 IMF와 느닷없는 촛불과 태극기가 물결치더니, 어처구니가 없는 코로나19까지 밑거름도 써보고 웃거름도 쓰면서 견딘 세월이었다. '미스고'도 아니고 '쓰리고'(고물가, 고금리, 고환율)시대에 메어치나 재껴치나 다 죽겠다 설레발이고, 공공요금 때문에도 신세가 폭폭 해져버린 세상이라고 다 아우성인데, 봉자라고 그냥저냥 진드근할 수는 없었으리라. 세상 뭐있어! 그만저만하고, 지금 이 순간, 살아있으면 그만인 것 아니겠는가?

총무가 된 순임은 무던히도 어렵고, 어렵게 검사가 된 아들을 믿고 가장 늦게 상경한 아줌마다. 조금 더 친하게 지낸 놈들은 '돌싱'이라 놀렸다. 하지만 살아온 삶을 생각하면 청상과부가 맞는 표현이다. 본인 스스로도 그랬다. 남편 복이 없으면 돈복이라도 있어야 했다고. 지지리도 복이 없었던지 남들은 인복도 일복도 만복도 행복도 흔하고 많은데, 어찌된 사주팔자가 박복뿐이냐고! 그랬지만 아들 복이라도 챙겨야 해서 죽자 살자 매달렸다. '호랭이도 과부 외아들이라면 물고가다가도 놓고 간다.'고 다행인지 불행인지 아들은 무던하게 성장했단다. 또 고맙게도 아버지 빈자리를 원통하고 절통하게 탓하지도 않았다. 하지만 순임의 주변에는 '과붓집 수탉 같다.'고 무시하고 깔보는 인간들이 많았다. 말 많은 세상, 그러거나 말거나 했단다. 때문에 전통시장 구석에서 억척으로 국수집을 했고, 그것으로 아들 뒷바라지를 해야 해서 고단하고 한탄할 틈도 없었다. 누군들 그만큼의 아픔을 맛보지 않고 살 수 있었을까? 싶다가도 솔직히 팔자타령도 징그럽게 많이 했었다. 끝까지 모르는 게 사람 일이라 하지 않던가. 그러면서 이럭저럭 애타게 살았더니 오늘이 왔단다.

솔직히 서울 사람 될 줄은 꿈에도 몰랐는데, 거두절미 아들 덕분이란다. 또 있다. 하나뿐인 아들이 엄마 호강시켜준다고 결혼도 하지 않겠단다. 딸 같은 며느리는 세상에 없다면서 애당초 포기했다는데, 똑똑함인지 반편이 짓인지 도대체 알 수가 없어서 이제는 생병이 날 지경이라고. 뿐만 아니라 진즉에 알아서 하나뿐인 새끼들을 묶어주고 봉자와 순임이 서로 안사돈 됐으면 오사바사 얼마나 좋았겠느냐고, 그 언제가 처음 만나서 펄펄 뛰며 한탄을 했었다. 그러게 세상살이가 술 마시듯 그렇게 술술 잘 넘어가고, 술술 잘 풀리면 어쨌다고 싸움질이겠는가? 당신과 우리가 그렇고 동과 서, 남과 북, 모두가 말이다.

폐일언하고 한가락 뽑아보겠단다. 마순임은 교가를 대신해 '각설이타령'을 부르기 시작했다. '각설이'는 미개한 민중들에게 세상 이치를 알려준다는 뜻인데, '쑥맥'의 세상을 사는 그들에게 이제부터 구곡간장이 녹아내릴 판이다. 이쪽저쪽에 앉아있던 놈들이 옷을 뒤집어 입고, 모자를 눌러쓰고, 바지춤을 움켜잡고 하나둘씩 각설이가 되어 나섰다. 한바탕도 좋고, 두 마당은 더 좋고, 세 바닥은 뒤집어지게 또 좋았다. 어디서 주워 담은 이야기들인지 모르지만 다 바른 말이고, 옳은 소리였다. 자신들 처지와 현실을 판소리로 내지르고 창으로 쏟아낼 수 있는 촌놈들은, '역사와 전통이 찬란한 룡대중학교' 졸업생들이다.

"얼~ 씨구씨구 들어간다. 저얼~"

---

* 숙맥을 '쑥맥'으로 표기한 것은 버릇처럼 입에 더 붙는 느낌이고, 정서적 익숙함 때문임.

** 판소리 형식을 모방한 내용들은 SNS에 떠도는 이야기를 인용해 소재로 변형함.

관광 이틀째 날 아침이다.

천사(1004)동 부부는 오늘도 경쾌하다. 커플룩 차림이 요란스럽고, 보란 듯 색상도 화려하다. 명품은 아니지만 괜찮은 아웃도어로 잘 어울린다. 그래서 그런지 몸매도 살아 보인다. 놓치면 큰일 날까, 고목에 매미처럼 착 붙어 다닌다. 금슬 좋은 부부들 원단 같다가도, 또 불륜으로 오해받기 딱 좋은 그림도 있다. 뭔 꿍꿍이가 있는 것처럼 아슬아슬하고 수선스럽기 때문. 첫날부터 눈에 확 띄는 행색에다 움직임도 날렵했다. 대부분은 약속시간보다 일찍 호텔로비에 나와 관광일정을 기다리고 있었다. 물론 일정표도 미리 받았고, 가이드가 다 알아서 하는 패키지관광이다. 그럼에도 일행들이 다 기다리고 있는데, 미안해하는 모습도 아닌 천연덕스러운 표정으로 캐리어를 밀면서 다가와 "우리가 쪼금 늦었나요." 했다.

일행 중에는 천구(1009)동 부부도 있다. 무리에서 표 낼 이유도 없고, 낼 마음도 없어 보이는 부부다. 한 걸음씩 앞서거나 뒤서는 모습인데도, 차분하고 단정하며, 표정은 부드럽고 우아하다. 그런데도 분위기는 어둡고 어색하다. 어쩐지 좀 다가서기가 부담도 된다. 같은 아파트 단지에 살고 있어서 여자들은 가끔 인사도 나눈 사이다. 아이들 초등학교 입학 때 만났고, 본인들도 벌써 오십을 막 넘겼으니 역사가 깊다면 깊다. 그렇다고 썩 살가운 사이는 아니다. 생활방식도 처지도 달라서 속마음을 꺼낼 기회는 없었다. 하여튼 공항출국장에서 우연히 만났고, '나트랑-달랏' 목적지도 같았다. 홈쇼핑에서 핫한 상품으로 떠올라 낚인 경우였다. 그러니까 여자들 덕분에 남자들은 끌려 나왔고, 일면식도 없던 남자들은 그렇게 통성명을 한 사이다. 물론 관광목적은 집마다 다를 터였다. 채신머리없어 보이지만 서글서글하고 능청스럽고 장난기가 넘치는 천사동 남자는 마냥 즐거운데, 점잖고 반듯하지만 거만하고 좀 까칠해 보이는 천구동 남자는 가타부타 변화도 표정도 없다.

오전은 나트랑(현지인은 '나짱'이라 함) 일정으로 머드온천과 마사지가 잡혀 있어서 수월하단다. 거대한 와불상이 있고, 언덕 꼭대기에 고타마 붓다의 좌불상이 있는 사원 롱손사와 고대 참파왕국의 유적지 포나가르사원 그리고 여유가 되면 돌로 지어진 나트랑대성당을 돌아본 후 달랏시로 3시간 30분가량을 버스로 이동할 거란다. 밤늦게 인천공항을 출발해서 한밤중에 호텔에 도착했고, 잠을 잤는지 말았는지 개운하지도 않았다. 억지로라도 좀 먹어둘 요량으로 식당에 내려왔지만 입맛은 없었다. 그래도 만만한 커피 한잔에 바게트 한 쪼가리로 때웠다. 좁은 비행기 안에서 몸살 했었던 잔상으로 아직도 귀가 윙윙거리고, 다리도 후들거려서 멍한 모습들이다. 베트남 생활 6년 차 한국인 가이드가 열심히 뭐라 떠들지만 이십여 명이 넘는 일행 대부분은 별 반응도 없다. 가이드도 그 마음들 다 안다는 듯 개의치 않았고, 차는 이동하기 시작했다. 리무진 버스라서 현지인 가이드를 포함해도 좌석은 여유가 있다. 앞쪽에 가족으로 보이는 칠팔 명과 젊은 커플 두 팀을 포함해 자매랑 친구랑 팀이 뒤쪽 좌석을 차지했고, 자연스럽게 중년으로 구별된 천사동과 천구동 부부가 중간에 앉았다. 두 남자는 오른쪽과 왼쪽 창가를, 두 여자는 남자들 뒤쪽으로 한 좌석에 앉았다. 천사동 여자가 남편을 눈으로 가리키고는 조용히 입을 연다.

"저 인간, 어쩌나 껄떡거리는지 우린 잠도 못 자고, 아침도 못 먹었어요. 그거! 하느라고. 그 밤중에 팩 소주 하나씩 마셨는데, 발동이 걸리더라고요. 그래도 오성급 호텔이라고 기분도 새롭고 분위기도 뭐해서, 그냥 다 벗어버렸거든요."

"그거, 지금도 재밌어요?"

"저 인간이 워낙 좋아하거든요. 나도 싫지는 않고."

너무도 쿨하고 편하게 표현하는 천사동 덕분에, 천구동 여자는 얼결에 '재밌냐'고 반응했던 자신이 의아했다. '그거' 하느라 아침도 못 먹었다는 말을 처음엔 무심코 지나쳤다. 그러니까 '그거' 하다가 미팅시간에 늦었다는 뜻으로 연결이 되자, 갑자기 본인 처지가 처량해졌다. 아침까지 잠을 못 자기는 자신도 마찬가지. 몇 해 전 동유럽여행을 다녀오면서 다시는 남편과 함께 가지 않으리라 다짐했었다. 열이틀을 돌아다니면서 입 한번 맞대지 않았고, 숨넘어갈 만큼을 바라지도 않았지만, 손도 못 잡고 잠만 처쟀던 서운함 때문. 했는데 또 나선 관광이었다. 천구동 여자는 삶이 더 무의미해지기 전에 부부 사이가 개선의 여지가 있는지 없는지 느끼고 싶었다. 첫날이라 기대도 하지 않았지만 역시나 남편은 바쁘게 샤워를 끝내고 잠자리에 들었고, 일어나는 순간까지 심하게 코골이를 했다. 한밤중이고 피곤했을 터, 이해할 수 있었다. 그런데 천사동 부부는 그 토막 밤을 내내 뜨겁고 열나게, 그리고 숨 막히게 흥분되는 기분을 아침까지도 다 주체하지 못했다는 거였다.

"…나짱에서 가장 오래된 롱손사에 도착했습니다."

날씨가 더우니 차량 냉장고에서 물병 하나씩 챙겨 내리라고 가이드가 당부했다. 버스에서 내리는 순간 여기가 더운 나라임을 실감했다. 가을 같다가도 겨울이고, 봄 같다가도 여름인, 종잡을 수 없어진 요즘 대한민국 5월과는 또 확연히 다른, 쨍쨍한 햇살을 양산으로 가리고 두 여자는 가이드 뒤를 따랐다. 두 남자 역시 무리의 중간과 뒤에서 그냥저냥 따르고 있다. 그나마 천구동은 휴대폰으로 뭔가를 검색하면서 사진을 찍느라 처졌는데, 천사동은 좀 힘들어 보였다. '그거' 할 때는 마냥 끝내줬는데, 아침까지 무리를 했나, 싶기도 했다. 그나저나 각시는 어쩌나 싶어 쳐다보니, 말짱할 뿐 아니라 뒤태가 누구보다 씽씽했다. 대단해! 해도 해도 끝이 없다 하고, 나보다 더 좋아하니! 그 와중에 주책망나니처럼 거시기에 슬그머니 힘이 쏠렸다. 이런 불상사가 없다고 혼자 중얼거리며, 천사동 남자는 들고 있던 물로 목을 축인다.

두 여자는 한 살이 많거나 적은 나이 차였다. 천구동은 천상 여자 같은데 조금은 어둡고 표정도 우울했다. 천사동은 태생이 시원하고 팔팔해선지, 다 접어두기로 했단다. 당장 죽거나 헤어질 팔자가 아닌 이상 마음이라도 달래고 싶었다. 모처럼 비행기도 탔겠다, 사치스러운 호텔방에서 즐겁지 아니할 이유가 없었다. 때문인지 천사동 여자가 궁금해서 묻는다.

"우리만 재밌나. 그거 안 재밌어요?"

"우린 그거 안 한 지 오래됐어요."

"벌써요? 뭔 재미로 살아요. 인생 뭐 있다고. 우린 아직도 그게 최곤데요."

"신랑을 무지 사랑하나 봐요?"

"사랑은! 얼어 죽을. 저 인간, 그거 하나만 빼고, 완전 다 꽝인데요, 뭐. 돈벌이는 같잖으면서 놀기 좋아하지, 몸 생각해서 잘 먹지, 오만 잡기에 잡놈처럼 나대지, 하여간 그냥 사는 거지, 뭐 있겠어요. 그럼 각방 써요?"

"그게 싫으니까, 그렇게 되더라구요. 마지못해 하거나, 어쩌다 큰맘 먹고 시도했는데도 즐겁기는커녕 실망스럽고. 혼자서 즐기다 그냥 내려오고 아니면 입으로만 해 달라하고. 재미가 없으니까 둘 다 정성도 성의도 없어지고. 그러다 보니까 하고 싶지도 않고, 하여튼 늘 그랬어요."

"각방 쓰면 남자들 다 바람피는데. 잘 살펴봐요. 저 인간은 집에서 일수 찍듯 하면서 밖에서도 껄떡대요. 요즘 세상에는 여편네나 남편이나 애인 없는 연놈이 없다나 어쨌다나 그러더라고요. 하여간 속궁합이 안 좋은 건가? 그러면, 우린 너무 좋아서 탈이고. 그것도 사랑인가! 알다가도 모르겠네."

그렇게 말하면서 천사동이 혼자 웃었다. 천구동도 그냥 미소로 대신했다. 롱손사에서 이것저것 여기저기를 둘러보았지만 보이는 것도, 보여주는 것들도 머릿속에 담기지는 않았다. 버스로 돌아오니 남자들은 먼저 와 있었다. 우선 시원해서 살 것 같았다. 여자들은 먼저처럼 붙어 앉았다.

"…베트남 유일의 진흙 생산지, 냐짱에서 즐길 수 있는 머드온 천 체험 장소로 이동하겠습니다."

천사동 여자는 앉자마자 눈을 감았다. 천구동 머릿속에는 새삼스레 사랑이란 단어가 맴돌았다. 사랑은 변하지도 끝나지도 않는데, 사람 마음이 변하고, 또 사람이 사랑을 잃어버린다 했다. 사랑에는 희망도 있고, 생기도 있고, 미래도 있다. 사랑하지 않으면 청춘을 모독하는 거라 해서 사랑했고, 그 사랑은 중년에 이르렀다. 사랑을 더 갈망해야 하는데, 그 사랑이 늙고 있다. 가장 아름다운 때는 사랑하는 시간일 것이고, 사랑은 말로만 하는 것이 아니라 행동으로도 해야 한다. 그랬어야 했는데, 단연코 충분할 수 없었으리라. 남편도 아내도. 남편도 처음엔 그랬었다. 아침에 출근하면서 언제 만날까 걱정하지 않아도 되는 사람, 집안일 반쯤 눈감고 내버려둬도 알아서 해놓는 사람, 티격태격 싸우고 토라졌다가도 돌아서면 누그러져 다시 나란히 누워 자는 사람이 아내라고. 그러면 아내도 그랬었다. 마음이 안 맞거나 마음을 상하게 하는 일이 생기더라도, 또 가끔씩 잔소리하고, 이따금 화내서 마음에 상처를 주더라도 남편과 아내가 서로 옆에 있어 준다면 그것만으로도 행복한 가정, 그 자체라고.

상대로부터 상처받는 건 자신이면서 스스로가 잘못한 게 없는지 또는 오해는 하지 않았는지 곱씹으며, 스스로를 상처 주고 탓하는 착각 속에 살았던 것은 아닐까. 좌석 한 칸 건너에 앉은 남편 뒷모습도 쓸쓸했다. 후회도 많을 터였다. 그냥 보면 아무런 문제가 없는데, 아픔도 많고 상처도 많았다. 집은 좁아도 같이 살 수 있지만, 사람 속이 좁으면 같이 살 수 없다 했다. 가까이 있는 사람을 사랑하면 천국이요, 가까이 있는 사람을 미워하면 지옥이다. 상처를 받을 것인지 말 것인지, 또 상처를 키울 것인지 말 것인지도 자신이 결정해야 한다. 어쨌거나 모든 것이 자신으로부터 시작되고, 결국 모든 것은 자신에게 달려 있다는 거였다. 이 순간, 한 여자는 그토록 태평한데, 또한 여자는 이토록 혼란스럽다. 천구동 여자 한숨소리에 천사동이 눈을 떴다.
"뭐가 그리 심각해요? 놀러 와서."
"그러게요."
"낼 일은 그냥 접어두고, 오늘 하루라도 편하게 살아요. 인생, 별거 아니라니까요. 전업주부로 우아하지, 덕분에 아이들 둘 다 인서울했지, 남편 착실하지요, 나는 천구동이 다 좋아 보이고 부럽기만하구먼."
머드온천과 물놀이, 그리고 전신마사지와 점심까지, 그야말로 호사를 누리는 기분이 나쁘지 않았다. 지금부터는 이동시간이 길단다. 덕분에 편안히 가시도록 마이크를 잠시 놓겠다 했다. 기왕에 누렸으니 잠이나 푹 자라는 의미인데, 입국장에서 늦은 시간까지 예약된 관광객을 기다렸던 가이드도 좀 쉬어야 다음 일정을 차질 없이 진행할 터, 다들 좋은 느낌이다.

나트랑에서 달랏으로 이동하는 동안 천사동 부부는 나란히 앉아서 내내 잠을 잤다. 아침까지 '그거' 덕분에 못 잤으니 그럴 터였다. 말 그대로 태평연월, 니나노 타령이 절로 나오는 모습. 여자는 남자 어깨에 머리를 눕히고, 남자는 여자 머리에 얼굴을 올려놓았는데, 마냥 평온해 보였다. 그럴 법도 했다. 가이드가 미리 안배해 정한 식탁에서도 단연 천사동 부부 역할은 빛났다. 본인들이 술을 좋아한다며 통 크게 주문했고, 천구동 부부에게도 권했다. 술을 살 것도 아니고, 술값을 내겠다는 사람이 권하면 그냥 받으면 될 일이었다. 술 못한다고 까칠하게 잔을 사양하는 남편 태도가 민망했던지, 대신 천구동 여자가 잔을 받고 그 분위기를 유지시켰다. 까칠하거나 말거나, 천사동 부부는 서로에게 술잔을 채워 권커니 잣커니 좀 과하게 마셨다.

버스가 출발할 때 나란히 앉아있었던 천구동 부부는 어느 사이에 좌우 좌석으로 떨어져 있다. 남자에게 편하라고 여자가 옮겨 앉았으나, 사실은 소주를 두 잔이나 받아 마셨기에 몸과 마음이 자신도 모르게 이완되는 것 같아서였다. 그 기분을 있는 그대로 표현할 수 없는 본인이 더 문제라 생각하면서도 여자는 떨어져 앉았다. 차창 밖으로는 열대지방의 우거진 산야와 돌고 돌아서 드높은 산허리를 아슬아슬 넘는 도로와 아름드리 소나무와 사방팔방이 비닐하우스로 가득한, 그리고 주변은 또 새롭게 변화가 시작되기 위한 징후들 등등. 눈에 보였던 것은 무수히 많았는데, 역시나 기억으로 남는 것들은 한계가 있을 터. 그런 갈증을 풀어줄 것처럼, 지나치다 싶게 오랫동안 놓고 있었던 마이크를 가이드가 다시 잡았다.

  베트남 사람들도 가장 사랑하는 여행지 달랏에 도착했단다. 일정은 기괴하고 독특하고 신비한 크레이지하우스, 베트남 응웬 왕조의 마지막 황제인 바오다이 황제별장, 케이블카로 올라가는 달랏에서 가장 큰 사원 죽림사, 아담하고 아름다운 달랏 기차역을 관광하고, 저녁식사 후 달랏시 한 중앙에 위치한 5km 둘레의 쑤언흐엉 호수를 돌아서 호텔에 도착하면 오늘 관광은 끝이란다. 아는 만큼 보이고, 보는 만큼 느끼고 알게 된다. 달랏은 우선 시원해서 낙원 같다. 연평균 기온이 18도, 춥지도 덥지도 않은 봄의 도시다. 그래서 비닐하우스가 많고, 베트남에서 소비되는 야채와 채소를 많이 커버하고 있다. 특히 딸기가 유명하다는데, 대한민국 사람들 입맛에는 그냥 그렇다는 소문. 우리가 그만큼 잘 산다는 뜻이란다. 달랏은 여유롭고 한적한, 우아하지는 않지만 세련된 도시다. 식민지 시절 프랑스인이 계획적인 휴양도시로 개발하면서 유럽풍의 많은 호텔, 리조트, 빌라 등이 들어서 신세계가 되었고, 귀족들 휴양지는 다양한 꽃과 호수와 소나무 숲으로 가득 채워졌다. 해발 1500m 럼비엔 고원에 위치한 달랏은 나트랑에서 134km, 베트남 경제중심지 호치민에서 305km 떨어져 있다. 말을 더하면 기억을 더 못하고, 더 많이 까먹게 된다면서, 가이드가 말을 마쳤다.

관광 사흘째 되는 날이다.

"…달랏의 지붕이라 불리는 랑비앙산 전망대와 소수민족 거주지 꾸란마을, 레일바이크를 타고 내려가는 다딴라 폭포와 달랏 야시장 투어까지가 오늘 일정입니다. 물론 중간에 맛있는 점심과 푸짐한 저녁식사도 준비됩니다."

변화무쌍했던 가이드의 전날 밤 모습은 온대 간데없고, 또다시 친절한 모습으로 오늘 일정과 일행들을 체크하고 있다. 직업 정신이 투철해야 살아남을 터, 당연하고 현명한 모습이다. 천사동 부부는 역시 명랑 상큼하다. 어제와 다른 차림과 모자까지. 이런저런 자질구레함은 끼어들 틈이 없어 보인다. 뭔지 모르게 분수가 넘쳐 보이는데도 밉지 않으니 말이다. 소중한 내 것이 남에게는 하찮을 수 있고, 소중한 남의 것이 내게는 하찮을 수 있는데, 천구동 여자는 자신을 너무 내몰고 있는 것 같아서 스스로도 놀랐다. 다소곳이 혼자 서있는 천구동 곁으로 천사동 여자가 다가왔다.

"잘 잤어요?"

"마사지 덕분에 정말 푹 잤던 거 같아요. 마사지~, 또 받았으면 좋겠는데, 더 없어서 아쉬워요. 식사시간에 안 보이던데, 아침은 먹었어요?"

"또 늦을 뻔했는데, 허겁지겁 먹었네요. 마사지요! 그 마사지 덕분에 또 우리는 밤 내내 지랄방정을 했거든요. 마사지사가 했던 것처럼 자세를 잡아보자고, 저 인간이 어찌나 조르던지, 이렇게 저렇게 한 번, 이리저리 또 한 번, 빨간불 켜놓고 또 하다가 내가 지쳐서 내버려 뒀더니, 핥고 빨고 비비고 문지르고 넣다 뺐다 올라갔다 내려갔다 쌩쑈를 다해서, 또 기분을 맞추다 보니, 해도 해도 질리지 않는다는데, 탓할 수도 없고. 하여간 이번 여행은 그거로 본전 뽑게 생겼네요."

천사동 말을 듣고 있을 뿐인데, 천구동 여자는 야릇한 기분과 두근거림에 속수무책으로 내몰리는 것처럼 사람이 이렇게도 짜릿해질 수 있구나 싶었다. 마치 최면에 걸린 듯 천사동이 내뱉는 말마디마디에 신경조직이 조종되는 것 같았다. 천구동은 자신도 모르게 천사동 팔을 힘주어 붙들었다. 그 느낌을 감지한 듯 천사동이 천구동 손을 꼭 잡아준다. 두 여자가 탑승하자 대기 중인 버스가 출발했다.

대개가 그렇듯 3박 5일 패키지관광에서 핫한 일정은 오늘이다. 때문에 일찍부터 서둘게 되고, 밤늦게까지 투어는 진행된다. 한마디로 빡센 날이다. 또 기본관광보다 선택 관광이 많아서 일행들 의견조율도 필요하다. 원하는 옵션 참여자가 많고 의견이 통일돼야 가이드에겐 여러모로 원활해진다. 당일 이동 중에 결정하기는 쉽지 않다. 분위기가 크게 작용해서 쏠림현상이 심해, 모 아니면 도가 된다. 다행이 좋은 쪽이면 투어가 순조롭지만 아니면 꽝이다. 수지타산이 맞지 않은 현지여행사와 가이드가 최선을 다 하지 않으면 당연히 그 일행이 불편해진다. 때문에 가이드 주선으로 전날 밤 로비에서 팀 대표들이 만났는데, 역시 의견은 다양했다. 비용을 예상하지 못했다거나, 또 개인사정상 이래저래 어렵고, 위험하고 재미가 없을 것 같다거나, 또는 패키지가 이런 건지 몰랐다거나, 이러나저러나 다수의견에 다 따르겠다, 등등. 밤새워도 결론에 이르지 못할 것 같은데, 역시 노련한 가이드였다. 결국은 처음 제시한 대로 대부분 이끌어냈다. 물론 가이드 표정 변화와 무언의 억압적인 행동도 크게 한몫했음은 두말할 것 없었고. 뿐인가 쉽게 통할 것 같은 팀이나, 커플에게는 미리 동의를 구해놓는 요령까지. 누구나 대충 알겠고 경험도 있겠지만 옵션투어는 말도 탈도 많아서 패키지관광의 호불호가 갈리기 마련이다. 하여튼 옵션에 다소 불만이 많았던 젊은 팀을 의식했던지 가이드가 버스 안을 눈으로 다시 확인하고 마이크를 잡았다.

"…랑비앙산은 달랏 시내에서 약 12km 떨어진 해발 2167m, 꾀 높은 산입니다. 전망대에서 달랏 도심을 다 내려다볼 수 있고, 눈앞에 펼쳐지는 안개와 구름이 환상적이라고들 합니다. 울창한 산림과 아기자기한 도심, 청명한 하늘이 어우러진 절경을 충분히 감상하시기 바랍니다. 그 아름다운 정상은 버스로는 갈 수 없습니다. 물론 트레킹은 가능합니다. 그러나 우리는 잠시 후, 짚차로 바꿔 타겠습니다."

가이드가 말하는 사이에 버스가 쑤언흐엉 호수를 끼고 돌았다. 어제 보았던 휘황하고 황홀했던 야경과는 또 다르게 아침햇살을 머금은 부드러운 윤슬 또한 아름답다. 뿐만 아니라, 복잡하고 야단스럽던 저녁과는 너무 다르게 차분하고 담백한 그림을 대하는 것처럼 마음을 차분하게 했다. 여행프로그램 화면으로 보았던 것보다 훨씬 매력적인 호수 모습은 아침의 신선함에서 비롯되었으리라. 천구동 여자가 넋 놓고 창밖을 내다보는데, 남편과 앞에 앉아있던 천사동 여자가 뒷자리로 옮겨와 천구동 곁에 앉았다. 놀란 듯 허리를 바르게 펴고 천구동이 말한다.

"신랑 옆에 앉아가지 왜 이리 와요?"

"차만 타면 자는데요 뭐. 관광지가 다 거기서 거기라며. 저 인간은 또 그런 재미는 없거든요. 호수도 이쁘고 시원하고, 장난감처럼 건물도 졸망졸망 앙증맞고, 사람들도 촌스럽지만 순해 보이고, 하여튼 다 좋네요. 그런데 그 집은 싸운 사람들처럼 부부가 다정하지도 않고, 통 말도 안 하고, 평소에도 그래요?"

"익숙해졌고, 그래도 불편한 것은 없어요. 다 각자 알아서 하니까. 언제 어떻게 깨질지 모르지만 둘 다 굳세게 견디고 있어요."

"그토록 심각해 보이지 않았는데! 점잖은 부부라 궁상떠는 줄 알았고, 질투도 좀 했어요. 뭐가 그렇게 문제래요?"

"그냥 다 그러네요."

천구동 여자는 힘없이 웃으며 그랬다. 더 말하고 싶은 표정이 아니었다. 천사동이 한숨을 토해내듯 '부부 사이는 왜 이렇게 복잡하기만 한지~' 그러면서 널브러졌다.

천구동 부부의 신뢰는 깨진 지 오래되었다. 남자로부터 시작되었고, 본인이 인정하고 용서를 빌었으면서도 신뢰회복에 등한시했다. 그럼에도 불구하고 가정은 그냥저냥 지켜내고 있다. 밖에서보다 집안에서는 서로가 더 냉정하고 냉담했다. 최대한 말을 섞지 않으려 했고, 그래서 더 무관심했다. 이제는 다툼도 피하게 된다. 싸울 일도 없다. 남자와는 식탁에 마주 앉아 본 지도 오래다. 직장일 때문이기도 하지만 주말과 공휴일에도 식사를 함께 할 기회가 없다. 그리고 남자는 혼자서도 잘 차려 먹었다. 국민 평형 아파트 공간에서 부딪치지 않으려 동선을 최소한으로 줄여 가족생활을 하고 있으며, 외형적인 부부 역할도 하고 있다. 변명 같지만 아이들 때문이다. 자신들도 독립할 수 있으려면 최소한 대학은 마쳐야 한다며, 부양의무를 굳건히 주장하고 있다. 다행히 아이들도 현명해서 줄타기를 잘한다. 부모의 서로 다른 의견을 조율해서 전달하는 역할도 하고, 본인들도 집안 분위기에 맞게 행하며, 권리와 의무에도 충실하다. 아이들 덕분인지 부부의 인내심도 남다르다. 남자는 가족을 먹여 살린다는 이유로 다 군림했고, 그러면서도 가계부담을 회피하지는 않았다. 여자는 전업주부라는 이유로 무시무종의 불만과 불평을 감당해야 했고, 그래도 알뜰하게 살면서 아이들 교육에도 소홀함이 없었다. 그런데 이제는 그 임계점이 아슬아슬하다.

  부부는 그 부당함들 때문에 서로의 마음을 닫아걸기 시작했다. 무늬만 부부인, 그야말로 쇼윈도부부가 되었다. 남의 눈에 아름다워 보이는 것이 아니라 스스로에게 아름다워야 한다. 언제부터 서로가 다른 곳을 보며, 다른 꿈을 꾸며 살았을까? 이럴 거면서 그 반대를 무릅쓰고 결혼을 왜 했었으며, 왜 이렇게 사는지, 아이들은 또 무엇 때문에 줄타기를 하게 하는지, 잘잘못을 탓하기 전에 개선과 선택의 여지는 없는지, 숨이 막힐 지경이었다. '쿨'하게 갈라져 각자도생하면 서로에게 편한 거 아닌가? 그러나 아니다. 그것도 가진 모든 것을 딱 둘로 나누고, 또 거기서 아이들 몫을 떼면 될 터였다. 그러면 그 결과는 너무 자명하다. 대단히 죄송한 표현이지만 기가 막히게 잘해도 '이부망천'을 피할 수 없다. 현실에서 그런 불 보듯 빤한 행위를 감당할 용기가 없는 이유로 부부는 더 숨이 막힌다. 아이들도 당연히 싫을 것이다. 부모보다 더 이기적인 세대로서 누구보다 자신들이 우선이다. 어쨌거나 서울특별시민으로 더 존재하고자, 부모의 극한 대립을 막는 역할에도 적극적이다. 이러하듯 갈라설 이유도 많지만, 갈라서지 못할 이유는 더 많았다. 서로가 견딤의 한계를 이미 넘었는데도 그랬다. 그래서 더 불행한 것이다. 남자나 여자나, 그리고 그 가족은.

버스가 울긋불긋 오밀조밀한 달랏 시내를 벗어나고 있다. 잠시, 침묵으로 무거워지고 있는 공기를 거둬내듯 가이드가 분위기를 일깨웠다.

"…곧 랑비앙산 터미널에 도착합니다. 짚차로 전망대에 올라가면 시간적 여유가 있으니, 충분히 즐기시고 카페에서 차도 나누시기 바랍니다."

운전 솜씨를 자랑하듯 거침없이 꼬불꼬불 산길을 오르고, 절묘한 코너링으로 몇 차례 감탄과 탄식을 쏟아내게 하던 지프차가 멈춰 섰다. 순간, 탄성을 내지르며 일행은 각자 원하는 방향으로 흩어졌다. 내려다보이는 전망은, 한 마디로 끝내줬다. 가슴이 확 열렸다. 구름 사이로 펼쳐진 산과 호수는 안개 속으로 가라앉은 듯하고, 올망졸망한 도시건물과 기기묘묘한 느낌의 비닐하우스는 안개와 구름 속에 떠 있는 비현실적인 모습을 뭐라 더 표현할 수 없다. 감탄사를 요구하는 환상적인 뷰는 얼마든지 더 있었고, 미니어처와 포토 존 또한 다양해서 더는 질릴 지경. 그 인파 속에서 천구동 부부는 우왕좌왕하다 어느 사이에 떨어졌는지, 여자 혼자였다. 믿거나 말거나 랑비앙산에도 '로미오 앤 줄리엣' 같은 전설은 있었다. 소수민족의 선남선녀가 무지무지 사랑했는데, 두 부족의 반대로 그 사랑을 이루지 못해 자살했다는 커플, 크랑과 호비앙의 조형물이다. 사전정보 덕분인지 그쪽에 관광객이 붐볐다. 물론 대부분 대한민국 사람이고, 역시 슬프고 애닯은 정서에 반응이 더 빠른 민족답다. 그중에도 호기심을 참지 못한 중년 커플이 더 많았다. 막상 그 실물을 보면 대개는 실망하게 되는데, 안 보면 또 뭔가 섭섭한 것이 여행지의 사전정보다. 하여튼 그것 앞에서 옥신각신하는 천사동 부부도 보였다. 장난기 넘치는 모습이 싫지 않았다. 모른 척 돌아서려다, 사진을 찍어주고 싶어 천구동 여자가 다가섰다. 천사동 여자가 먼저 말을 붙였다.

"신랑은 어디 가고? 아~ 그냥 한 장 찍어주세요."

천사동 여자가 곁에 달라붙은 남편을 의식하고는 말을 서둘러 접고, 천구동 여자에게 휴대폰을 건네줬다. 그리고 수선스럽게 남편을 채근하고 닦달하여 포즈를 취했다. 과도하고 넘치지만 보기 좋다. 앵글 속 부부 모습, 자신들 얼굴 주름보다 구김이 훨씬 적은 표정이다. 부부 사이는 참 묘하다. '남이 임으로 발전해서 연을 맺고, 그 임이 또 남으로 변하기까지의 시간은 그리 오래 걸리지 않았다.' 물론 왈캉달캉하면서도 파 뿌리 되도록 잘 사는 부부도 많을 것이다. 천사동 여자가 남편에게 시원한 커피라도 마시라며 먼저 가라했다. 이때다 싶은지, 얼씨구나! 두말없이 남편은 사라졌다.

"좋아 보여요. 늘 그렇게 즐거워요?"

"그냥 그런 척하고 살아요."

천사동 부부도 그랬었다. 여보라는 말은 '보배와 같다' 했고, 당신은 '내 몸과 같다'는 말이라 해서 찰떡같이 서로가 믿었던 때도 있었다. 마누라는 '마주 보고 누워라'고, 여편네는 '옆에 있네'라는 뜻으로 알았다. 부부는 서로에게 귀한 보배요, 끝까지 함께하는 사람이라는 그 믿음으로 살아야 한다. 그런데, 그렇게 살기가 결코 쉽지 않더라는 것이다. 저 먼 곳에 눈을 두고 천구동 여자가 묻자, 천사동이 저쪽 그늘로 가 앉자고 끈다. 그리고는 웃을 듯, 말듯 모호한 표정으로 천사동이 말을 다시 이었다.

"누구라고 별다르겠어요. 사는 거, 다 거기서 거기지. 저 인간처럼 남자가 너무 가벼워도 문제고, 그 집 남자처럼 또 너무 무거워도 탈은 탈이겠지요?"

"그러게요. 누구나 다 처음에는 좋았을 테니까 시작하지 않았을까요."

"욕심 탓인데, 알면서도 못 지키는 것이 인간들이고. 꾸역꾸역 아등바등 살기보다는 즐겁고 재미나게 살고 싶은데도 늘 그러더라고요. 그 전설 속 남녀처럼 죽지도 않았고, 우리는 사랑하다 축복받으며 결혼했는데, 현실은 달랐어요. 아무튼지 애들도 어린데, 엄청 싸우고, 당장 찢어지자고 집 나가고, 너만 나가야 나도 나간다 하고, 너 때문이다 서로 욕하고, 날마다 전쟁터 같았고, 정말 징글징글했거든요."

천구동은 할 말이 없었다. 내내 씩씩하고, 웃음이 더 많았던 천사동 눈에 눈물이 고여 있었던 때문이다. 천구동이 천사동 어깨를 꼭 감싸안았다. 이제는 이혼이 흉도 허물도 아니라는데, 하물며 황혼이혼에 졸혼까지 부부를 갈라놓는 방법은 얼마든지 많았다. 그토록 쉽게 선택한다는데, 그러지 못하는 부부는 또 뭔가, 싶었다. 두 여자는 시간 가는 줄 모르고 앉아있었다. 그래서였을까 절친도 아닌데 속내를 털어놓을 수 있었던 것은. 그것도 부부동반 패키지관광 중에 퍼질러 앉아서. 천사동 남자가 뛰어와 알려주지 않았더라면 큰 실수를 했으리라. 다른 팀은 먼저 내려가고, 두 부부와 젊은 커플이 타고 왔던 지프차만 남아있었다. 그러거나 말거나 천구동 남자는 운전석 옆자리에 앉아서 여전히 무관심이고, 동승한 커플 여자가 자신도 내려가기 싫은데, 억지로 내려간다며, 두 분이 멋지다고 엄지 척을 했다. 칭찬인지 비난인지 느낄 새도 없이 차가 출발했다.

  투어는 또 시작되었다. 소수민족이 살았던 전통마을을 관광지로 꾸민 꾸란마을은 평온함 그 자체였다. 사방이 다 평화롭고 한가로우며, 키 큰 나무 그늘과 어우러진 호수의 물비늘이 일렁이는 전경은 수채화 캔버스를 크게 펼쳐놓은 듯했다. 전통복장의 여자들 모습은 촌스럽지만 순박해서 천사동과 천구동은 자신들 소녀 시절을 회상하는지 진지했다. 두 남자 눈에는 청빈한 청년들 모습이 윤기라고는 없어 보이는데, 여기서 뭘 해 먹고 사나 싶은 모양이었다.

  다딴라 폭포에서는 내려갈 때 2인승 레일바이크가 잠시 스릴을 느끼게 해준 게 전부였다. 천구동 부부도 어쩔 수 없이 앞뒤로 앉았는데, 여자가 무서워서 남자 허리를 무심코 꼭 잡아버렸던 것이 허망함이랄까? 그리고 설레발 떨다 미처 단속을 못해 천사동 남자가 모자를 바람에 날려버린 기억뿐이다. 그저 그런 인공물과 잡스러운 형상물들은 오히려 자연의 순수함을 훼손한 것 같았다.

저녁식사는 무엇을 어떻게 먹었는지도 알 수 없었다. 한식전문식당인데, 여러 여행사 관광객이 한꺼번에 몰려들어 시끌벅적 어수선해서 혼이 나갈 지경이었다. 공교롭게도 중년 남자와 여자들이 많은데 한마디로 난리법석, 일정이 비슷해서 그러겠지만 빨리 달라 소리치고, 끼리끼리 앉아 불만을 터트리고, 술 취해서 떠드는 남녀도 있었고, 그야말로 소음에 소음이 더해진 그 상승효과로 식당은 아수라장을 방불케 했다. 관광지가 다 그렇지 뭐, 그런 맛으로 다니는 거 아니겠냐는 사람도 있었지만, 하여튼 그랬다. 야시장까지 타고 갈 툭툭이가 도착해서 식당으로부터 벗어났다.

달랏 야시장도 그 특성상 관광객과 시민들이 몰리고 이리저리 밀려다녀야 했다. 그 분위기와 들뜸으로 쇼핑과 먹을거리를 즐기는 모습은, 여느 야시장이나 전통시장과 다르지 않았다. 천사동 부부는 여기저기 기웃거리고 주전부리도 하며 돌고 돌았다. 역시나 천구동 부부는 앞서거나 뒤선 모습이고, 먹을거리와 입고 치장할 것에도 마음은 끌리지 않았다. 활기가 넘치는 분위기에도 섞이지 못하는 모습, 딱하고 안타까웠다. 구경한 후 만남을 약속

했던 장소에 부부는 너무 빨리 도착했다. 차량과 오토바이, 그리고 사람이 도로와 인도를 구분하지 않고 섞여 있는 것처럼 입구는 복잡하고 어수선했다. 어느 순간 일행이 탈 버스가 그 복잡한 곳으로 위태롭게 밀고 들어왔다.

"…내일은 마지막 날로 린두억 사원과 쇼핑을 하고, 나짱으로 넘어가 깜란공항에 도착하면 모든 일정이 끝나게 됩니다."

"호텔 근처 괜찮은 술집이나 알려주셔."

천사동 남자가 한 말인데, 여유가 넘치는 음성이다. 가이드도 이제야 긴장이 풀린 듯 편하고 부드럽게 받았다. 대한민국에 비하면 엄청 싸고 음식도 풍부하단다. 원하면 본인이 좋은 곳으로 안내하겠다며, 잠시 숙소에 올라갔다 로비로 내려오란다. 같은 호텔에서 2박을 하는 장점이다. 캐리어를 풀고 싸는 번거로움이 줄어든 때문이고, 무엇보다 여행 마지막이란 말이 주는 아쉬움 같았다.

천사동 여자가 함께 한잔하자고 제안했지만 천구동은 자신이 없는 듯 웃으며 망설였다. 역시 그랬다, 천구동 부부는. 몸이 멀어지면 마음도 멀어지기 마련. 하지만 멀어지는 그 마음을 조금이라도 잡아보려 나섰던 관광, 역시 쉽지가 않았다. 결혼 반대가 심했던 만큼 잘살아보려 노력도 했었다. 서로의 사랑이면 다 감당해내리라 믿었다. 그러나 그것은 착각이고 오류였다. 아니 사랑을 몰랐던 탓이다. 남자는 어느 시점부터 변했다. 물론 여자도 그랬을 것이다. 이유는 본인들만 알 터였다. 남자는 본인 주위에 장벽을 세우기 시작했다. 누구도 다가서는 것을 원하지 않았고, 스스로도 다가가기를 싫어했다. 본가와 처가 왕래는 물론, 명절과 대소사에도 관심이 없었다. 당연히 본인 가정에도 등한시했다. 생활비를 조달하는 것 말고는 아이들 교육까지도 무관심으로 일관했다.

  술자리를 대신, 천구동은 부부관계를 시도하는 중이다. 그냥 눈 딱 감고 다가갔고, 숨을 멈춘 채 남자 몸을 더듬었다. 다 낯설다. 기억에도 없을 만큼 오랜만이다. 역시 감응이 없다. 남자도 마지못해 움직인다. 반응이 없는 그 거시기를 살려보고자 여자가 적극적이다. 하지만 그 거시기는 그래, 해볼 테면 해보라는 듯 냉담함이 여전하다. 여자가 인내심을 더 발휘한다. 그러나 소용이 없다. 다시 여자의 몸도 차가워진다. 마음도 싸늘해진다. 남자의 외도가 있은 후부터였다. 관계가 개선되었다고 생각했었다. 하지만 여자의 몸은 열리지도 않았다. 여자의 거시기도 촉촉해지지 않았다. 하고 싶지 않았지만 해야 했었다. 아파서 다리 사이를 더 벌려야 했었다. 아픔을 참기 위해서라도 이를 꽉 물었다. 차라리 그게 더 고통이어서 입으로 해결하는 방법을 택했었다. 그것으로도 남자는 욕구불만이 처리되는 듯했었다. 여자는 하면 할수록 자존감이 무지막지 무너졌다. 가족을 지키기 위함이라 견디었다. 여자는 사랑 행위가 아니라 고역인데, 남자는 관계를 유지하는 방어행위라 여겼다. 한때는 그나마 그랬었는데, 이제는 그것조차도 없으니…!

관광 마지막 날이다.
쇼핑 일정은 누구나 부담스럽기 마련이다. 안면몰수가 되는 성향이면 관계없겠으나 그러하지 못하는 사람은 민망해진다. 그나마 마지막 일정의 투어인 것이 다행이다 싶다. 알다시피 누군가 자진해서 소기의 목적을 달성해주면 일행 모두가 개운해지는데, 서로 눈치만 살피게 되면 참 당혹스럽다. 그래도 커피 매장에서는 가격이 만만해서 샘플로 나온 달달한 커피 맛을 느낀 만큼 구매자가 생각보다 많았다. 문제는 만병통치약, 그야말로 더 좋을 수 없다는 침향 매장에서였다. 일행 대부분은 침향을 알지 못했고 관심도 없었다. 그것의 특별함과 효능은 검색창을 열어보면 무궁무진하단다. 하여튼 귀하니까 비싸고, 누구나 다 탐나는 물건인데, 망설여지게 고가였다. 믿거나 말거나 열띤 홍보는 계속되고 또 즉석에서 곧 효과를 나타내는 시연까지, 점점 부담을 가중시키는 분위기다. 그 사이에 침향은 금덩어리보다 더 귀중한 물건이 되었고, 만사형통의 요물처럼 느껴졌다. 역시 홍보 효과는 무시할 수 없다. 그러거나 말거나 천구동 남자는 눈감은 채 미동도 없다. 홍보 진행자가 눈치를 살피며 두 차례 가격을 낮추자, 천사동 부부가 동요하기 시작했다. 서로가 서로에게 좋겠다며 권하는 중. 또 다시없을 특별한 기회라고 몸을 더 낮추며 마지막 찬스를 목메듯 강조했다. 하여간 처음 가격보다 훨씬 저렴해진 느낌에다 이것저것 덤까지, 거기에 가이드 몫까지 서비스하겠다고 나서니, 천사동을 비롯한 몇 팀이 드디어 나섰다. 더는 사설이 필요 없을 듯.

뭔가 찾고, 또 개선하고자 나선 관광이었으리라. 천사동은 그 실마리를 찾아낸 분위기인데, 아직도 천구동은 서울에서 달랏까지의 거리만큼이나 멀어 보인다. 하지만 두 부부의 겉모습은 말짱하기만 하다.

어머니가 돌아가신 모양이다.

꿈자리는 사납고 잠자리가 뒤숭숭하더니 첫새벽에 손전화가 울었다. 동생 나준수였다. 뜬금없다기보다 생급스럽고 뻘쭘했다. 잠을 설쳐서도, 잠이 부족해서도 아니었다. 동생 목소리는 벌써 울음이 가득했기 때문이다. 슬픔을 가누지 못하는 음성은 말소리와 옹알거림의 중간쯤에서 흐느낌으로 조금 더 이어졌다. 매사에 철저하고, 지나치게 준수해서 찬바람 소리를 들어야 했었던 나'준수'답지도 않았고, 통화음도 생경했지만, 그 이유는 쉽게 감지할 수 있었다. 해서 알았다는 말뿐, 나분수는 뭐라 더 보낼 말이 없었다. 입도 더는 열리지 않았고, 통화도 그리 끝났다. 여태껏 동생을 기다리고 있었던 것처럼 어머니는 그렇게 이 세상과 작별한 것이다. 동생이 모처럼 어머니 곁을 지키고 싶다고 해 병원에서 헤어진 지도 불과 몇 시간 전이었다.

하여간 어머니 임종을 지키지 못한 아픔이 먼저여야 하는데, 빌어먹을! 몽총하기 짝이 없다. 지지리도 못난 나분수는 "아~, 드디어 우리 엄마가 편안해지겠구나." 싶었다. 거기다 마음도 평온했다. 그리고 자신도 모르게 안도하는 한숨까지 푸욱 내쉬고 말았다. 참으로 싸가지 없고, 정말이지 나'푼수' 같은, 스스로도 어처구니가 없었다. 어머니가 유명을 달리했다는 데도 슬프거나 혼란스럽지도 아니한 것이 오히려 더 놀라움이랄까? 엉뚱하게도 어머니 죽음을 기다렸던 것처럼 태평세월이니, 제기랄! 누군가 곁에 있었으면 오해하기 딱 좋은 느낌이고 표정이다.

각시는 지금, 친정 베트남에 잠깐 다니러 갔다. 그런데 느닷없는 코로나19로 꼼짝없이 발이 묶여서 오도 가도 못하는 처지가 되었다. 하나뿐인 딸, 하나는 다문화가족의 아픔을 자신이 극복해내는 방법은 공부밖에 없다며 대학생이 된 이후 얼굴 보기가 힘들다. 이래저래 어머니한테는 가족 모두가 알게 모르게 부족했고, 이것저것 다 모자랐던 터였다. 결국은 임종도 못 지킨 불효막심한 놈, 한마디로 '느자구'가 없는 놈이라는 뜻이다.

나분수는 안방으로 들어섰다.

늘 그랬던 것처럼 희붐해진 방안에서는 봉창 문틀 위에 잘 걸린 어머니 사진 액자가 먼저 보였다. 볼 때마다 감사하고 고마운 사진이다. 찍을 기회도 많지 않았고, 있어도 한사코 마다해서 가족사진은 물론 어머니 사진은 더군다나 없었다. 그런 어느 날 시골 어르신들께 영정사진 봉사를 하겠다며, 후배가 촬영하였고, 그 완성된 사진틀을 들고 와 내밀면서, "우리 어무이 모습은 꼭 모나리자 같아요." 그랬었다. 그 말을 알아듣지 못한 어머니는, "아따~ 거시기허기는 쪼까 아깝것는디, 어쩌끄나!" 어색해 하면서도 만족해했다. 그냥 웃는 모습이거나 자연스러운 표정을 찍으려 그날 무던히 노력했었던 기억이 새삼스럽다. 아무튼 웃는 것도 아니고 그렇다고 굳은 표정도 아닌 사진 속 어머니 모습을 후배는 그렇게 예쁘게 표현했었다.

어머니가 사용했어야 할 전동침대와 휠체어, 실내보행기, 목욕의자 등등이 또 눈에 들어왔다. 각각 제자리에서 그 쓰임을 다했으면 좋았을 터인데, 묘수가 없어서 구석에 몰아두었다. 그것들 아니었으면 방안이 더 휑했을 것 같았다. 언제부턴가 당신이 쓰던 물건들을 하나씩 둘씩 방 밖으로 꺼내 정리하던 어머니를 향해, "서울, 준수네 집으로 또 가실라고요?" 그랬었고, "저 솜이불을 내다 버리면 올 겨울은 또 어쩔라고 그러신다요? 엥간이 해라우." 했었던 말이 아랫목 이부자리를 꾸욱 차지하고 있는 듯했다. 어쨌거나 한 달이 지나고, 또 달포가 넘게 비워있었던 방이지만 조금 전까지 어머니가 누워있다 잠깐 마당에 나간 것처럼 다 말짱하게 그대로였다. 아무리 바빠도 아침저녁으로 어머니 방에 드나들면서 없어진 흔적들을 눈에 담아두었던 덕분이다. 뿐이겠는가. 빈방에 꽃가루와 먼지가 뭉쳐 방바닥에서 낭창하게 굴러다니는 것이 싫어서라도 더 들락거렸다.

각시가 없어서 집안이 헐렁해졌다는 핀잔도 피해야 했지만 깔끔했던 어머니를 실망시킬 수도 없었다. 아무튼지 복지용품들은 장기요양보험 혜택으로 복지용구전문 업체에서 무료로 대여했다. 요양등급을 받은 자격으로 편하게 이용하고 반납하면 아무런 문제가 없다고 그토록 쉽게 설명을 했다. 그런데도 어머니는 세상에 공짜가 어디 있겠냐며, 한사코 거부하다 읍내병원 응급실로 실려 갔었다.

그러고 보니까 어머니는 복지용품을 사용할 여력도 이미 소진했던 탓이었다. 했는데 아들은 푼수처럼 혼자만 알지 못했다. 어머니는 늘, "아따메, 나는 암시랑 안해야. 걱정마러. 나이 묵으면 어디 성한디가 있꺼써. 우새시럽기만허제." 그랬기에 그냥저냥 그러려니 했었다. 다행스럽게도 그동안은 크게 넘어질 일도 없었고, 어디가 어쨌다저쨌다 당최 표현을 하지 않았던 어머니였다. "엄니, 알지라우? 어디가 아프면 아프다고 언능 말해야 어떠케 미리미리 방비라도 헌당께요." 못난 아들이지만 그나마 욕 먹이지 않으려면 그래야 한다고 신신당부했지만 소용없었다. 때문에 나분수는 거기에 보태, "워메, 우리 엄니는 겁나게 건강해라우. 되레 아들이 걱정이라고 저런당께요." 자랑삼아 그랬었다. 그런데, 밤새 안녕이라고 어느 날부터 당신 몸을 불편해했다. 그토록 깔끔했던 방안에서 알 수 없는 냄새가 솔솔 새어 나왔고, 매시랍기 짝이 없었던 어머니가 뭘 숨기는 것처럼, "앗따, 어쩔거시여, 목심이 질기믄 누구던지 다 챙피당헐 일이 많응 거시랑께." 해서 겨우 알았다. 그렇다고 곧 오두방정을 떨 수도 없었다. '삶은 무겁지만 죽음은 가볍게' 해야 한다고, 늘 빈틈이 없었던 어머니는 벌써부터 당신이 갈 곳을 정해놓은 듯했었다. 뿐만 아니라 몹시 서두르고 재촉했는데, 내내 헤아리지 못했던 아들이었다. 평생을 이래저래 부앗가심으로 살았던 장남 나분수가 모처럼 어머니를 위한답시고 급하게 들려놓았던 복지용품들이다. 터무니없게도 그것들이 내내 어머니를 대신하고 있던 꼴이었다. 각시가 돌아오기 전에 반납할 생각이었다.

어머니 말뚝귀를 반만 따라하고, 거기다 일만 닮았어도 그놈의 팔랑귀 소리를 듣지 않았을 거라고 꽁알거렸을 터였는데, 그러거나 말거나 다 물 건너간 느낌이다. 하여튼지 전동침대와 휠체어, 실내보행기, 목욕의자 등등은 필요 이상으로 자리만 차지했던 것이다. 이 아침, 그 사이에 봉창을 밀고 들어온 여명은 안방의 공간을 결판지게 차지해버려, 새삼 어머니 이부자리도 속상할 만큼 조붓해보였다.

> ### 목포추모공원 화장정보안내
> 2020년 6월 16일 화요일 오전 9:51
>
> <화장화로 정보안내>
> 화로(3화로), 고인(이곱분), 상주(나분수),
> 시작시간(오전 9:37), 예상종료시간(오전 11:37), 진행상태(화장 중)
>
> 삼가 고인의 명복을 빕니다.

지금은 화장 중이다.

보리타작 때 까끄라기가 튀어든 것처럼 눈알이 쓰라려서 나분수는 유족관망실에서 나왔다. 눈도 눈이지만 비좁은 관망실에 쪼그리고 앉아있는 동생들 내외를 비롯한 가족들 모습이 자닝스러워 더 불편했다. 화장장 1층 로비 벽에 기대 서 있는데, 정면의 모니터가 눈에 들어왔다. 손등으로 눈을 비비고 깜박거리며 바라보았다. 저런 게 언제부터 있었나 싶었다. 거기에 생소한 나분수가 있고, 또 생무지처럼 낯선 어머니 이름이 보였다. 장례식 내내 꿈과 현실 사이가 오락가락했고 미친놈 지랄하듯 했었는데, 이제야 현실이 조금 느껴지는 듯했다.

새롭게 단장해서 쾌적하고 상쾌해진 덕분은 아니겠지만 동네 어르신들도, 그리고 선후배와 친구들까지 죽음에는 순서가 없었던 것처럼 고인들을 보내기 위해 수차례 들락거렸던 곳이다. 그야 말로 '삶은 많은 순간이지만 죽음은 한순간'이라는 생각을 많이 하게 했었다. 하지만 지금 나분수의 머릿속은 여전히 텅 비워져 있고, 시르죽은 것처럼 넋 나가 있다. 문상객들이 고인을 애도하기보다 상주를 더 걱정할 만큼 나분수는 평소 모습이 아니었다.

누군가 나분수 등짝을 탁 치며, "어째 이런당가! 우리 푼수도 다 죽게 생겨 써. 인자 그만 기운을 쫌 내야." 그랬다. "워머~ 분수야, 겁나게 미안허다이. 내가 소식을 늦게 드러씨야. 까딱해쓰면 느그 어메 가시는 것도 못 볼뻔했다이." 그리고 또 다른 친구가, "너 효자인 거 하늘도 알고 땅도 알고, 우리 동창덜도 다 알어야! 너 시피볼 놈 없당께. 근디 왜 그러냐? 그만 정신 챙겨야. 지금 너, 진짜로 푼수같어." 또 누군가, "분수야, 너 혹시 그 헛소리 땜에 그러냐? 고거슨 니가 더 잘 알거 아니어. 느그 각시는 그럴 여자가 아니라는 거. 하나 엄마는 꼭 올꺼여." 그랬다. 장례식장에서 운구를 책임진 초등학교 동창들과 광주에서 지금 막 내려왔다는 친구였다. 화장장까지 쫓아온 그들이 고맙고 감사하다. 알다시피 요즘은 장례식에도 문상객이 많지 않아서 썰렁하기 짝이 없다. 잠깐 눈도장 찍고 돌아서기 일쑤요, 촌놈들이 그토록 좋아했던 홍어와 술을 앞에 두고도 운전을 빌미로 미적거렸다. 세월 탓이라 둘러댈 것만도 아닌 듯했다. 이래저래 모두가 바쁘다는 이유로 애경사를 SNS로 대신해 버리는 경우도 허다했다. 뿐만 아니라, 가지 않으면 오지도 않는 풍습은 오래전 일이고, 그래저래 우리의 애경사 문화도 바뀌길 바라는 분위기다. 더군다나 코로나19 사회적 거리두기가 사람들 사이까지 더 멀게 하고 있는 판국이니, 예禮를 갖추지 못했다고 미안해하거나 탓할 수도 없다. 하여튼지 농촌을 떠나지 못한 이유로, 내내 고향을 지키고 있는 덕분에 만년 이장님이었고, 친구부터 선후배까지 필요하면 서슴없이 부탁하고, 전화해서 심심풀이 땅콩처럼 부려먹기 딱 좋은 사람이 나분수였다. 동네 어르신들과 홀로 사는 이웃의 할머니와 할아버지들을 조석으로 살피는 것은 당연지사요, 근동의 동창들까지도 자기 부父 또는 모母의 근황을 시시때때로 물어왔고, 또 소식을 전달했으며, 큰일이든 작은 일이든 불구하고 어쨌거나 챙겨봐야 했었던, 마치 우리 고향 일은 나분수로 통한다고 했을 만큼 그야말로 만만한 것은 다 나분수 차지였다.

거두절미⋯ 어쨌든지 이 세상을 분수껏 살고, 준수하게 살라고 모처럼 아버지 능력이 훨씬 넘어가는 정성으로 지어준 이름이 '나분수'고 '나준수'였다. 당신 희망대로 두 아들이 그 이름을 잘 써먹는지, 잘 써먹을 조짐은 있을지 없을지, 지켜보거나 확인도 하지 아니하고 아버지는 50도 다 채우지 못하고 이 세상과는 끝이었다. 그만큼 믿는 구석이 있었는지 알 수는 없었으나, 어머니 표현대로라면 실패작이었다. 나분수는 부모가 바라고 원하는 대로 분수껏 살았는데, 언제부턴지 푼수가 되어 있었다. 지금도 여전히 푼수처럼 살고 있다. 이래저래 흐느적거렸던 아버지 모습 때문인지 알 수 없으나, 나분수는 공부도 싫었고, 희망에 찬 꿈도 없었다. 당시 '우리도 잘 살아보자'는 정책이 한창이었고, 공고工高와 상고商高가 뜨기 시작했는데, 나분수는 끝물일 수밖에 없었던 읍내 농업고등학교를 스스로 선택하는, 푼수 같은 효자였다. 한량없게도 아버지의 부족함을 채우는 것이 우선이었다나….

　육이오 때 폭삭 망해버린 장손 집안을 어머니 혼자서 재건하기는 이미 역부족이었다. 그러나 다 포기했을지라도 어머니는 장남을 몽달귀신 만들 수는 없었다. 하오나 늦은 농촌 총각이면서 뼈가 녹고, 설이 빠지게 일만하는, 눈치코치도 부족하고, 순해 빠져서 세상물정도 모르니, 콩깍지든 팥깍지든 뭔가 씌지 않고서는 시집올 처자가 대한민국에는 없을 듯했다. 어찌저찌 어머니 등쌀에 못 이겨 군郡에서 다문화가족 1호가 되는 영광도 있었지만 흉도 탈도 많았던 시절을 잘 견뎠다. 덕분에 모범 다문화가정으로 군수님 표창도 받았다. 그래서가 아니라, 각시는 베트남보다 대한민국을 더 걱정하고 아꼈으며, 급변하는 우리 농촌 현실을 더더욱 이해하고 사랑하려 부단히 노력했다. 그러면서도 빈틈이 없고 깐깐했었던 시어머니를 잘 모셨고, 틈만 생기면 농촌에서 벗어나겠다고 도시를 기웃거리는 푼수 같았던 남편과는 큰소리 내지 않고 살았기에 어머니는 더 바랄 것이 없었다. 한마디로 달덩이, 복덩어리 같은 며느리였다. 그러나 세상살이가 다 좋을 수는 없었을 터. 딸 하나면 족하다고 무 자르듯 했던 며느리의 단호함에는 어머니도 많이 아쉬워했다. 종부로서의 책임과 의무감 때문만은 아니었으리라. '폭망'한 종갓집 대를 잇지 못하는 아픔도 아픔이겠지만, 당신 손을 더 사용할 수 없는 날로부터 종가의 시제와 제사도 끝이 되리라는 서글픔과 또 억지로 어찌해볼 수 없는 현실을 어머니는 직감했을 터였다.

나준수는 그 이름처럼 용모와 재능이 빼어나기보다 규정대로 따르고 좇아서 지키며 잘 살라는 뜻이었을 텐데, 그러하지 못했던 것 같다. 형 나분수와는 확연히 달라서 공부도 잘했고, 똘똘 총명했으며, 어느 곳에서도 눈에 띄는 학생이었다. 해서 우리의 나준수도 당시 촌놈들에게 정형화된 길처럼 여겼던, 상급학교는 군郡을 벗어나 도청소재지를 거쳐 서울로 옮겨갔다. 그 시절 그렇게 많았던 연탄가스 사고도 무서워하지 아니하고, 연탄불에 냄비 밥을 해 먹으며 지난하고, 때로는 오밀조밀한 자취생활을 경험하게 된다. 알다시피 그 시절은 '개천에서 용 난다.'는 그 말을 찰떡같이 믿었기에 그쯤의 어려움은 일도 아니었다. 용이 되려면 그쯤은 오히려 사서해야 한다고도 했었다. 그랬는데 정작 촌놈들을 기죽게 했던 것은 따로 있었다. 각 군에서 광주로 모여든 공부 잘하는 고등학생들은 많기도 많았으며, 각 도에서 서울로 집결한 인재들은 넘치고도 넘쳐서, 우리 촌놈들은 너무도 자연스럽게 '우물 안 개구리'임을 확인하게 된다는 사실이었다. 하여튼지 나준수는 부모가 원했던 준수한 길에서 벗어나 나라의 민주화가 우선이라면서 부모와 자식 사이에 느닷없는 벽을 세웠다. 부모는 답답하고 애가 터질 지경이었다.

세상사는 게 어쩌면 저토록 재미가 없을까 싶었던 아버지는 그 무렵, 그 벽을 넘지 못했다. 그리고 아버지는, "동네 사람덜한테 술이나 대접해라이." 밑도 끝도 없는 말을 나분수에게 남기고 눈을 감았다. 그때 곁에 있었던 어머니는 맥 빠지는 모습으로 그랬다. "무담시 그래겟써요! 그 지랄가튼 인공 때, 다 몰살 당허고 혼자만 사러 남었는디, 참말로 재미는 징허게도 읎었겟지라이? 그런 사람허고 살었든 나도 징허디 징헌 시상이어당께요." 육이오의 아픔을 나분수와 준수는 다 알 수 없었다. 하지만 그들 곁엔 할아버지와 할머니가 없었고, 아버지 형제가 없어서 그 단출함에 늘 기죽어 살았던 기억과 아버지의 폭행을 피해 여기저기로 숨을 곳을 찾아다녔던 기억 또한 선명했다. 때문에 그 서러움까지 한꺼번에 몰려들었던지 그들 형제는 아버지가 돌아가시던 날 무작정 목 놓아 울었다.

세월이 흘러 어쨌든지 그러했었던 아버지 때의 세상과는 그나마 조금은 달랐던 모양이었다. 다행히도 나준수 등이 원했던 민주화의 세상은 조금씩 펼쳐지기 시작했었다. 하지만 나준수도 결국은 아버지가 견뎌야 했었던 아픔들을 고스란히 답습하는 것만 같았다. 자식들 일에 유난히 포기가 빨랐던 아버지와는 달리, 특히 나준수에 대한 어머니 집착은 오래갔다. 비록 차남이지만 집안 대代를 연결할 손자도 있었고, 남달랐던 그 준수함을 놓아버릴 수 없었다. 역시 세상사 마음대로 할 수 없었을 터. 그 삶이 부모가 바라는 준수함이었는지 알 수 없었으나, 이래저래 나준수는 실패한 386세대의 전유물 같았던, 그동안 내내 삶이 아팠던, 지금까지도 여전히 어머니의 아픈 손가락이었다.

화장이 종료된 모양이다.
몇 번 화로의 종료인지 알 수 없으나 숨이 넘어갈 듯, 찰지다 못해 끈적끈적한 여자의 울음소리가 유족휴게실까지 밀려 나왔다. 여동생 목소리처럼 꽉 잠겨서 그 소리 자체가 가슴을 쥐어뜯는 느낌이다. '죽은 사람을 위해 울지 마라.'는 말 때문도 아니겠지만 나분수는 울지 않았다. 기필코 울지 않으려고 마른침을 삼키거나, 짓무르도록 눈을 꽉 감은 것도 아닌데 울 수 없었다. 불문율처럼 유족의 슬픔이 터져 나오는 순간들이 있었다. 일테면 죽음을 처음 확인했을 때, 어머니의 살아있던 모습과 죽은 모습을 확연하게 구분할 수 있었던 순간이 그랬다. 또 입관식 때, 그러니까 염습하고, 수의를 입은, 차디찬 어머니를 관에 모시고 가족들이 인사드리는 마지막 시간이 그랬었다. 또 살아서는 타보지 못했던 리무진을 타고와 화장장 고별실 앞에서 어머니를 직원에게 넘겨주는 그 순간에도 그러했다. 전기화로의 뜨거움을 의식한 때문인지 여동생이 또다시 자지러지듯 바닥에 나뒹굴었고, 나 준수도 더는 견딜 수 없었는지 대열을 벗어나 엉엉 울기 시작했다. 때문에 어른 아이 할 것 없이 또 한바탕 울음바다가 되었다. 나분수는 영정과 위패를 든 조카 옆에 맥없이 서 있었다. 그러나 더는 혼미해질 수 없었다. 영정 속 어머니가 빤히 쳐다보는 듯해서였다. 뿐만 아니라 조금 전까지도 그랬고, 장례식장에서도 내내 어머니는 '절규'하는 모습이었는데, 그 순간 영정 속 어머니가 '모나리자'처럼 보였기 때문이다.

'부모를 공경하고 사랑하는 자식 치고 마음씨 나쁜 사람, 결코 없다.'는 말 틀림이 없었다. 마치 누군가 동생을 위하여 만들어낸 말처럼 고맙게 생각하는 형이다. 누가 뭐라고 했을지언정 지금도 형 나분수는 동생을 그렇게 믿고 있다. 애당초 금의환향을 기대했고, 개천의 용을 믿어서도 아니었다. 하여튼지 그 며칠 전부터 어머니가 많이 힘들어했고, 더는 아무런 미련이 없는 것처럼, "그 자슥 얼굴 쪼까 볼 수 읎으끄나." 그랬다. 중환자실에서 일반병실로 옮기던 날이었다. 의사 말은 어머니 병환을 더 어찌할 수가 없다는 뜻이었다. 노환과 고관절 골절이 기필코 어머니 의지를 꺾었다.

그렇게 동생 나준수 부부는 벌써 청년이 된 아들과 딸을 앞세우고 토요일 정오 무렵 병원에 도착했다. 서로의 시간을 통일해서 함께 내려오기가 쉽지 않았을 터인데, 고마웠다. 동생은 어머니 상태를 직접 목격하고서야 그 심각함을 느끼는 모양이었다. 어머니의 차분함과 꼿꼿함 때문에, 그리고 형의 느긋함과 효성스러움 덕분에 어머니 병환을 의심할 여지가 없었다는 표정이고 투였다. 물론 어머니가 구질구질한 당신 모습을 보여주기 싫다고, "준수한테는 씨잘대기 읎이 전화허지 마러야." 했었다. 당연히 어머니 말을 거부할 수 없는 나분수지만 동생에게 한 번쯤 미리 다녀가라 해야 했는데, 불찰이었다. 그랬지만 동생도 그토록 고향이 그립지 아니하고, 부담스러웠을지라도 몸과 마음까지 멀리할 이유는 없어야 했었다. 굳은 표정의 동생이 어머니 손을 더듬어 잡고, "어머니, 저 왔어요." 했다.

어머니가 동생 음성을 겨우 알아듣는지 힘들게 고개를 돌렸다. 손자 손녀와 며느리가 더 가까이 다가섰지만 어머니는 눈꺼풀만 몇 차례 깜박거리다 깊은숨을 내쉰 후, 고개를 안쪽으로 되돌렸다. 마치 거대한 장벽이 서 있는 듯해서 어머니가 잠시 놀라는 모습이길 바랐다. 어머니는, "오메~, 내 새끼들…" 하며 병상에서 벌떡 일어나 어찌해야 할지 모르고, 또한 무작정 반가운 표정이고 모습이어야 했는데, 아니었다. 하물며 어머니 자식들도 어색하고 민망했는데, 아무리 금쪽처럼 아꼈던 손자 손녀지만 역시 품 안에 있을 때와는 그 느낌이 달랐으리라. 순간, 각자의 당혹스러움을 해결하려는 듯 서로를 돌아보았다. 하지만 어떤 말과 행동도 더는 연결하지 못했다. 분위기가 썰렁해졌다.

그래서 "어쩌까, 할머니가 쪼금 힘드신가 분디." 나분수가 끼어들어 스스로 된 숨을 내쉬었다. 서울에서 일찍 출발하여 고단했을 것인데 어머니가 그러고는 그만이니, 나분수까지 몸 둘 바 모르겠다. 코로나19 방역지침 때문에 도시에서는 면회도 금지된 상황이지만 시골에서는 좀 융통성이 있었다. 그렇다 해도 병실에서 더 오래 복작거릴 수는 없었다.

늦은 점심을 동생 식구들과 함께 먹었다. 나준수가 원해서 중식으로 했다. 일이 있어 고향에 내려온 선후배와 친구들은 앞뒤 가리지 아니하고, '함평 한우' 아니면 '무안 뻘낙지'만을 고집했었다. 물론 촌놈보다야 사는 것도 여유롭고, 소득수준도 월등할 터이니, 그리고 모처럼 고향에 내려왔으니 그럴 수도 있었다. 하지만 들어갈 때와 나올 때 마음들은 왜 그토록 다른지 알다가도 모를 지경. 그러고도 넉넉하지 못한 촌놈 주머니 탈탈 털어서 실컷 처먹고는 하는 말, "푼수야, 그 맛이 옛날 같지는 않은데…, 아무튼 잘 묵었다." 쓸까스럽게 그랬었다. 열에 일곱 놈이 내빼듯 돌아서는 그들을 향해 나분수는, "빌어먹을 놈들~!" 그러면 끝이었다. 잘난 놈이든 못난 놈이든, 더 못된 놈들도 있었기에 고향을 떠나고 싶었던 경우도 많았다. 그럴 때마다, "내가 누군가를 불편해하고 밀어낸다면 또 다른 누군가는 나를 불편하다고 밀어낼 것."이라며 각시가 위로하면서 응원도 했었다. 하여간 동생 나준수는 역시 달랐다. 동생을 위해서라면 한우와 낙지뿐이었겠는

가. 물론 형에 대한 푼수의 풍문을 모르지 않았을 동생이겠고, 그래서 나준수는 화가 난 사람처럼 자장면을 원했던 것은 아니었으리라. 그나저나 동생은 어머니 상태가 마음속에 꽉 찼던지 하룻밤을 병실에서 보내기로 했다. 다행이었다. 찬바람처럼 왔다가 실구름처럼 사라져버리면 어머니가 또 얼마나 옴니암니 할까 싶었던 차였다. 동생은 일요일에 일찍 올라갈 것을 약속하며, 승용차 키를 아들 손에 쥐어주었다. 두말없이 동생 마음을 이해하는 제수가 나분수는 고마웠다. 사실 바람도 없지는 않았다. 오랜만에 남편 고향 또는 내 고향에 내려왔으니 그동안의 변화도 느껴보고, 맛있는 저녁도 함께 해 먹고, 시골 큰집에서 가족과 하룻밤을 지내고 가는 것도 세상없이 좋았으련만. 하기는 내가 살던 곳만큼 좋을 수는 없을 터였다. 할머니와 큰아버지가 살았던 곳일지라도, 애당초 시골을 모르는 청춘들이었다. 뿐만 아니라, 어차피 나분수 혼자 생각인 터였다.

나분수와 준수 형제가 병실로 돌아왔다.

환자 저녁식사로 나온 미음이지만 아직 숟가락도 들지 않았다며 간병인이 기다렸다는 듯 밥그릇을 내밀었다. 그것도 나준수에게 말이다. 둘째 아들의 야속함을 득달같이 파고든 속셈일 터, 거부할 수 없는 순간의 행동이었다. 어머니는 겨우 두 번 받아 삼키고는 고개를 흔들었다. 나준수도 더는 강요하지 않았다. 옌지에서 왔다는, 그야말로 눈치코치가 삼단인 간병인의 수다스러움이 거북스러워 하룻밤 쉴 수 있도록 외출을 권했다. 뭔가 원하는 마음을 외면했다가 그나마 외국인 간병인도 구하지 못하는 처지가 되면 말 그대로 낭패였다. 사나흘 전부터 어머니는 거의 말문을 닫았다. 그리고 잠든 어머니 모습은 마치 주검과도 같았다. '죽음 앞에서는 아무 약도 효과가 없다.'는 말이 가슴으로 느껴졌다. 나분수는 그날 집으로 돌아와 밤늦도록 눈물을 닦아냈다. 누군가 옆에 있었다면 초상났느냐고 말렸을 것이다. 가엽고 슬프고 덧없고 애달파서 질리도록 울다 어머니 이부자리에서 꼬꾸라졌고, 깨어났었다. 일자무식의 어머니였지만 당신은 가볍게 죽고 싶다며, 당신의 흔적들을 미리 정리했었다. 당신 힘으로 부족한 것은 아들에게 부탁해서 치웠다. 그때마다 그 아들의 가슴은 미어터질 지경인데, 아랫목에 당신의 조붓한 이부자리만 남겨놓고 어머니는, "느그덜 덕분에 나는 잘 사러씨야. 더는 여한도 읎고." 그랬었다.

여기저기서 알 수 없는 기계소음들과 웅웅거림, 신음이 들려왔다. 간호사가 들어와 환자들을 살피고 돌아갔다. 후텁지근한 병실에는 또다시 침묵이 흘렀다. 뭔가 할 말이 있는 것처럼 어머니가 움직거리다 다시 조용했다. 동생이 형에게 그만 집에 들어가라 했다. 하룻밤 못 견디겠냐며, 병상 밑에 있던 보조 의자를 발끝으로 끌어냈다. 대화가 불가능한 사람과 함께한다는 것이 쉽지는 않겠지만 자식과 어머니 관계만으로도 그 견딤은 가능할 터였다.

해서 나분수는 편안 마음으로, "엄니, 오늘은 작은아들이 옆에 든든허니 있응께 겁나게 편허겟써요." 그랬다. 순간 어머니가 움직여 고개를 두 아들 쪽으로 돌리면서, "느그 성은 텅텅 빈 껍떼기여야." 그리고 잠시 후, "인자는 니가 느그 성을 쪼까 살피면서 사러야." 했다. 나분수와 준수가 서로를 돌아보며 당황해하자, 어머니가 눈을 떠 아들들을 올려다보기까지 했다. 확인하듯. 나준수가 어머니를 향해, "걱정 그만해도 돼요. 분수대로 준수하게 잘 살고 있는데 뭔 걱정이요." 퉁명스럽게 말하고 병실 밖으로 나갔다. 동시에 어머니도 눈을 감고 고개를 제자리로 돌렸다. 나분수가 어머니 손을 꼭 잡고, "엄니, 낼 아침에 또 봐요." 그랬으나 어머니는 아무런 내색도 하지 않았다.

나준수는 병원 뜰 모퉁이에서 담배를 물고 있었다. 담배가 없었으면 벌써 죽었을 거라며, 본인의 과거와 현재를 담배에 의지했었다. 금연을 하지 못하는 이유야 많겠지만 언젠가 나준수가 했던 그 말은 아직도 어머니 가슴 깊은 곳에 남아있으리라. 아버지가 술에 의지했던 세월처럼 아팠으리라. 다시는 자신의 미래를 담배에 의지하는 동생이 아니길 바라며, 나분수는 동생에게 어머니와의 하룻밤을 부탁하고 집으로 돌아왔다.

화장절차가 끝나 수골실로 이동하였다.
손자 손녀들은 할머니가 소각되는 동안이 지루했던 모양이다.

스마트폰에 빠져 있거나 끼리끼리 모여 음료와 음식을 나눠 먹으며 떠들고 있었다. 어머니와 인연이 있었던 사람들도 여기저기로 흩어져 있었다. 화장 예상종료시간보다 조금 단축된 시간이었다. 하지만 고인의 삶과 죽음의 경계가 각자의 견딤으로 표현되는 유족들 모습은 다 달랐다. 그사이 세상과 작별한 어머니 육신은 거기 없었고, 고작 한 되박쯤 될까 말까 한 뼛가루로 변화해 가족들 앞으로 나왔다. 만져 보고, 볼 수 있었고, 느낄 수 있었던 어머니와의 인연은 더 이상 없을 것 같았다. 각시도 어머니와는 거기까지였다. 내일 돌아온다 해도 볼 수 없으며, 깐깐했지만 그래서 더 좋았던 시어머니를 만날 수는 없으리라. 때문인지 그 빈자리가 더 크게 느껴졌다. 또다시 동생들 울음소리가 들렸다. 나분수는 생경하기 짝이 없는, 여전히 열감이 느껴지는 유골함을 받아 가슴으로 안았다. 그래서 유골함을 끈으로 묶어 목에 걸어주는 모양이었다.

 요즘은 비명횡사한 경우가 아니면 유족들도 원통하게 많이 울지 않는다는데, 나분수는 동생들 울음소리에 밀리고 밀려서 화장장 밖으로 나왔다. 추모공원 하늘에 떠 있는 태양은 구름을 잔뜩 머금은 듯했고, 바람 한 점 없이 후텁지근했다. 장례지도사가 서두르기 시작했다. 비가 올지도 모르겠다는 이유 같았다. 그렇지 않아도 우왕좌왕하는 분위기였다. 화장이 끝난 상태라서인지 유족들은 이제 다 넋 나간 모습들이고, 친인척들도 각자 위치로 돌아갈 생각에 허전해하는 표정들이었다. 마지막인 장지, 선산이 있는 곳은 그리 멀지 않았다.

세상은 변화하기 마련이다.
 당신과 우리도 속절없이 변했듯, 우리 고향도 여지없이 그랬다. 헐벗고 배고프던 시절엔 차라리 미운 정, 고운 정이라도 있었다. 쌀이 남아돌고 먹을 것이 충분해지자 인정머리조차 없어졌다. 각시가 타국으로 시집와 늙다리 신랑의 진심을 느끼고, 농촌에 정이 들면서부터 가장 아파하고 아쉬워했던 부분이었다. 각시 눈에 대한민국 농촌은 나날이 다르고, 한 해와 두 해가 그야말로 무섭게 변한다고 했었다. 사람이 줄어들어 빈집이 늘고, 일할 사람이 없으니 나분수도 농사를 곧 포기해야 할 지경이다. 농기계로도 근본 해결이 되지 않으니 나분수 역시 많은 것을 포기한 상태다. 엎친 데 덮친 격이고 코로나19 여파 때문에 인력난은 더 심각해졌다. 외국인 계절근로자 프로그램으로 농번기 일손 부족을 해결하고자 발버둥이지만 기초지자체의 역량만으로는 턱도 없다. 뿐만 아니라 그 부작용은 빠르고 다양하게 생겨나는데 해결책은 늘 뒷북 타령이었다. 사회관계망 서비스와 글로벌화 덕분인지, 때문인지 알 수 없으나, 각 지자체 간의 외국인 노동자 관리도 만만치 않아서 체계적 운영시스템과 불법이탈 방지장치 등 제도가 시급한 상황이다. 오로지 돈 벌기 위해서 타국에 왔으니 한 푼이라도 더 주는 곳으로 몰려다니는 외국인 노동자들을 탓할 여력도 없는 우리네 농어촌 현실인 것이다. 그들이 없으면 당장 스톱이고, 또 다른 대책도 아직은 없기 때문이었다.

어머니는, "지랄허고 오래 사러서 맬겁시 못 볼 거슬 만히 본다." 그랬었다. 그럴 법도 했다. 어찌저찌 겨우 통했던 베트남이나 필리핀, 조선족 사람들 표정이나 말투는 조금씩 익숙하기라도 했었다. 하지만 동티모르와 파키스탄, 타지키스탄을 어떻게 알 수 있었겠는가. 그러나저러나 하루가 다르게 농촌이 변해서 촌놈이 농사를 접고, 소 키우기를 포기하면 무엇을 해야 할지가 문제였다. 또한 농지를 잠식하고 있는 태양광 시설, 즉 검은 패널로 덮이고 있는 우리 농토와 염해 간척지 등등 재생에너지가 지역주민의 이해관계를 갈라놓는 현실은 농어촌의 근간을 흔들게 하고 있다. 재생에너지 때문에 정책이 전환되고 있겠지만 현장의 당사자들에게 최소한의 방어권과 알 권리가 지켜지길 바랄 뿐이다. 그리고 쌀이 남아서 큰 탈이나, 그렇다고 식량안보를 무시하고 살아남을 수는 더더욱 없을 터이다. 하여간 인생살이가 팔랑귀처럼 흔들렸지만 촌놈으로 살았던 동안의 나분수는 늘 말뚝귀와 같았었는데, 지금은 처지가 말이 아닌 것이다.

각시 때문일까? 아들보다 어머니가 더 근심하고 걱정을 할 수밖에 없는 처지였고, 그 지랄 같은 소문들은 시골에 넘치고도 흔했다. 그러는 와중에 며느리가 친정에 다녀온다고 떠났었다. 세상

탓이라기보다, 어쩔 수가 없어서 다문화가정이 생겨났으리라. 그리고 지금은 결혼이민자의 가족과 친인척까지 많아진 농어촌이 되었다. 때문에 말도 많고 탈도 더 많은 것이다. 그래서 혹시나 며느리가 돌아오지 않을까 어머니도 노심초사했었다. 여기저기서 집 나간 외국인 며느리들 소식만 콕콕 물어 나르는 이웃집 아주머니의 시기심에도 불구하고, "우리 메느리는 주거서도 그럴 리가 읎다."고 어머니는 끄떡도 하지 않았었다. 하지만 하루 이틀이 더 길어지고, 또 언제가 될지 모른다는 말에 풀이 죽을 수밖에 없었다. 그러한 우려에 속을 끓이다 어머니는 당신 며느리를 다시는 보지 못하고 돌아가셨다.

유골함은 논둑길을 지나고 자드락길을 따라 장지에 도착했다. 종부로서 그동안 관리를 소홀하지 않았던 어머니 덕분에 선산은 잘 정비되어 있었다. 산자락까지 승용차가 들락거릴 수 있어서 편리해졌지만 그렇다고 더 자주 아버지 산소를 찾게 되는 것도 아니었다. 나분수 역시도 싫었다. 조부모님에 대한 정서가 전무했기 때문. 아버지가 선산을 싫어했던 만큼은 아니었을지라도 하여튼 등한시했었다. 살아생전에 그런저런 인연이 없었던 탓이었을까? 살아있는 사람이 더 중요할 뿐이었다. 그래서 어머니가 더 고단했을 것이고. 그나마 그렇게라도 해야 명절 때 누군가 다녀가도 갈 수 있을 거라 생각했을 터였다. 어머니 노파심이었으리라.

　아버지는 사는 동안 내내 어머니를 괴롭혔다. "야튼, 죽지 못해서 사러씨아. 느그덜만 아니면 폴새 주거쓸 거신디."라는 어머니 한숨이 섞인 소리를 밥 먹듯 들었다. 자식들도 그런 아버지를 원망했었다. 느닷없이 가족을 다 잃은 후유증을 아버지가 더 감당하지 못해 나타낸 행태들이었을지라도 너무 긴 세월 지속되었다. 대대로 살아온 동네였고, 떼 부자도 아닌, 지주 역할을 했다는 이유로 지역빨갱이들의 표적이 되었고, 그들에 의해서 일가족은 인민재판도 없이 몰살당했다. 이웃 동네에서 반동분자들이 처벌되는 광경을 숨어서 지켜보고 돌아왔는데, 그야말로 집안은 눈 뜨고 볼 수 없게 다 절단이 났더란다. 살아있는 것은 개 돼지 새끼까지도 모조리 죽였다했다. 졸지에 혼자된 아버지는 무섭고 외롭고 슬퍼서 울었고, 견디고자 잊고자 살고자 몸부림쳤으며, 그렇게 울고 몸부림했어도 현실은 달라지지 않았을 터였다.

　더 망가지기 전에 종가의 흔적이라도 지켜야 해서 어린 나이에도 불구하고 혼례를 서둘렀단다. 그런 후 다행스럽게도 한세월 고요하고 편안하게 지내며 자식들도 올망졸망 태어났다, 하지만 아버지는 좀처럼 종손의 면모를 찾아가지 못했다. 애당초 형과 누나를 둘씩이나 둔 막내로 태어나 종손의 굴레가 형벌처럼 무거웠는지 도대체 그 무게를 힘들어 했단다. 궁여지책으로 벌써 망자가 된 큰아버지 밑으로 나분수를 양자로 보내 종가를 지켜야 한다고 집안 어른들이 들고 일어났다. 만약을 위해서 그런 조치를 해야 한다고 했다나. 그래서였는지 알 수 없으나 아버지는 더 술에 의지했고, 술 때문에 무자비한 폭력이 등장하게 되고, 그럴수록 아버지 몸과 마음은 피폐해졌는데, 그 중심에 어머니가 존재하고 있었다. 종부 역할이 부족해서도 아니고, 배은망덕하고 악처 같아서도 아닌데, 하여튼 이유도 없이 어머니를 들볶았단다. 그리고 아버지가 드디어 미친 사람처럼 날뛰자, 어머니는 무섭고 서럽고, 또 아이들 목숨이라도 지키고자 친정으로 피신했다. 그러나 집안끼리 잘 알았던 외할아버지는 출가외인이라며 딸을 반기지 않았고, 두 번 다시 친정에 걸음하지 말라했다. 마치 전쟁터 같은 집으로 다시 돌아온 어머니는 자식들 지키고자 밤낮을 가리지 않고 피해 다녔다.

어느 날은 창고와 광 속으로, 눈 내리는 대나무밭과 숲속으로, 심지어는 논과 밭둑으로 숨거나 쫓겨 다녔던 두려움과 공포 분위기는 지금도 진저리가 느껴지고, 기억도 너무 생생하고 선명해서 오금이 저릴 지경이다. 그 시절, 그들에게 외가까지 없었더라면…! 상상도 하기 싫었다. 더 방법이 없을 때마다 어머니는 분수와 준수를 외가로 보냈다. 한나절쯤 걸어서 도착하면 외할아버지는 그냥 말없이 숨 막히게 꼬옥 안아주었고, 외할머니는 울면서 부엌으로 끌고 들어가 찬물 한 사발씩을 떠주었다. 그 선명한 기억들, 그것은 일생을 좌우하는 무엇이었다.

결코 녹녹지 못했던 삶을 살면서도 어머니는 저세상에서라도 보상받고 싶었던 것일까. 아니면 종부로서의 책임감이었는지 알 수 없으나, 하여튼 최선을 다했었다. 아버지가 지켜내지 못한 종갓집 의무는 물론이고, 선산 관리며, 문중 일에도 적극적이었다. 물론 종손인 나분수를 앞세우는 일도 없었다. 어머니가 다 알아서 정리해냈다. 당신 남편과 아들 사이의 일들을 처리하면서 사는 동안, '산 사람보다 죽은 사람이 편안하다.'는 말을 어머니는 내내 되새김했으리라.

장례지도사뿐만 아니라 선산에 처음 와보게 된 이웃이나 친척들도 감탄사와 부러움을 연발했다. "산소가 겁나게 좋소야." "관리를 아주 잘 했구만이요." 어찌 겉만 보고 속을 알 수 있겠는가? 나분수는 그 감탄이 부담스러울 뿐 역시 할 말은 없었다. 어머니 유골함이 들어갈 곳은 이미 정해져 있었다. 어머니가 이태 전 아버지 산소를 다시 정비하면서 당신 자리도 미리 만들었던 것이다. 사는 동안 애틋하지도 않았던 당신들 모습이었는데, 아버지 봉분에 합장을 원했다. 뜻밖이었지만 나분수는 그냥 지켜볼 수밖에 없었다.

장지에 어머니를 모시는 절차는 간단했다.

못난 자식들을 위하여 미리 다 손을 썼겠지만, 역시 팔랑귀 같았던 나분수가 미덥지 못한 때문일 수도 있었으리라. 추모공원에서 출발할 때는 금방이라도 비가 쏟아질 판이었는데, 정오를 지나가는 유월의 태양은 눈이 부실만큼 찬란했다. 그 찬란함 속으로 어머니의 그림자도 함께 떠올랐다. 그 떠오름 또한 가벼워서 더 높게, 더 멀리 사라져갔다. 그리고 영정 속 어머니 모습은 그냥 편안해 보였다. 그런 덕분인지 여동생 마지막 울음소리는 주변을 더는 압도하지 못했다. 그렇게 장지에서의 간단한 제례를 끝내고 선산에서 내려왔다.

어머니는 '기연치 6월'에 가셨다.

'천사'장례문화원 6호실은 적막했다.

뭘 착각했나 싶어 두리번거렸지만 그건 아니었다. 상주와 가족 이름을 곧 확인할 수 있었다. 요즘은 가족이 많아도 생경한 느낌인데, 여기는 지나치게 텅 빈 모습이어서 기분이 묘했다. 가족관계가 단출하다는 말은 미리 들었다. 그랬는데도 분위기는 몹시 낯설었다. 분향소 입구 조객록이 마련된 테이블 주변도 비워 있고, 안쪽에도 인기척이 없었다. 뻘쭘하고, 또 수가 없어서 망설이다, 어쩌지 싶은데, 상조도우미가 다가와 입관식 관계로 자리를 비운 상태라 일러주었다. 고마웠다. 짐작은 했으나 생각보다 더 쓸쓸해서 누구라도 불러 동행할 걸, 후회도 했다. 뜬금없지만 아직도 '혼자'라는 이유로 자신이 흔들리나 싶어 스스로도 놀랐다. 말 그대로 갑작스러운 죽음이고, 느닷없는 비보라서 보편의 장례 절차도 어려울 거라 했었다. 고인의 형제 중 오래전 이민을 간 형은 벌써부터 왕래가 없었기에 본인은 혈혈단신이라 했었고, 유족으로는 부인과 외동딸이 전부였다. 단출함으로 치면 친가나 외가 쪽도 마찬가지라 했다. 그야말로 빈소는 외롭고 막막해서 모든 절차가 갈무리된 후 같았다.

입관식이 끝났는지 그녀와 상주가 돌아왔다. 그녀는 고인의 부인이고, 동네 친구 여동생이기도 하며, 그가 대표인 도서출판 '틈'에서 번역과 잡무를 담당하고 있다. 대표는 우선 분향소 앞에 섰다. 영정 속 고인은 젊고 반듯하며 깔끔하다. 잘 정리된 책장을 배경으로 살짝 비껴 앉은 모습을 촬영했는데, 전체적으로 어둡고 시선 처리도 불안정해 보였다. 일부러 연출했을 표정은 아니겠지만 왠지 고인을 더 오래도록 바라보게 했다. 누군가의 자화상을 떠올리게 하는, 하여간 영정사진으로는 좀 별났다. 어쨌거나 고인의 모습은 도시에서 태어나고 자란, 그리고 지식인의 말끔하고 단정한 인상인데도 찬바람이 느껴졌다.

자신과 동년배였을 고인은 결혼식장에서 처음 보았고, 또 이렇게 마지막 길에서 보게 되었다. 친구 여동생이지만 나이 차가 많아서 대표와 그녀는 가깝게 지낼 기회가 많지 않았고, 가끔 친구 집에 놀러 갔을 때나 볼 수 있었다. 똑똑하고 공부도 썩 잘해서 더 쓸모가 있고, 유능한 여성으로 성장, 발전하기를 가족은 크게 기대했다. 아직 현모양처가 대세인 시절인데도 그랬었다. 기대가 너무 컸던 탓일까. 그야말로 느닷없고 뜬금없는 결혼을 앞세웠다. 저러다 말겠지 했단다. 그 엉뚱함과 실망스러움을 다 어쩌지도 못했는데, 그것도 나이가 한참이나 많은 신랑감이라고 강편치를 또 날렸다. 하여튼 동생 소식을 알려준 친구의 하소연이 하도 깊어서 그 결혼식에 참석했던 기억은 아직도 선명하다. 지금 그녀 곁에 서 있는 상주인 딸, 그 나이 때였으리라. 아버지와의 갑작스러운 이별인데도, 고인의 딸은 냉정하리만큼 침착해 보였다. 역시나 다짐이라도 한 것처럼 그녀 또한 정제되고 차분했다. 놀라움과 슬픔이 넘쳐서 저러나 싶다가도 침착하고 차분한 모습은 그 느낌이 또 달랐다. 그러니까 영정 속 고인은 불안해하는 표정이고 분위기인데, 그 부인과 딸은 오히려 안정된 느낌이랄까? 대표는 슬픔을 어떻게 나누고, 그 무거움은 또 어떻게 줄여야 할지 걱정이 앞섰다. 그래서였을까, 헌화와 묵념의 시간이 길게 느껴졌다. 상례를 겨우 갖추고 대표가 분향소를 막 벗어나려는데, 그녀의 오빠 부부가 침통한 표정으로 들어섰다. 다행이다 싶고, 친구가 마치 구세주 같았다.

조문객을 접대하는 공간 역시나 쓸쓸했다. 코로나19를 건너면서 장례문화도 많이 변했다는데, 역시 실감할 수 있었다. 요즘은 또 그런단다. 미풍양속이었던 애경사에 내가 가지 않으면 상대도 오지 않았고, 그랬을지라도 예의가 아니라며 서로를 크게 탓하지 않는단다. 기쁨이나 슬픔을 대하는 태도가 그런 분위기로 바뀌고 있었다는 뜻이다. 뿐만 아니라, 슬픔은 나누면 줄고, 기쁨은 배가 되었던 때와는 또 달랐다. 그것들을 나누면 슬픔은 약점이 되고, 기쁨은 질투가 된다는 현실의 공감 능력을 무시할 수도 없었다. 대표는 '인간은 본디 이기적 존재이며, 자기 보호를 최우선시 한다.'는 말을 새삼스럽게 되새김하고 있었다. 그런저런 생각 중인데, 문상을 마친 친구 부부가 다가왔고, 친구가 손을 내밀며 말했다.

"늘, 고맙네. 번거롭게 해서 또 미안하고."

대표는 고개를 얼른 내젓고, 친구 손을 힘주어 꼭 잡았다. 그리고 친구에게 앉을 자리를 권했다. 부인도 곁으로 앉았다. 지금 이 순간, 무슨 말을 꺼내야 덜 서먹하고 위로가 될까 망설이고 있다. 서로가 빨리 빈말이라도 짜낼 수 있었으면 싶은 모습들이다. 궁하면 통한다고, 상조도우미가 다가와 조심스레 식사를 권했다. 접대실이 한가해서 오히려 면구스럽다는 표정이다. 친구가 곧 고맙다는 반응을 하면서, 대표에게 한잔 어떠냐는 손짓을 했다. 소주는 대표가 청했다. 유일한 조문객인 그들 식탁에 서둘러 음식을 마련해주었다. 술병을 들면서 친구가 또 말을 꺼냈다.

"지병이 있었던 것도 아니라는데, 인생이 참 허망해!"

"그러게. 감사하는 마음으로 살면 세상이 그리 힘들지 않을 거라 했다는데…"

 잔을 채워준 친구를 바라보며 대표는 그렇게 답했다. 친구도 한잔 받겠다는 표정으로 잔을 내밀었다. 목회자의 일탈이 아니라 배려의 행위로 알아듣고, 대표가 친구 잔에 탄산음료를 채워주었다. 늘 바쁘고 생활권도 멀어서 애경사에서나 가끔씩 만나지만 서로를 신뢰하는 마음은 여전했다. 친구가 고맙다는 표현으로 고개를 끄덕이고는 깊고 깊은숨을 내쉬었다. 먼저 간 사람만 불쌍하지, 산 사람은 어떻게든 살게 된다는 거 모르지 않겠지만 동생을 생각하면 근심도 많겠고, 또 걱정도 많은지 분향소 쪽을 돌아보고는 친구가 다시 말했다.

 "멈추면 비로소 보인다더니, 저들도 그동안 지지리도 힘들고 어렵게, 외롭고도 고달프게 살았던 모양이야. 부부는 일심동체로 서로의 부족함을 이해하고 채워주고 존중할 때 집안에는 사랑과 감사가 넘쳐나고, 서로에게 가장 귀한 보배요, 서로 배려하고 위하며 살아도 부족했을 텐데, 그러지 못했던 것 같아. 진정한 사랑은 확인하는 게 아니라 확신하는 것인데, 그렇게 살 작정이었으면 왜 연은 맺었느냐 그 말이지? 살맛 나게 살아도 모자랄 판에, 거기다 욕심까지 짊어졌으니 많이 버거웠겠지. 당연히 불신의 벽도 높았을 것이고. 한번 왔다 저토록 쉽게 가는 인생이면서…"

 "목사님, 대표님이 부러우세요?"

 친구 부인이 끼어들었다. 남편 말이 길어지고 있다는 참견인데,

하필이면 거기다 아직도 연을 맺지 못한 대표를 포함시켜서 묻고 있었다. 친구가 어색해하며 대답을 피했다. 하지만 친구 표정에는 긍정의미가 없지 않았다. 잉꼬부부라 소문난 자신들도 별반 다르지 않다는 표현인지, 역시 '결혼은 무덤이다.'는 뜻인지 알 수는 없었다. 하여간에 대표는 벌써부터 '비혼'을 숨기지 않았고, 그럴 이유도 없다. 당연히 '혼자'라는 사실이 막무가내의 절망스러움도 아니었다. 뿐만 아니라, 오십 중반을 넘으니까 주변의 관심도 한풀씩 꺾이고, 자신 스스로도 결혼으로부터 그만큼 둔감해졌다. 물론 누구는 해도 손해, 안 해도 손해라며 끈덕지게 꼬드겼다. 해보라고 한 번쯤은. 하지만 여전히 확신할 수 없었다. '결혼은 천국에서 행해지고 지상에서 완성된다.'는 말뜻을 몰라서도 아니었다. 기필코 부럽거나 억울할 것까지도 없다는 뜻이다. 그리고 요즘은 결혼을 하고 안 하고가 흉도 아니며, 결혼해서 살기 싫으면 헤어짐도 쉬운 현실이다. 그랬는데, 어쩌다 언제부터 결혼이 어렵고, 하기도 힘들어졌는지 알 수도 없으나, 그 파급효과는 벌써 다양하게 나타나고 있었다. 결혼과 출산의 기피현상부터 인구절벽까지 그것도 너무 심각하게.

"고맙습니다."

그녀가 다가와서 고개를 깊이 숙이며 그랬다. 많이 힘들어 보였다. 조금 전 상주로 서 있을 때와는 또 달랐다. 검정색 상복 저고리와 치마가 넉넉해서 그녀의 작은 몸피는 더욱 가냘프고, 얼굴 또한 창백해서 아차 하면 무너져 내릴 것 같다. 거기다 눈물이라도 곧 쏟아 내놓을 것처럼 눈자위가 아슬아슬한데, 잘 견디고 있다. 그 느닷없는 전염병 덕분에 언제 어디서나 무시로 마스크를 사용해도 어색하거나 이상할 것 없어서 그나마 다행이다 싶었다. 그녀가 마스크를 매만지며 휘청하더니, 무심코 자세를 바르게 했다. 그런 그녀에게 오빠가 앉기를 권했다. 대표가 얼른 좌석을 옮겨 앉으며 옆자리를 내주었다. 그녀는 아직도 한동네 살았던 친구 부모의 늦둥이 딸이었고, 귀여운 여동생이고, 소녀 시절 순하고 착한 모습 그대로여야 했다.

또 어느 날 출판사 문을 밀고 들어선 가인 숙녀의 모습도 잊을 수 없다. 결혼 후 내내 숨어 살다가 다시 밖으로 나왔다는 그녀는 상큼 발랄해 보였다. 숨 막히고 답답해서 곧 죽을 것 같았다는 표정이나 모습은 어디에도 없었다. 이제라도 그 능력을 살려볼 수 있도록 여동생을 도와달라는 친구 말을 어디까지 믿어야 할지도 몰랐다. 하여튼 가정사야 더 알 수 없었고, 알 필요도 없었지만 출판사에 출근해서는 그야말로 잘 지냈다. 저런 에너지를 가두고 어떤 독한 마음으로 여태껏 살았을까 싶었다. 물론 부정맥으로 한차례 고비를 넘겼고, 이후는 제세동기를 믿고 잘살고 있다. 가끔 고단할 때면, 그때 숨쉬기를 포기했어야 한다면서 억지웃음을 만들도록 여유도 있었다. 그랬는데 느닷없는 '사별'이라니! 날벼락이고 또한 현실감도 없을 터였다. 어쨌거나 지금은 그녀에게 늦은 점심이라도 챙겨 먹이고 싶었다. 산 사람은 살아야 하니까 말이다. 대표는 술기운을 빌려 상조도우미를 불렀다.

"소주 하나 더 주시고, 상주도 식사는 해야 할 것 같아서요."

"우리 대표님, 벌써 취하신 거 아니지요?"

그녀가 놀라는 표정을 하고 대표를 옆으로 돌아보며 그랬다. 순간, 그 느낌이 달라서였다. 말보다 행동으로, 행동보다는 마음을 더 먼저 움직이려 했던 남자, 그래서 늘 앞서지 못했었고, 무엇이든 놓치는 것도 많았다. 아직도 의사 표현을 쉽게 하는 대표도 아니며, 좀처럼 가볍게 나대는 오빠 친구도 아니었다. 때문에 아직까지 '혼자'였으리라. 늘 따듯하고 좋은 사람, 그보다 이제부터는 살가움도 표현할 수 있으면 싶었는데, 그 한마디는 느낌이 확 달랐다. 가슴이 따뜻해졌다. 순간이지만 그녀는 좋았다. 술기운이 작용했을지라도 좋고, 분위기 전환용이라 해도 좋았다. 대표는 무거운 침묵이 부담스러워서 그랬을 뿐인데, 그녀도 친구 부부도 '이건 뭐지?' 하는 표정들이다. 대표가 한마디 더 붙였다.

"우리 출판사 살림꾼인데, 탈이 나면 또 일 납니다."

잠시 침묵이 흐르자, 그녀가 두 손을 모으며 말했다.

"죄송하고 또 감사합니다. 오라버니들 믿고 기운을 또 차리겠습니다. 이제는 밥도 먹고, 술도 한잔하려구요."

대표는 위로의 한마디를 변명하듯 하고 물러났지만 주위에는 그 살가움과 따뜻함이 여운으로 출렁거렸다. 그녀는 다소곳한 자세로 다시 고쳐 앉았다. 그랬다. 지금까지 그녀에게 계속되었던 아픔도 이제는 없을 것 같은 믿음이 생겼다. 뿐만 아니었다. 그녀 자신도 알 수 없는 마음이었고, 또 천벌을 받는다 해도 어쩌지 못할 생각들이 폭포수처럼 쏟아졌다. 그랬는데도 불구하고, 남편 주검을 확인하는 그 순간, 끝보다는 시작점이 먼저 보였다. 그것도 또렷이.

그들은 부부이면서 부부가 아니었다.
'좋은 결혼은 있어도 즐거운 결혼은 좀처럼 있을 수 없다.'는 의미를 깨달으면서부터 남보다 더 멀고, 차라리 남보다 못한 부부 사이가 되었다. 휴대폰에 입력된 '그 여자'와 '그 남자'는 그 부부의 서로에 대한 호칭이다. 넘치는 애정 표시도 아니고 소통이 많지 않을지라도 상대를 그렇게까지 표현하게 된 이유는 남달랐으리라. 중년을 넘어선 부부가 서로의 이름도 아닌, '신랑-각시'도 아니고, 그 흔해 빠진 '여보-당신'이나 '남편-아내'라는 호칭마저도 사용하지 않았다는 사실이 서로에게 더 큰 아픔이고 놀라움이었다. 모양으로 부부지만 그들만의 품위와 품격을 무엇보다 우선시했다는 그 부부의 호칭으로는 어울리지 않았고, 실망스럽기까지 했을 거였다. 그럼에도 불구하고 남자와 여자는 그 세월을 부부로 살았고, 그 사이에 딸도 태어났으며, 그 울타리 밖으로는 우아하고 단란한 모습의 가족임에 의심할 여지 없는 관계를 철저히 유지했다. 그 누구도 알 수 없었고, 밖으로는 무엇도 내보이지 않았다. 그러나 그 관계의 질은 부부 사이의 벽, 절망의 벽이었다. '세상에 태어나 우리가 경험하는 가장 멋진 일은 가족의 사랑을 배우는 것.'이라는데, 그 사랑을 눈물방울만큼도 배우려 하지 않았던 부부의 모습! 상상해 보시라, 여러분 능력껏? 세월이 흐를수록 그 불신의 벽은 위로는 더욱 높아졌고, 아래로는 더더욱 깊어졌다. 이미 넘을 수 없는 벽이었다. 본인들 의사와 상관없이 남자는 끝없이 높아짐으로 해서 그 벽이 두려웠을 것이고, 여자는 깊어지는 진창에서 헤어날 수 없을 것 같았다. 부부는 기필코 그 벽으로부터 자유로울 수 없으며, 사는 동안에는 넘을 수도 없으리라 생각했다.

그랬는데 그 남자는 자신이 근무하는 학교연구실에서 시신으로 발견되었고, 사망원인은 심장마비…. 그야말로 죽음조차도 간단명료했다. 사람은 이처럼 허망하고도 황망하게 죽을 수도 있구나 싶었다. 정신적이든 육체적이든, 자신을 위하는 관리와 반듯함은 추종을 불허했었다. 철저한 현실주의자였고, 꾸준하게 운동을 했으며, 성장과정에서 호기심이라도 있을 법했는데 술과 담배는 애당초 몰랐단다. 음식에도 참 까탈스러워서 천년만년 살 것처럼 그랬었고, 지나칠 만큼 규칙적이면서도 이기적인 삶을 살았는데도, 결과는 그뿐이었다. 본인의 결벽증처럼.

부부는 우선 나이 차를 극복해내지 못했다.

결혼도 엉뚱하고 갑작스레 했었다. 남자는 늦었던 박사과정을 갈무리하던 때였고, 여자는 졸업과 동시에 고등학교 교사로 발령 받았다. 선배도 한참이나 선배였고, 남녀구분 없이 하늘 같은 '선배님'들 말씀에 토를 달거나 거절할 수 없었던 시절이긴 했다. 학과 조교실에서 서로 도움을 주고받던 것 이상은 내내 없었는데, 남자가 어느 날 그랬다. 결혼할 결심을 했다고. 둘이면서 하나이고, 한 침대에 눕고, 한 식탁에 마주 앉고, 몸과 마음을 섞는 부부가 되자. '아내의 존재를 황금같이 보면 삶이 달라진다.'는 말을 오늘부터 당장 실천할 것처럼 그랬다. 뿐만 아니라, 누구보다 잘하고, 잘살겠다 했었다. 그것은 선배답게 집요했고, 구체적이며 확고했었다. 돌아보면 그 허언들은 참으로 부질없었고, 헤어질 결심과 같은 것이었으며, 비록 그 한때가 꿈이었을지라도 길지도 않았다.

　반면에 여자는 무방비상태였다. 부모의 극심한 반대부터 무모하고 철없다는 비난과 원망까지 그야말로 자포자기에 가까웠다. 모르면 용감해진다고, 다 물리치기까지 참 요란스러웠고 아팠다. 그 고집불통, 어디에 그런 고집이 숨어 있었는지 자신도 놀라울 지경. 어쨌거나 축복과는 거리가 먼 결혼생활은 시작할 수 있었다. 그랬으면 둘이 잘살면 될 일이었다. 학과공부도 중요하지만 사랑도 연애도 좋은 시절에, 그리고 좋을 때 많이 하라 했던 그 평범한 진리와 충고를 무시한 결과였으리라. 그 흔했던 미팅도 한번 경험해보지 않았던 여자에게 선배는 남성의 모든 것이었다. 좋으면 사랑이고, 사랑하면 좋을 거라는 무지함은 오래가지 못했다. 그랬으니 낯설고 다름의 차이는 더 많아졌고, 오류와 편견이 부딪치는 현상은 계속 발생했다. 생활습관도 몹시 달랐다. 공주는 아니지만 공주처럼 살 수 있었던 부모 덕분인데, 또 그것이 옥에 티처럼 살림살이에 발목을 잡혔다. 사시사철 칼 주름의 정장 차림이 가능하도록 늘 준비하는 것부터, 별난 입맛의 꼬장꼬장한 식사준비까지, 그야말로 괴롭고도 또 어려웠다. 경험도 없었고, 능력도 부족했지만 그래도 여자는 정성껏 준비했다. 노력도 했다. 그리고 할 만큼 더 해볼 생각도 있었지만 남자는 늘 불만이고 만족해할 마음가짐조차 없어 보였다. 뭐가 문제인지도 알 수 없었다. 벌써 다 포기할 수도 없었고, 우선 살아야 해서, 바른생활은 접어두고 슬기로운 생활을 택하기로 했었다. 손수건과 속옷까지 다려 입어야 해서 옷은 세탁소에, 짧아도 너무 짧은 입맛을 맞추려고 식사는 식당에서 해결하기로 하고, 한고비를 넘었다.

'살 송곳 맛을 알게 되면 정 붙어살게 된다.'는 말 때문이었는지 남자는 신혼 시절이 지났는데도 지나치게 부부관계를 요구했다. 시도 때도 없었다. 그 맛을 알고 느낄 틈이 없는데! 정은 무슨? 있던 정까지 떨어질 판으로 여자는 늘 두려웠다. 어쩌다 뜨거워진 몸이 '아아~' 소리를 내지르면 교양이 없다 탓하고, 또 이를 '아앙~' 깨물고 참아내면 정성이 부족하다 불평하는 남자의 이

중성으로 믿음과 신뢰는 점점 허물어지고 깨졌다. 그러는 와중에 덜컥 아이가 들어섰고, 또 몹시 두렵고 혼란스러운데, 자고로 가정은 여자가 지켜야 한다며 독박육아를 강요했다. 출산과 동시에 휴직을 했다. '애가 아이를 낳다.'는 수모를 당하면서도 오로지 엄마 마음으로 견딜 수 있었다. 이래저래 다 부족한 처지여서 또다시 무모하면서도 무던한 삶을 살아내야 했다. 본인의 선택이었으니 여자는 누구에게도 도움을 청할 수 없었다. 그래서 휴직은 결국에 사직이 되었고, 그랬는데도 남자는 집에 누구의 들락거림도 허용하지 않았다.

뿐인가, 아이 울음소리에도 민감해서 전임교수 자리를 지켜주기 위해서라도 각방을 쓰기로 했다. 부딪쳐서 내는 소리보다 아직은 더 참고 견딜 수 있어서였다. 차라리 고마워하며 안방을 내주고 여자는 아이와 거실로 나왔다. 마치 '내조의 여왕'이라도 된 것처럼. 그리고 모든 것은 각자의 공간에서 해결했고, 또 이루어졌다. 편안함 덕분에 '각방'을 고집하고, 자유로움 때문에 '졸혼'을 선택했다는 사람들이 부러울 수는 없었다. 여전히 편하지도 자유롭지도 못했다. 어찌 한 공간에서 나름의 어려움이 없었겠는가! 그 또한 마음껏 상상해 보시라. 여자의 몸이 기억하는, '아~'도 '앙~'도 싫다는 남자였기에 만족하지 못하는 성욕은 나가서 처리하도록 눈감고 방치했다. 그 맛은 이미 알 수 없었고, 정도 붙지 않았기에 포기도 쉬웠다. 외도와 불륜을 따지고, 빠듯했던 생활비를 탓하고 말고 할 겨를도 없었다. 이 정도면 거의 막 내릴 연극이고, 뭐든 다 쪽 날 판 아닌가? 아니었다. 더 감내하고라도 우선 살아야 했다. 아이 때문이라고 변명하면서. 어찌 살고만 싶었겠는가. 열두 번도 더 죽고 싶었으리라. 그렇게 그들은 본인들 삶에서 하나씩 둘씩 알맹이를 빼내고 빼주었다. 그것이 무엇인지 구별도 하지 아니하고 무작정.

'화난 채로 잠들지 마라. 대신에 밤샘을 하여 실컷 싸우라. 그러고 나서 화해하라.' 개선의 여지가 없는 부부에게는 그 말 또한 의미가 없을 터였다. 서로가 무관심하니 싸움도 되지 않았고, 화해할 일도 없이 그들은 그냥 살았다. 이제는 관심을 표하거나 화내는 쪽이 오히려 상처가 되고 밀리는 느낌이랄까. 대화가 필요 없었고, 말하지 않아도 살 수 있었다. 무서운 인내심과 견딤의 발로였다. 꼭 필요하면 딸 도움을 받았고, 또는 신발장 거울에 포스트잇을 붙여 해결했다. 한집에서 '소 닭 보듯' 어찌 그렇게 살 수 있느냐? 당연히 쉽지 않았고, 이 험난한 세상에서 조심하라는 우려와 당부의 말도 들었다. '묻지마 칼부림'처럼 어느 순간 돌변해서 누군가의 목숨을 거둬갈지 모르니, 서로는 잠잘 때 눈은 뜨고 자라고. 하지만 남자는 지극히 이성적이고 자기관리도 철저해서 폭력이나 폭행을 앞세우지 않았다. 그 차이는 있겠으나 가장의 역할에도 최선을 다하려 했다. 뿐만 아니라, 어쨌든지 유책배우자는 면하겠다고 그 경계선을 너무도 잘 지켜내는 용의주

도함 등등으로 이혼도 할 수 없고, 해줄 수도 없다며 나름의 관계유지를 또 철저히 했다.

여자 또한 마찬가지였다. 칼부림할 만큼 우발적이지도 않았고, 답답할 만큼 느긋해서 한 고집하는 그 성질을 어쩌지 못했다. 그래 이젠 죽자, 싶다가도 읽던 책 한 페이지를 넘기면 숨을 다시 쉴 수 있었다. 그것은 여자의 방패막이 같았다. 미치거나 말라비틀어져 죽지 않으려고 책을 읽다가, 또 그것을 번역해내는 힘으로 내내 견뎠다. 그것은 놀라운 집중력이었다. 물론 그 번역물은 당시의 생활비로도 요긴했지만 혹시 모를 본인의 미래를 위해서라도 열심히 해야 했었다. 하지만 벽은 속절없이 높아졌다. 그러는 사이 딸도 성장했고, 대학졸업을 앞두었으며, 여자는 더 단단해졌고, 직장도 다시 구했다.

불행 중 다행이라 했었다.

도서출판 '틈'에 나오지 않았더라면 그야말로 죽음이었고, 그것으로 자신은 다 끝이었을 거라며 감사해했다. 어느 주말을 보낸 월요일, 출근시간이 평소보다 많이 지나서였다. 맥이 다 빠진 모습으로 그녀가 사무실로 들어섰는데 표정이 어두웠다. 물론 처음으로 보고 느끼는, 그녀답지 않은 모습이고 행동이었다. 뭔 일이지! 서로 먼저 다가가고 싶은 표정이다가도 곧 괜찮아지겠지 하는 움직임들이었다. 대표도 그러리라 생각했고, 예정대로 편집회의를 시작할 참이어서 편집부 직원들이 회의실로 이동했다. 그

때까지도 그녀는 의자에 파묻힌 것처럼 겨우 앉아있는 듯했다. 자리에서 일어난 대표가 이동하면서 그녀에게 휴게실로 가, 좀 쉬라고 했다. 그러나 그녀는 별 반응이 없었다. 느낌이 좋지 않았다. 창백한 얼굴이고 여전히 불편한 모습. 더 가까이 다가간 대표는 곧 응급상황임을 알아차렸다. 그녀는 숨을 제대로 쉬지 못했다. 다급해진 대표는 그녀를 업고 뛰기 시작했다. 출판사 근처에 대학병원이 가까이 있었기에 뛰는 것이 더 빠를 거라 판단했다. 하지만 곧 후회했다. 그녀의 몸은 점점 늘어졌고, 의식도 희미해지는 느낌. 대표 자신도 순식간에 기운이 싹 빠져버렸다. 그러나 멈출 수 없었고, 뒤따르는 직원에게 병원으로 응급상황을 알려 후속 조치를 취할 수 있도록 부탁했다. 몇 걸음이면 응급실에 도착할 거리인데, 어찌 할꼬! 등에 업힌 그녀는 벌써 이 찬란한 세상에서 미련을 접어버린 듯 아무런 반응이 없었다.

조금이라도 빨랐기에, 다행히 응급상황은 순조롭게 돌아갔다. 마땅히 대표가 환자보호자 역할을 했다. 우선 생명을 지켜내야 했기에 더 지체할 수 없었다. 운 좋게도 위급한 상황은 겨우 넘겼고, 비보를 접한 그녀의 가족들, 오빠와 딸이 차례로 도착해 자신들의 감성만큼씩 토해내고 스스로 기운을 차렸다. 그녀의 남편은 초저녁 무렵 나타났다. 당혹스럽거나 궁금하고, 또 놀랍다거나 다급함 같은 설레발은 1도 없었다.

학회포럼이 있어서 늦었다는 사유는 있었지만 그 남편은 참으로 침착하면서도 무덤덤했다. 한집에 사는 두 사람을 부부라 한다는데, 부부가 맞나 싶을 정도로 남편은 무표정했다. 담당의사와 간호사를 면담하고, 중환자실 면회시간을 체크한 후, 그 와중에도 자신의 배고픔을 해결하기 위해 혼자서 식당으로 내려갔다. 경험자는 알겠지만 중환자실 앞 분위기는 어수선할 뿐 아니라 간절함과 조급함, 그리고 안타까움까지 범벅이 된 애간장이 타는 곳이다.

그래서 환자 가족들은 그 시간이 한순간도 아까울 지경이었다. 하지만 길지 않은 면회시간이 그들 부부에게는 무척 길게 느껴졌으리라. 그 순간에도 부부는 서로를 바라보지도 않았고, 말 한마디도 나누지 않았다. '절대안정' 때문이 아니라 부부는 정말로 말이 필요 없는 표정들이었다. 생사의 갈림길에서도 그 행위가 의식적인지 무의식적인지 알 수 없지만, 아내는 남편을 외면했고, 혼미한 상태로 중환자 집중치료실에 누워있는 아내를 걱정한다거나 애태워하는 남편의 모습은 보이지 않았다. 차라리 지금 이렇게라도 끝장을 봤어야 하는데, 이건 또 뭐지? 하는 표정이랄까. 드디어 남편이 지루해했고, 그 시선을 여기저기로 분산시키자, 간호사가 그랬다. 부인 맞지요? 갑작스럽던지, 남편은 대답을 주저했다. 용무가 끝났으면 그만 나가도 괜찮다고. 아내에게 기운을 내라거나, 간호사를 향해 잘 부탁한다는, 그것도 아니면 수고하시라는 한마디라도 남겼어야 했다. 하여튼 할 수 없었는지, 하지 않았는지 알 수 없으나, 그 남편은 기다렸던 것처럼 서둘러 중환자실에서 나왔다.

우여곡절을 견디며 치료과정과 병원생활을 마무리했다. 그 시간 동안 그들 부부의 남다름은 주변에 알려졌고, 자신들도 서로에 대한 불신과 미련 없음을 확인했으며, 부부 사이의 벽 높이를 분명하게 가늠할 수 있었다. 그야말로 벼락도 이런 날벼락이 있나 싶었는데, 그녀는 '틈' 덕분에 다시 숨을 쉬었다. 그리고 숨쉬기 운동이 가장 쉽다는 말을 '틈' 식구들이 부정하기 시작한 계기였다. 그녀는 '심장부정맥에 의한 실신'이었고, '인공심박동기'의 도움으로 또다시 생기발랄해졌다.

부부는 서로의 성격도 감당하지 못했다.

가까우면서도 멀고, 멀면서도 가까운 사이며, 곁에 있어도 그리운 것이 부부라 했다. 뿐이겠는가, 남편이 조금만 앞서가도 '두부'처럼 흐물흐물한 관계가 되고, 아내가 조금만 앞서가도 바닷가 '부두'처럼 서로의 마음이 멀어지듯, 부부는 누구 한 사람이 앞서나가지 않고 나란히 함께 가야 하는데, 그들은 사는 동안 내내 그러지도 못했다. 그러니까 부부 사이에도 은혜로움이 있어야 한다는데, 부부유은(夫婦有恩)이 아니라 서로의 생각과 느낌조차도 싫었다.

또 어느 날, 늦은 밤 시간이었다. 엘리베이터 앞에 그 여자가 혼자 서 있었다. 그것이 빠른 속도로 내려오고 있는데, 뒤에서 찬바람이 다가왔다. 귀가하는 입주민일 텐데도 돌아볼 수 없었다. 하필이면 그 순간 부산 '돌려차기'사건, 그 화면이 연상되었던 때문이다. 살며시 한 걸음 앞으로 다가서자, 막 도착한 엘리베이터 문이 열렸다. 주먹을 꼭 쥐고, 숨을 멈춘 채 안으로 얼른 들어섰다. 여전히 숨을 멈추고, 여자는 좌측면 거울을 향해 섰다. 그 거울 속에는 분명 사나운 짐승이 나타났어야 했는데, 남자가 반듯하게 서서 '16'버튼을 눌렀다. 여자는 우선 한숨부터 내쉬었다. 그 짧은 순간이지만 터무니없이 긴장했던 자신이 턱없이 무안하고, 또 억울했다. 남자는 아무런 표정이나 변화도 없었다. 외나무다리의 원수였더라면 무슨 일이 벌어졌을까 싶은데, 고속으로 오른 엘리베이터가 멈춰 섰다. 그 남자가 서둘러 내려서 부부공동명의 아파트, 그 현관문을 열고 안으로 쏙 들어갔다. 여자는 엘리베이터 문 앞에 한참을 더 서 있었다. '아내를 괴롭히지 마라. 하느님은 아내의 눈물방울을 세고 계신다.'는 말을 곱씹으며. 동승을 피했으면 될 터인데, 실수의 대가였으리라. 감당하지 못할 일도 아니고, 놀랍게도 처음 경험하는 당혹스러움도 아닌데 그랬었다. 부끄럽고 참담하지만 부부의 일상에서 발생하는 그런 사례들은 또 있다.

 예컨대, 아파트 단지 내 산책로에서 우연히 마주치거나 생필품 때문에 마트에서 맞닥뜨려도 오히려 뻔뻔하게, 그리고 조금도 어색해하지 않고 서로가 외면할 수 있었다. 뿐인가, 출근길에 아파트 앞 정류장에서 어쩌다 마주쳐도 서로를 피해서 다른 교통수단을 이용하는 불편함도 기꺼이 감내할 수 있었다. 그러기는 집안에서도 별반 다르지 않았다. 각자가 빨아 건조대에 넌 양말이나 손수건, 속옷 등등이 겹치거나 가깝지 않도록 더 멀리 밀어내고, 설사 그것들이 바닥에 떨어져 있어도 내 것만 챙기는 얌체 행위 또한 부끄럽지 않았고, 서로의 세탁물이 건조대 가장자리로 밀려 있는 꼴같잖음에도 잘 견딜 수 있었다. 서로를 더 멀리하고 푼, 서로를 집안에서 밀어내고 푼 행위였는데도 말이다. 뿐만 아니라, 현관문 앞에 배달된 택배상자도 본인 것 말고는 발길로 이리저리 밀어두는 못된 행태와 괘씸함까지도 기꺼이 감수할 수 있었고, 현관으로 들어서서 벗어놓은 신발들을 정리하면서도 서로의 감정을 죄 없는 신발에 화풀이를 했었던, 부부의 속내는 자신들도 알 수 없었다.

외롭고 쓸쓸한 죽음이었다.

장례식 손님은 자녀들의 손님이고, 문상객도 잘났던 정승보다 정승 집 개가 죽었을 때 많더라고, 딱 그랬다. 사실은 부음을 전할 친인척도 많지 않았다. 부부처럼 살지 않았으므로 부고를 전할 방법도, 알릴 곳도 막연하기만 했다. 그동안 살면서 애경사에 기꺼이 참석하지도 않았고, 동료들 관계도 원활하지 못했다. 또 너무도 갑작스러워서 뭘 어찌해야 할지도 몰랐다. 결론은 간소함이었다. 그랬다고 서운하거나 아쉽지도 않았고, 미련도 없었다. 절차를 그렇게 서둘렀다고 탓할 사람들도 없었다. 그래서 상례는 최대로 줄였다. 같은 경우였으면 두말없이 그 남자도 그랬으리라.

늘 일정한 출근시간과 반복되는 학교생활이었다. 그런데도 뭔가 부족하고 못마땅한 듯 새벽부터 유난을 떨면서, 집안을 홀라당 뒤집어놓고 그날도 분주하게 그 남자는 출근했었다. 그리고 늦은 밤, 딸 휴대전화로 먼저 연락이 왔다. 부인을 그 여자로 명명했기에 확인도 쉽지 않았던 탓이다. 학교 관계자는 더 일찍 발견했더라도 '의협파업'과 '의정갈등' 때문에 그 무엇도 다 어려웠을 거라며, 변명하듯 비보를 전했다. 그 남자의 삶이 그랬던 것처럼 죽음도 단순명료해서 장례식도 새삼스러울 이유는 없었다. 그 남자와 그 여자의 모든 인연은, 결국 거기까지였다. '사는 동안 행복하지 못했을 것이고, 부부가 아니었으면 더 나쁘지는 않았을 것인데, 그간 고생하셨다. 부디 저 세상에서는 편안하시라.'는 말로 그 여자는 그 남자를 보내기로 했다. 더는 아무것도 보태고 싶지 않았다.

모든 장례 절차와 운구까지도 장례식장의 도움을 받기로 했었다. 살면서 누구나 경험하게 될 일인데도 막상 닥치면 준비가 부족하고 당황스럽기 마련이다. 그야말로 '혼자'인 사람이 많아질 텐데, 그나마 다행이다 싶었다. 이가 없으면 잇몸이 대신하듯, 차질은 없었다. 예상대로 문상객도 많지 않았다. 대학 관계자들과 어찌어찌 소식을 접한 동료들과 제자들, 채무관련자 몇이 다녀갔다. 그리고 퇴근 후 '틈' 동료들이 다시 찾아와 오늘도 함께해주었다. 대표의 조용한 움직임들은 무엇보다 위안이었고, 적막한 빈소의 허전함도 견딜 수 있게 했다.

밤 9시가 되었다.
'천사'장례문화원은 의외로 조용하다. 시끌벅적함과 슬픈 울음소리, 등등은 어느 빈소에서도 들리지 않았다. 그 여자는 6호실 미닫이문을 닫고 관리실에 열쇠를 맡겼다. 물론 소등은 하지 않았다 했다. 고인이 서운해할지 모르니 분향소 내 전등은 켜두라는 부탁과 함께 발인제에 늦지 않도록 하라는 당부도 들었다. 상주들이 밤을 지새우기는커녕 빈소 문을 닫아건다는 행위가 뜨악했지만 요즘은 낯선 풍경도 아니라는 말이 위안으로 느껴졌다. 텅 빈 분향소를 내내 혼자 지키고 있는 고인의 딸 모습이 가련했던지 그런 간소함이 더해졌다.

마지막 조문객은 고인의 제자라는 젊은 여성이었다. 헌화와 짧은 묵념을 끝내고, 슬픔인지 원망함인지 알 수 없는 표정으로 영정을 한참 더 바라보았다. 여전히 고인의 영정 속 표정은 좀 별나 보였다. 고인이 자신의 공부방 책장에 올려놓았던 것을 상주인 딸이 영정사진으로 택한 것이었다. 잘 정리된 연구실 책장을 배경으로 살짝 비껴 앉은 모습인데, 어둡고 시선 처리도 불안정해 보였다. 때문에 고인을 더 오래 바라보도록 했었는데, 이유는 알 수 없으나 그 여성도 그런 모양이었다. 그리고 아무런 말도 없이, 허망하고 허탈한 모습으로 돌아섰다. 그 표정 또한 별났다. 여성의 그림자와 별난 표정들을 밀어내듯 '내일을 위해 우리도 그만 갑시다.' 대표가 그 일행을 몰고 장례식장을 나갔다. 내일이면 다 끝이고, 또 시작이길 기원하며.

지금도 오금을 펼 수가 없습니다. 그때를 생각하면 말입니다. 두렵고 무서웠습니다.

살벌했던 그 시절에는 말할 것도 없었겠지만, 무리의 움직이나 문밖의 공사장에서 들리는 망치 소리에도 질겁해서 주저앉은 세상에서는 당연한 생존본능 행위였을 겁니다.

저리고 쑤시다, 더는 어쩌지 못해 포기하고 들어앉았습니다. 그나마 다행이지 뭡니까. 다들 오금을 영영 못 쓰는 줄 알았거든요. 1985년 5월 어느 날입니다. 그러니까 서울특별시 강동구 하일동에서 강서구 개화동 행주대교까지의 한강 변 남쪽을 따라 이어지는 도시고속도로, 즉 올림픽대로가 완공된 며칠 후였을 겁니다. 뭐 특별할 것도 없지만, 그 하루를 펼쳐보기로 하겠습니다.

*

어쨌든 그동안 만사를 옥죄이면서, 벌렁거리는 가슴을 끌어안고 잘 견뎠다. 반지하방 특유의 냄새와 소리들, 그리고 주인아줌마 악머구리 같은 잔소리에도 불구하고 말이다. 그 옛날 어머니 품속 같았거나, 또 한편으로는 절절절~ 거리며 돌았던 손재봉틀 소리로 착각해서 견딜 수 있었다고 해두자. 물론 그 견딤에 있어서도 나름 차이는 있겠지만, 오늘 아침의 경우는 많이 달랐다. 그렇다고 세입자들 모두가 내 생각과 동일할 거라 싸잡아 묶어두고 싶지는 않다.

뿐만 아니라, 그러한 동류의식 같은 것으로 위로받을 마음 또한 추호도 없다. 구걸을 해서라도 꼬박꼬박, 월세와 잡다한 것까지, 차라리 굶고 말지 그 날짜를 넘기지 않았다. 강박감 때문에도 나 스스로가 잘 지켰다.

이상한 것은 또 있다. '야~, 아무리 월세라도 그렇게 기죽어서 어찌 더 살겠냐! 미안하다. 그렇지만 우리 엄마가 그토록 닦달질은 해도 널 아끼는 구석이 있더라니까.' 친구라는 녀석이 가끔 내려와서 그렇게 비아냥거렸다. 말리는 시누이가 더 밉더라고, 딱 그 꼴이다. 하지만 나는 지하실 방에서 벗어나겠다는 생각을 아직껏 해보지 못했다.

"총각, 나 좀 보겠는감."

또 시작이다.

그러나 일단 무시한다. 숨넘어가는 목소리와 다급하게 끌리는 슬리퍼 소리, 문 두드리는 소리가 동시에 전달되지만. 제기랄! 나는 늘 헷갈린다. 뭔 소리가 먼저인지 알 수 없게 서둘고 윽박지르는 아줌마 때문에.

"…쪼까 보자니까?"

느긋하기로 따지면 천하태평 무서울 것 없는 나다.

하지만 더 뭉그적거렸다가는 또 무슨 쌍소리가 터질지 몰라, 야전침대에서 일어나 전등부터 켠다. 그리고 잠옷이나 진배없는 와이셔츠를 걸친다. 설마 그럴 일이야 없겠지만, 부모님이 돌아가셨다 연락이 와도 오전 시간엔 방문을 두드리거나 깨우지 말라고 목 힘줄까지 돋우며 신신당부를 했었다.

뿐인가, 방문에 〈-면회- 오전엔 절대사절〉이라고 빨강 매직펜으로 써 붙이기까지 했다. 헌데 한동안 뜸했던 아줌마가 또 오두방정이다.

"이달 전기세에 과태료가 붙어서, 총각이…."

"아니, 그것 가지고 이렇게…."

말을 말아야지.

어이가 없어서 나는 웃고 만다. 차라리, 거시기 콧구멍에서 마늘쪽을 빼먹고 말지, 젠장! 더는 상대를 못 하겠다.

"꼴이 그게 뭔감? 추접스러워서 웬."

"또, 왜 그러세요."

"오늘은 제발 좀, 방 청소도 하고, 이불도 좀 내다 널고. 냄새가 나서 웬. 아니면 당장에 방 빼든가!"

해도 너무한다 싶어지자, 부아가 치민다.

죄 없는 부모까지 들먹이며 당부했던 말이었다. 올빼미 같은 생활이지만, 사정이 있어서 그러니 깨뜨리지 말라고. 그렇게 애걸복걸했건만, 또다시 약발이 떨어진 모양이다. 그 지독한 놈들한테는 말이 필요 없었다. 밀어붙이기 아니면, 안 되면 되게 하라는 식의 '무대뽀'가 전부였다. 그놈들을 피해 도망치듯 찾아든 곳인데, 아줌마가 요 모양일 줄 누가 또 알았겠는가. 더는 무엇도 무시할 결심으로 불을 끄고 몸을 내던졌다.

그러거나 말거나 지치면 그만하겠지, 그만큼 했으면 됐지, 그 비위를 어떻게 다 맞춰 맞추길. 물론 비위에 통할 사람도 아니고. 하지만 나는 쉽게 잠을 청하지 못한다. 버릇이다. 눈을 감으면 누군가 좇아오는 것 같고, 올림픽대로공사가 한창일 때 중장비들이 무작정 밀고 들어올 것 같았던 두려움 때문에 잠을 쉬 청하지 못했던 것처럼.

하여튼 돈에 관한 또는 세입자들과의 사소한 문제까지도 머리가 빠개지고 머리털이 뽑히도록 지지고 볶는 아줌마 성깔을 모르는 바 아니다. 그 극성 때문에 몇 달 견디지 못하고 손해를 감수하며 짐 쌌던 사람들은, 아줌마가 무섭다기보다 더러웠을 것이다. 그러나 무서워도 더러워도 더는 피할 곳이 없는 나다.

해서 쉽게 잠들지 못하는 만큼 속이 박박거리는 데도, 이 아침을 어쩔 수가 없다. 애꿎은 담배를 피워서 물고 누워있으니까, 괜한 일들까지 혼탁한 머릿속을 파고든다. 때아닌 전기요금은 그렇더라도, 웬 과태료란 말인가? 참 요상하게도 뜯어가는군. 먹고살 만하니까 더 지랄한다는 데 방법이 없다. 권력을 잡으니까 더 지독해지는 놈들 앞에서처럼, 엎드리거나 피하는 수밖에. 그러니까 어서 잠이나 들면 좋으련만, 내 눈동자에서 암팡지고 야멸스러운 아줌마를 나는 끌어내지 못한다.

주인집 아들이자, 대학동기이며 국가공무원인 녀석은 친구다. 당신 아들과는 나를 비교 대상으로도 생각하기 싫을 것이고, 당연한 이치다. 지상에서 지하로 요롷게 내려앉아 살지만 그 정도 눈치까지 무시하고 살 배포는 아직 추스르지 못했으니까. 사실이지만 지하실, 그것도 보일러실을 구조 변경한 방에 처박혀 사는 꼴이 사람 같아 보였겠는가.

밉보이고 얕보는 그런 눈치에야 벌써 이골이 났다. '그놈에 판검사는 아무나 되는 줄 아는감.' 가끔 화장실 가다 재수 없게 마주친 아줌마의 찧고 까불어대는 입방정까지도 잘 견디는 나다. 판검사는 무슨, 얼어 죽을! 그런 말조차도 꺼내보지 않은 나였다.

친구가 그냥 말하기 뭐해서 둘러댄 핑계일 테지만, 그렇듯 간담이 떨리게 했던 경우에도 참을 수 있었던 이력이다. 뿐인가. '저, 독한 년. 돈에 환장한 여편네, 그 더러운 심뽀로 돈 벌어서 집 샀드냐. 개 같은 년아.' 엊그제 문간방에서 이사 간 할머니의 분에 찬 언성에도, 나는 조금도 흔들리지 않고 의연했었다.

하지만 오늘 아침은 아니다. 생각할수록 기분 나쁘고 울렁거린다. 거기다 지금까지 쌓였던 것들이 뜨거운 것을 집어삼킨 뱀 머리처럼 들썩거렸다. 당장 2층으로 뛰어올라가 '당신이 누구 판검사 되라고 빌기를 했어! 보태주기를 했어? 그리고 왜 나더러 과태료는 내라는 겁니까?' 따지고, 그래도 성이 덜 차면 야구방망이로 다 휘둘러버려, 마음뿐이다. 그럴만한 기력도 용기도 없는 나다. 언제부턴가 그랬었고, 앞으로도 쭉 그러할지도 모른다.

그랬는데 내가 유일하게 아끼던 와이셔츠가 우지직 찢어졌다. 아줌마가 내려와 이러고저러고 하던 차에, 아침부터 재수 없게 말이다. 가뜩이나 쓰리고 아린 상처에 소금을 맞은 기분이랄까. 오늘은 왜 또 이렇게 꼬이는가 싶은 것이, 가능하다면 묵직한 잠 속에 빠져 세상만사를 더 멀리할 수 있었으면 좋겠다 싶다. 어둠 속에서도 재봉선 어느 부분이 터진 것을 느낄 수 있다.

신경이 쓰였다. 그리도 촘촘하게 박아서 만든 개량된 와이셔츠다. 옷감이 낡아서 입지 못할 때까지, 재봉질한 곳이 터질 거라고 생각은 못 했다. 뿐인가, 어머니가 만들어준 옷은 내가 입다 싫증

나 일부러 찢어버리기까지는 그런 적이 없었다. 이 셔츠를 손질할 때도 어머니는 그랬었다. '유섭아, 요새 요런 감 구허기 심들어야. 그러고 해는 묵었어도 어디 흠집 하나도 읎씨 요로케 멀쩡해야.' 투박하긴 했으나 곱게 접힌 옷감을 펼칠 때, 흔히 볼 수 없는 셔츠 같아서 신기했었다.

내가 대학입학을 앞둔 어느 날이다. 명주실로 짠 옷감이라는 것과 말로만 들었던 명주실 감촉도 느껴봤다. 또 그것은 아버지 몫으로, 어머니가 시집올 때 마련해온 것이며, 지금껏 아끼다 내놓는 것이라는 뜻밖의 이야기도 들었다. 그러나 어머니 마음과는 다르게, 나는 표정도 대답도 데면데면 싱겁기 짝이 없었다. 세월의 무게감 때문이었으리라.

한때는 어머니가 만들어준 옷 입기를 그토록 원했고, 또 한때는 무엇보다 싫었다. 그래서 스스로의 변덕스러움을 탓해야 했다. 나는 태어나서부터 최근의 몇 해 전까지도 앉은뱅이 손재봉틀을 품 안에 끼고 절근절근~ 소리를 내며, 박음질하는 어머니를 보았다.

어머니는 늘 한결같은 모습이었다. 어머니 품속이 그리우면 어느 때는 그 재봉틀이 미웠고, 어떤 옷이든 새롭게 고쳐 만들어내는 그 재봉틀이 또 어느 때는 그토록 좋았다. 뿐인가, 재봉틀 손잡이에서 절근절근~ 소리가 들리지 않을 정도로 재봉질에 몰두하다, 어머니가 '유섭아, 미싱에다 지름을 너머 많이 쳤는가, 오늘은 겁나게 보드랍다.' 그러면 '어매는 그 미싱이 그로코롬 좋아?' 라고 나는 묻곤 했었다.

어쩌면 나는 어머니가 만들어준 옷보다, 앉은뱅이 재봉틀 소리를 들으며, 어머니 곁에 있음을 더 좋아했는지 모른다. 아버지가 집에 돌아와, '그 염병헐 미싱질 좀 그만 허란게 또 그 지랄.'이라고 소리치며 발길질했지만, 어머니는 잠시 후 다시 재봉틀 앞에 앉았다. 멍이 든 얼굴을 숨기고, 소리 없는 울음을 삼키기 위함이었을지라도 말이다.

어머니는 재봉틀에서 마찰음 같은 소름끼치는 소리가 나도록 손놀림을 빨리했다. 그러면 나는 '어매, 미싱에다 지름 쪼까만 치까?' 묻고는 어머니 곁을 잠시도 벗어나지 않았다. 어쨌거나 우리 어머니가 도망치듯 집을 나서는 모습을 다시는 보고 싶지 않았던 때문이었으리라.

오전 수면시간뿐 아니라, 오늘은 종일 잠으로 때워보려 했던 무모함은 애당초 잘못된 생각이었다. 반지하방 어둠 속이라도 헛된 기억들로 꽉 채워진 상황에서는 잠으로 해결할 수 없었다. 알전구에 손을 내밀어 불을 켰다.

기억의 편린과 쓸모없어진 책들이 불빛과 함께 어수선하게 뒤섞인다. 그것들도 어느 날 오후처럼 잘 정리되어지길 바랄 뿐, 내 습관성 어수선함은 어쩔 수 없다. 그 무관심까지도 용서해주리라, 나 스스로 믿을 뿐이다. 하오나 찢어진 셔츠 때문에 칫솔질을 거른 듯 개운치 않은 심사는 여전하다. 어머니가 만들어준 옷에 대한 추억이 잠시 아름답지 못했을지라도 지금은 아니었다. 짧지 않은 세월 동안에 느껴야 했던, 그 아픔들이 생각나서 그냥 팽개칠 수 없었다. 그랬다. 아직도 나는 그 셔츠의 애틋함을 다 느끼지 못했고, 깊이도 모르고 지내는 애물단지 자식이리라.

지하실에서 나온 나는 쏟아지는 햇살에 우두망찰하여 서 있다. 햇살을 피해 다시 지하실로 내려갈까 말까 망설이다, 찢어진 셔츠가 손에 들려 있음을 겨우 알았다.

"지금은 바쁘니까, 거기다 두고 가요."

세탁소 여자는 뭘 오해라도 한 것처럼 퉁명스럽다. 못된 짓을 하다 들킨 사람이 느끼기에 충분히 무안한 어투였다. 그랬지만 나는 쉽게 돌아서지 못했다. 무슨 이런 옷이 있으며, 무던히 일없이 꼼꼼히도 박았네. 요즘에 누가 이런 걸, 그만 버려도 본전은 빠졌겠네. 절로 터진 입에선 수많은 말이 흘러나올 것 같다. 재봉틀 모터 소리와 시끄러운 라디오 소리까지, 여자의 재봉질 모습은 마치 무거운 형벌이라도 받은 느낌이랄까.

귀찮아하는 여자의 표정을 바라보다, 나는 무심코 물었다.

"그 재봉질은 얼마나…?"

"3년쯤 되었나. 근데 왜?"

"재미는 있어요?"

"할 일도 참 없는 모양이네. 누가 재미로 이 짓거리를 할까."

여자는 삼발이의자에 웅숭그리고 앉아, 건목치듯 건성거리는 손놀림이지만 빠른 속도의 바늘 움직임을 놓치지 않고 아슬아슬 잘 따라가고 있다. 나는 곧, 세탁소에서 기가 죽어 스스로 밀려나왔다. 핀들거리지 말고 가서 공사장 날일이라도 하라는 듯 여자가 더 세차게 페달을 밟았기에 재봉틀에서는 싱싱 쌩~ 바람소리가 났다.

발길이 강변으로 옮겨지고 있다는 것을, 나는 한참 후에 알았다. 가끔 옥상에 올라 하루가 다르게 변모해 가는 한강변을 내려다보았다. 그리고 어김없이 경을 치듯 놀라 지하실로 내려왔던 버릇 때문인지, 이상할 것은 없지만 내가 강변까지 직접 나왔다는 게 스스로도 놀라울 따름이다. 실로 오랜만의 외출인 셈이다.

잘 정리된 넓은 고수부지, 폭포수처럼 내리쏟는 햇살, 그 햇살에 퍼덕이는 강심의 물비늘, 강변도로를 겁나도록 쌩쌩 달리는 대형트럭들, 둔치에 한가롭게 앉아있는 여인들, 축구공 움직임에 따라 몰려다니는 아이들, 드문드문 낚시를 드리운 강태공들, 하늬바람에 한들거리며 윈드서핑을 즐기는 사람들 등등, 나는 그 모든 것이 새롭다. 타국의 어느 강변에 나온 느낌이랄까.

강북과 강남을 갈라놓고 절로절로 흐르는 한강의 그 깊이도 알 수 없고, 그 물속에는 또 무엇이 숨어 꿈틀대는지 알 수 없듯이, 물안개처럼 혼탁한 내 삶의 주변과는 대조를 이룬다.

언젠가 어머니가 서울에 올라왔을 때, 그러니까 지독한 놈들 때문에 세상이 한바탕 휙 뒤집어진 후 언제쯤이었고, 올림픽도로다 대교다 종합운동장이다 등등으로 망치소리가 여기저기서 요란스러울 때였다. 하여튼 그때 한강을 내려다보며, 이런 탄식을 했었다.

한때~! 당신이 주인 없는 절망을 잉태했을 땐, 당신 고통보다 절망 속에서 커야 할 우리는 슬펐습니다. 그런 슬픔은 여러 번, 여러 날 동안 계속되었다고 이웃들이 말했습니다. 우리는 체념하지 않고, 몸부림치며 당신을 지키려 했을 겁니다. 당신의 깨끗한 모습이 그때는 우리에게 건강을 주었지만, 또 우리의 삶이 더 건강해지면서, 당신은 점점 커지는 그 아픔을 감당할 수가 없었습니다. 그런 당신의 육신은 온통 상처투성이로 부대낌을 견디어야 했습니다. 하지만 우리는 당신 품 안을 떠나야 했고, 또 비난까지 했습니다. 그것이 당신에겐 숙명적인 모습일 거라고 우리는 생각하기도 했습니다.

오늘~! 당신은 이웃들에 의해 점차 회생되고 있음을 우리는 보고 있습니다. 당신의 깊은 마음이 더욱 깊어지고, 당신의 넓은 가슴이 더더욱 넓어져, 우리를 다시 안으려 채비를 하고 계신다는 것도 알고 있습니다. 그런 당신의 품 안에 포근히 안기고 싶은 것은, 우리만의 욕심이 아닐까 해서 부끄럽습니다.

내일~? 당신의 고운 모습이 완전히 치유되면, 그날 당신의 품

안에 안긴 우리들과 함께 축배라도 올리시렵니까.

　나는 지금 천호대교 밑에 앉아있다.
　너무나 건강해져 버린, 아니 너무도 반질반질해진 강변을 거닐다, 대교 밑에서 위압감에 짓눌려 주저앉고 말았다. 헌데 머리 위 대교를 지나는 차량들이 내는 울림소리가 이상했다.
　어떤 것은 주인아줌마 닦달질 같은 극성스러움이고, 다른 것은 어머니가 돌리던 재봉틀소리 같으며, 어떤 것은 요사스럽던 세탁소 소음 같거나, 또는 주인아저씨 다디단 음성과 아버지의 악다구니 소리가 강물을 출렁거리듯 내 귓속에서 맴돌았다.
　그 소리들로 인해 내 귀는 잠시 아무런 소리도 가려내지 못하고 멍~ 해진다. 육중한 교각들 사이사이의 뿌연 안개 속을 헤집고 다가서는 어머니 모습은 산발을 한 귀신같다. 하지만 잠깐 사이에 그 모습을 나는 놓쳐버렸다.
　지겹도록 계속된 재봉질이 어머니 희망처럼 느껴지기까지는 많은 세월이 필요했다. 재봉질 감이 없으면 멀쩡한 것을 뜯어서, 다시 재봉틀 앞에 앉는 어머니 집착이 한때는 무섭기까지 했었다. 그런 어머니 곁을 지켜내기가 아마도 지치고 고단해서였으리라. '어매, 그 미싱은 어디서 나왔당가?' 지루함 끝에, 나는 그렇게 물은 적이 있다.
　어머니는 또 한숨을 토해내듯 그랬다. '다 그 난리 때문이었시야. 느그 할매가 주고 간 유일한 거시었재. 그런디 이것 땜시도 고생, 많이도 했시야.' 역시나 또 전쟁이야기였다. 더 듣지 않아도 충분히 들었다. 아버지는 내가 중학생이 될 때까지도 난폭했고, 술로 자학적인 세월을 보냈다. 사는 것 또한 막무가내였다 기억된다. 물론 아버지 삶이 왜 그래야 했는지는 지금도 알 수 없다. 당연히 어머니는 그것까지도 그 '난리' 탓이라 했겠지만, 그 시절의 모든 부모가, 우리 집처럼 난폭하거나 혹은 지나치게 조용하고 어둡지 않았다는 것도 나는 기억한다.

물결이 찰랑거리는 강변을 따라 나는 걷고 있다. 강은 새로워졌다. 한때는 무관심으로 잊혀졌던, 또 한때는 상심했던 강이었지만, 지금은 이 시대의 눈높이로 변모해 그 자취마저 찾을 수 없다. 강은 그렇게 상처를 받았고, 또 이렇게 상처가 치유되었는데, 우리들 마음속에 흐르는 그 어떤 강은 아직도 심난함으로 버물어진 채 세월 속으로 묻혀가고 있다.

어머니는 당신들이 감당해야 했을, 그 '난리'의 후유증을 우리가 잘 견디어내고, 또 그런 증상들로부터 벗어나라고 그 셔츠를 만들어주었던 모양이다. 수선할 것은 수선하고, 고칠 수 있는 것은 고쳐서라도 당신들이 겪은 세상을 그만 보여주고 싶었으리라. 하지만 세상살이가 그토록 녹녹하지 않았던지, 우리가 바라는 민주화 물결은 또다시 요절복통의 난리를 경험한 것이다. 지독해진 놈들 때문에, 그리고 진통의 후폭풍을 잠재우기 위한 재갈물림으로 행해지는 각종 규제와 개발 등등은 여전히 또 다른 절망을 키우는지 모를 일이다. 때문일까, 대교를 받치고 있는 수많은 교각들의 난삽함처럼 우리는 지금도 혼란스럽다.

"와~, 월척이다!"

누군가 뒤에서 소리쳤다.

주위 사람들이 우르르 모여든다. 내가 방금 지나왔던 곳이다. 하지만 나는 돌아가고 싶지 않다. 잠시 망설이기도 했지만 아직은 때가 아닌 것이고, 기회는 주어지는 것이지 좇아가서는 안 된다는 고집 때문이다. 낚시꾼은 여기저기 또 있기 마련이다.

그렇듯 나도 언젠가는 지하실을 벗어나 지상에 방 한 칸 마련할 기회가 생기지 않겠는가. 나 자신을 위해서도 필요하겠지만, 어머니를 위해서라도 그만 밖으로 나와 뭔가를 시작해야 하리라. 그래, 해야만 할 것이야. 그런 모든 것을 뒤로 한 채, 안개 같은 구름이 멀리로 보이고, 물비늘이 낙조에 꿈틀거리듯 찰랑이는 물결을 따라, 강변에서 다시 반지하방으로 밀려왔다.

또다시 그 경망스러운 발걸음 소리다.

"공부는 안 하고 어딜 그렇게 종일 싸 댕기다 왔는감?"

정말 재수가 없는 날은 어쩔 수 없나 보다. 목구멍까지 꼿꼿하게 치미는 것을, 종일 굶었다는 무던함으로 겨우 참아냈다.

"전화가 왔어. 모친이 올라 오신다느만. 용산역으로 나가봐야 않겠는감."

 어쩌면 저리도 똑똑 부러지고, 정이라고는 눈곱만큼도 없을꼬. 여기 살지 않았던들 저런 꼴은 경험하지 못했으리라. 그러면 나는 왜 그런 간섭과 질타를 참아내고 있는 것일까. 어머니로부터의 무구한 간절함과 무작정의 끌어당김으로, 심신이 나약해진 탓에 그리도 야멸스러운 아줌마의 행태를 견디는지도 모르겠다. 하여간 나는 세탁소에서 그 셔츠를 곧장 찾아왔다.

 "저녁 안 먹었으면 궁상떨지 말고, 올라와. 해 처먹고 나가자면 늦지 않겠는감."

 겨울엔 보일러 때문에 지하실 출입이 많았지만, 요즘은 별스런 방법으로 몸서리치게 하는 것 같았다. 그 호의가 고맙다기보다 내 뱃속이 너무 굶주린 탓으로, 아차 실수를 할 뻔했다. 그리고 어머니가 올라온다는 말에, '무슨 일로 오신대요?'라고 묻고 싶었다가도, '일은 무슨 일이겠는감, 그래도 자식이라고 보고 싶으신 게지.' 아줌마의 그런 토막 대답이 우선 싫어서 다 포기했다.

 나도 지금은 어느 정도 무덤덤해져서, 아줌마의 앞뒤 없는 화법을 요리조리 피할 수 있다. 한동안은 부딪히면 늘 큰소리였다. 몇 주 전이다.

 지하실로 내려오는 정정정정 뛰는 발소리가 무엇을 요절이라도 낼 것처럼 요란스럽더니, '이놈아, 오랜만에 집에 왔는데, 니 애비에미 보다 그 쥐새끼 같은 놈이 중한감.' 아들인 내 친구에게 불호령이 떨어졌다. 좋은 말 두고 가능하면 남의 속 뒤틀리고 메슥거리는 말만 골라 하는 고약한 버릇 때문이라고 친구가 나를 위로했지만 참기가 힘들었다.

뿐인가, '밤낮없이 지하실에 틀어박혀 뭔 지랄인지 사람처럼 살아야지, 그게 뭔 짓인감. 공부도 때가 있고, 할 만큼 했으면 알아서 돈 벌 생각을 해야지, 밤새 불 켜놓고 남들 출근시간에 퍼질러 자고, 그게 사람 꼴인감. 그놈의 판검사는 그래야만 되는감. 이놈아, 빨리 올라오지 못해.'

그렇게 복장을 뒤집어놓고 돌아서는 아줌마 뒤에, 어떤 우악스러운 욕이라도 질러야 했다. 오히려 내 친구가 더 분통해했고, 고감도로 잘 절제된 다소곳한 내 표정에, 또 놀라 우리는 그냥 참았다. 그리고 내 친구는 그랬다. '니 고집도 대단하다. 나도 우리 엄니 등쌀을 견디지 못해 나가 사는데, 이런 부대낌을 견디며 사는 니 마음을 모르겠다. 혹시 우리 아버지처럼 그 잔소리를 그냥 재미로 느끼고 산다거나 아니면 현경이처럼 체념과 무의주의 심성이라도 생겼냐? 대체 니놈 뜻을 알 수 없다. 내 각시가 그런 현경일 용하고 신통하게 생각하는 것처럼, 나는 니놈이 그렇다. 아무튼 내일 아침밥은 같이 먹게 올라와라.'

나는 그때 이렇게 말하고 싶었다. '친구야, 나는 말이다, 여기 살면서부터 어떤 요상한 추억을 만드는 중이며, 또 잠시 잊어버렸던 한 시절의 조각난 기억과 소리들을 찾는 중이다. 일테면 가해자와 피해자의 심성은 어디까지 변화할 수 있는가. 또 네 부모와 내 부모의 공통점 찾기 등등.' 하지만 나는 그냥 실없이 웃고 말았다.

  다음 날 아침, 친구 동생 현경이가 나를 깨웠다.
  물론 예고가 있었던 일이지만 현경인 무척 미안해했다. 때문에라도 나는 거절할 수 없었다. 어쩌다 아줌마 얼굴만 봐도 입맛이 떨어지는 판인데, 식사초대라니 솔직히 싫었다. 여전히 술맛인지 물맛인지 뜨뜻미지근한 주인아저씨 표정엔 거부감을 느낄 이유는 구지부득 없었다. 당연한 거지만 입맛이 썼다. 시원찮은 내 순가락질은 여지없이 아줌마의 큰 거 한방을 또 불렀다. '쯧쯧, 사람이 먹는 것까지 저리 신통치 못해서, 어디 사람 구실하겠는감. 그래 장가도 못 간 그 팔자지.' '거, 식사 중인데 무슨 말을 그리 하시오.' 자신감 없는 아저씨 한마디에, 아줌마가 또 나선다. '꼭 당신처럼 심지가 없는 사람 같아서 애통터지니까 안 그런감.'
  아저씨 생신상 앞에서 옥신각신이다. 그것도 불청객까지 두고 말이다. 그래도 싫지 않은 분위기다. 내게는 생경한 느낌인데도 그랬다. 나는 잠에 취한 사람처럼 그냥 다 받아들였다. 훌륭한 성찬이었다. 하지만 실컷 자고 일어나 점심시간이 한참 지난 후 끓여 먹던 라면 맛보다는 못했으리라.

세탁소에서 찾아온 셔츠를 입었다.

찢어졌던 부분은 엉성했다. 어머니 솜씨를 기대하지 않았지만 역시 실망이다. 어머니는 만들어주긴 했으나, 셔츠를 입은 내 모습은 보지 못했다. 도통 기회가 없었다. 벌써 없어진 옷으로 기억에도 없을지 모른다. 하여튼 내가 탄 버스는 벌에 쏘인 망아지처럼 천호대교를 달리고 있다. 희희낙락했던 강변 모습은 온데간데없고, 강물은 온통 어둠이고 또 침묵이다. 저 어둠 속은 무엇이 숨겨져 있고, 그 침묵 속에는 또 무엇이 가라앉아 있을지. 버스는 시내 중심에서 더욱 경쾌하게 달렸다. 지금까지 내가 느껴보지 못한 쾌적함이었다. '밥 처먹고 싶으면, 남은 밥 있으니까 한 숟가락 뜨고 나가라'던 아줌마 잔소리를 피하고자 서두른 덕분이었다. 광주발 용산행 완행열차는 예상시간보다 빨리 도착했다.

역 광장은 여느 때와 마찬가지로 벅적거렸다. 느낌도 좋았다. 무작정 어디론가 피하기 위해 떠나야 했던 시절에 느꼈던 생경함과 두려움도 없었다. 이제는 어딘가 목적지를 정해 떠날 수 있고, 고향에도 내려가고, 동지들도 찾아보고, 앞선 열사들에게 용서도 구할 수 있었으면 좋겠다 싶었다. 언제부터 내 마음속에 이런 용기가 싹으로 잘았는지 모르지만 좋은 느낌이다. 세상사가 정상적인 모습으로 보이기 시작했으니 말이다. 그러나 내 마음만 너무 빠르고 급한 건 아닐까. 세상은 아직도 살벌했던 시절의 그림자를 다 벗어 나오지 못했는데 말이다. 출구 앞에서 나는 잠시 망설이고 있다. 또 다른 기억 때문이다. 지하 출구로 내려가야 어머니를 만날 수 있다. 버릇처럼 주위를 둘러본다. 열차에서 내린 승객들이 지정된 통로로 꾸역꾸역 밀려 나오고 있다. 도착시간을 알리는 안내방송과 함께 전광판은 계속해서 바뀌고 있다. 마중 나온 사람들을 위한 배려일 터였다. 느긋하게 기다리면 다 만날 수 있는데도, 사람들은 목이 빠지게 통로를 기웃거린다. 반가운 마음이고 빨리 보고 싶은 때문이다. 나는 지하 출구로 내려와서 더 바쁘게 사방을 두리번거리고 있다. 그 '무대뽀' 사내들을 찾고 있었다. 언젠가 새벽 기차에서 내려 개찰구를 막 통과하려는데, 득달같이 달려들어 내 양팔을 끼웠던, 그리고 급소를 동시에 퍽 쳤던, 놈들의 독기 때문에 죽음을 경험할 뻔했던 그 기억….

"유섭아!"

순간, 나는 오금이 저렸다. 느닷없는 아버지 목소리가 들렸다. 어머니를 생각하면서, 눈으로는 사내들을 찾고 있던 터였다. 물론 아버지는 사내들처럼 거구의 등치도 아니고, 나 역시 지금은 사내들을 피해 다닐 이유도 없다. 했는데도 나는 그렇게 질겁했다. 하기는 그 후유증이 더 지독하다는 사실을 익히 알고 경험했으면서도 그토록 못나게 굴고 있었다.

"어째서 그리 놀랜다냐?"

"아닙니다, 아부지."

"느그 아부지 아니면 심들어서 혼자는 못 댕기겄시야."

"잘 오셨어요. 아부지, 어무니."

참으로 오랜만에 불러보는 호칭이다. 뿐인가, 아버지의 서울 외출은 무엇보다 큰 변화일터였다. 거기다 깔끔한 차림의 아버지도 모습도 처음인 듯싶다. 그랬지만 두 분 다 많이 늙으신 모습. 느닷없는 상경에 뭘 어찌해야 할지, 더 무슨 말을 해야 할지도 몰랐다. 아버지는 그 '난리'통에 다 잃어버렸다는 가족들에 대한 그리움을 이제는 털어냈다는 뜻인가. 잊겠다고 잊을 수도 없겠지만, 그 변화는 놀라움 자체였다. 지지리도 못나고 한심하기 짝이 없는 아버지가 아니었던가 말이다. 했기에 우리는 '아아 잊으랴 어찌 우리 이날을~' 그 노래가 더욱 특별했는지 모르겠다.

"어쩌냐, 지낼만 허고?"

아버지도 내 대답을 바라고 묻지는 않았으리라. 내 처지를 익히 알고 있으면서 불쑥 꺼낸 말이라, 아버지도 머쓱했을 터이고, 나 역시 대답할 수 없었다. 어정쩡하게 서 있는 부자 사이로 어머니가 끼어든다.

"유섭아, 근디 그 옷은? 오메 시상에나, 그거시 지금까장…."

"시원해서요."

"그래야, 여지없는 내 아들이여. 니가 어렸을 적에도 그런 옷 겁나게 좋아했었당께. 근디 인자는 거시기허구만."

"복잡헌디 어서 가자."

아버지는 지난날이 거북스러운지 앞장서면서 그랬다. 지난 시절 아픔이 누군들 반갑겠는가. 아버지가 고단해했던 세월의 무게만큼 가족의 억눌림 또한 큰 아픔이었다. 그 무게와 억눌림도, 흐르는 세월 앞에서는 더 어쩔 수 없었을까. 아버지와 아들의 뜬금없는 외출이다. 아직도 나는 외출준비가 부족하다. 그러나 지금 서울 하늘에는 휘황한 별이 가득하다. 갑자기 이 밤에 강이 보고 싶었다. 무수히 쏟아놓은 강물 속의 불빛들 말이다. 택시를 잡았다. 올림픽대로를 타고 천호동까지 갈 참이다.

"아따, 아부지가 서울 왔다고 택시도 잡고."

"니가 뭔 돈이 있다고, 깐닥깐닥 버스로 가도 될 거인디."

"이럴 때 쪼까 기분도 내보지 언제 그럴 거시요."

택시가 출발했다. 모처럼 들어보는 부모의 대화다. 뿐인가, 여느 부부처럼 다정해 보인다. 그런 모습에 익숙하지 못한, 나는 혼자서 부끄럽다. 혹시나 싶어 살며시 뒤를 돌아본다. 아버지와 어머니는 편안해 보인다. 징그럽고 구질구질했던 시절의 편린은 조금도 없었다. 어머니가 우리를 버리고 집을 나갈까 봐, 잠을 자다가도 벌떡 일어나 확인을 했었다. 뿐인가, 차라리 아버지가 하루 빨리 사라져버리기를 꿈속에서까지 원했었는데, 그 시절은 다 어디에 숨은 걸까.

"유섭아, 주인집 딸, 그 선생하고는 어쩌냐?"

"그냥 잘 지내요. 동생처럼."

"즈그 어매 같이 대차지는 안 해도, 심성은 그만인 것 같드먼."

웬 바람인가 싶었기에 내 대답은 싱거울 수밖에. 그러나 어머니 표현은 더 구체적이어서 나는 길게 숨을 내쉬었다. 이번엔 아버지가 입을 연다.

"느그 어매 같은 여자는 다시 없을 거시다마는, 자고로 여자는 맘이 깊어야 쓴다."

"어쩌끄나, 오래살다 봉께 느그 아부지한테 저런 소리도 다 듣는다이."

놀랍고, 할 말이 없다. 여전히 나는 혼자서 부끄러울 따름이다. 하여튼 거듭 놀랍다. 변화된 아버지가! 뱉어낸 말마다 모진 악담이고 험담이었다. 정은 눈물만큼도 없었고, 그악스러움은 또 어쩌라고. 저토록 남세스러운 말까지 할 수 있는 아버지가 오히려 생경하다. 알 수 없지만, 그 재봉질 소리가 나를 붙잡았듯, 아버지도 그 소리 덕분에 결국 본 모습으로 돌아오고 말았다는 뜻인가? 나는 묻고 싶었다.

"그 미싱, 지금도 있어요?"

"있으면 어따 쓰겄냐. 인자는 눈이 안 보여서도 못 써야. 그러고 시방은 미싱 쓸 일도 업쓰께야. 느그 아부지도 멀쩡해졌고."

"그 미싱은 물려받은 것이니까, 어머니도 물려준다고 하셨잖아요?"

"아니어야. 하도 내 애간장을 파먹은 물건이라서 실트라. 박복한 세상은 나 혼자 다 짊어지고 가야지, 어쩔라고 너한테까지 쪼개겄냐."

"그래야, 나도 인자는 사람 사는 것처럼 살랑께, 유섭이 너도, 훌훌 다 털고 일어나 다시 시작해라. 아부지가 부탁헌다."

나는 대답을 할 수 없었다. 부탁을 거절하겠다는 뜻이 아니라, 우리 아버지도 저런 말을 하나, 신기했던 때문이다. 그러고 보면 나도 아버지에 대해서는 무작정 무시했었고, 배은망덕한 놈이었다. 아버지는 이렇게 변했고, 변화하기 위해 저토록 노력하는데 말이다. 그러는 사이 택시는 한강대교를 넘어 올림픽대로에 들어섰다. 시원하게 뚫리고 차량도 많지 않아, 그야말로 고속도로를 능가했다. 빌딩의 불빛이 강심으로 내려와 수많은 불기둥을 만들어 번쩍거리고 파닥거리니, 내 입은 나도 모르게 떠억 벌어졌다. 아버지와 어머니 또한 마찬가지.

"참말로 좋다야! 테레비보다, 요로케 봉께 더 겁나게 좋구만."

어머니는 연신 웃고, 필요 이상으로 말도 많았다. 재봉틀을 끌어안고 살 때의 모습하고는 영 딴판이다. 하기는 어머니라고 영영 우중충하고 기죽어 사는 모습일 필요는 없으리라.

"다 좋기도 합니다만, 겉만 빤드르 하고 속이 골병들면 오래 못 가요."

"그 말이 맞소. 급히 먹은 밥이 체하드라고, 앞뒤 재지 않고 하도 밀어붙이는 통에 요즘은 뭐가 뭔지 모르것습디다."

택시기사 말에 아버지는 한 술 더 붙였다. 아버지도 눈뜬장님은 아닐 터였다. 아무리 세상과 담을 쌓고 살았을지라도 당신 자식이, 지독한 놈들한테 당한 꼴을 생각하면, 무슨 말인들 못 하겠는가 싶었을 것이다. 듣지도 보지도 움직이지도 못하게 가둬놓고 후려갈길 때는 그 무슨 배짱이었고, 이제는 다 잊어버리고 그냥 놀고, 먹고, 즐겨라. 프로야구도 보고 영화도 보면서 즐기기만 하면 된다고 떠드는 꼴이, 낯짝도 참 두껍지 않느냐는 뜻이리라.

"하여튼 그 사람들 수단도 좋아요. 어디서 그렇게 돈을 뜯어내는지 사방이 다 공사장이고, 아시안게임과 올림픽으로 혼을 쏘옥 빼놓고, 마냥 놀자판이니 속 모르는 사람들은, 어쨌거나 무식하기는 해도 그런대로 쓸만한 물건 아니냐고 입방아들이니, 세상 참 알다가도 모를 일이지요."

"허지만 그 많은 사람덜을 죽이고도 잘 살 수 있다면 천벌을 받을 거시오. 세상에 눈 가리고 아웅, 없는 법인께요."

"그래야겠지요."

비슷한 연배의 아버지와 운전기사는 죽이 척척 맞았다. 그리고 이야기는 한도 끝도 없을 듯했다. 말 많은 세상에서 그토록 말을 막았으니, 어찌 할 말이 많지 않겠는가. 하지만 나는 아직도 말을 할 수가 없고, 밖으로 나설 용기도 없다. 뿐인가, 올림픽대로를 이처럼 쾌적하게 달리는데도, 가슴이 답답하고 막막한 것이다. 택시는 성수대교 남단을 지나서 더 속력을 붙였다.

"어따, 한강에 물난리가 나부러도, 너 사는 지하실 방도 인자는 걱정 읎었다이?"

순간, 어머니는 천호동 일대가 물바다가 됐던 때가 떠올랐던 모양이다. 그래도 내가 멍하게 앉아있자 안쓰러웠을 것이다. 부정도 긍정도 할 수 없었다. 어머니 기분을 생각하면 긍정해야 하는데, 세상 분위기는 그게 아니어서 나는 망설인 것이다.

"아직은 몰라요. 홍수가 한번 나봐야 돈값을 했는지 아니면…."

운전기사가 대신 말을 받았지만, 역시 부정적이다. 어머니는 그 말뜻을 아는지 모르는지 그냥 받아넘긴다. 오늘 낮처럼 곱디고운 강변을 다 보여드리지 못해서 아쉽기도 했지만, 그런 변모함에 너무 놀라, 갑자기 쓰러질 걱정은 없어서 이 어둠이 좋다고, 나는 스스로 위로하리라. 한강은 어머니처럼 맑고 환해진 모습이고, 한편으로는 또 아버지처럼 아직은 더 회복이 필요하겠지만, 개발이든 복원이든 어느 쪽으로도 아직까지 마음을 결정하지 못한 나 자신이 문제 아니겠는가.

"아부지, 서울엔 무슨 볼일이라도 있으세요?"

"허기는, 내가 이러케 온 거시 이상허기도 허것다만, 아무리 애비 노릇을 못했다고 약혼식까지 참석허지 말라는 법은 업것재."

"아부지, 그게 아니구요."

내가 당황해 하자, 어머니가 곧 끼어든다.

"그냥 해본 소린께, 맘 쓸 것 읎다. 느그 아부지는 기분 줄 땐

맬겁시 어기짱을 놓고 그러디야."

"그런데, 누가 약혼을 하는데 이렇게?"

"누군, 누구것냐."

그럼 그렇지! 자식들을 돌보다 더 천하게 여겼던 아버지였다. 더군다나 하라는 공부는 안 하고 이리저리 쫓겨 다니며 데모나 하더니, 남들 다하는 졸업도 못 하고 취직도 못 한 아들이 뭐가 좋아서 이렇게 올라왔겠는가. 때문에 나 스스로도 더 많은 시간이 필요하리라 생각한 터였다. 그러나 어쨌든 감사드리고 싶은 마음이다. 아버지가 이렇게 올라오지 않았던들, 내가 고향에 내려갈 날은 더 멀게 느껴질 수밖에 없었을 테니까.

"유섭아, 사실은 말이다, 며칠 전에 느그 안주인이 전화했드라."

"주인아줌마가요?"

"그래, 현경이 어매가 전화를 했드라고."

"대체, 그 아줌마가 왜요?"

"뭐시것냐. 약혼식이라도 올리자는 것이지. 진작부터 나도 그런 맘은 있었지만…."

"아니, 누구하고 누가요?"

"어따, 너도 참 답답허다. 너허고 현경이랑."

그저 놀라울 따름이다. 무슨 말이 필요하겠는가. 도통 짐작조차 할 수 없었다. 더군다나 그토록 악착스럽고, 그리도 야멸스럽던 아줌마가 그랬다는 사실이 더더욱 믿을 수 없었다. 그건 그렇고, 어머니도 그랬다. 지금 욕심도 지나치다 싶은 것이, 현경이를 며느리 감으로 생각했다는 것은, 당신 자식을 몰라도 너무 모르고 있다는 뜻이다. 정말 오늘 하루는, 이 야밤까지 재수에 옴 붙는 것인지, 아니면 내가 희롱을 당하고 있는지 알 수 없다. 택시는 지금 잠실종합운동장 뒤쪽을 지나고 있고, 잔잔히 출렁이는 강물에 박힌 불꽃들이 야시장을 이룬 듯 현란함도 여전하고, 아버지와 어머니도 흐뭇한 표정으로 뒷좌석이 푹 꺼져 폭신한데, 나만 정신이 없다.

"유섭아, 어째 그렇게 놀래냐?"
"집주인들이 너를 좋게 보았든 모양이드라. 허기는 우리가 좀 없어서 그러치… 야튼, 나는 니 맘이 어쩔까 모르것다고 은근히 걱정을 했는디, 그런 걱정말라고 딱 잘라 말허는 현경이 어매가 고맙고 감사허드라."

아버지도 한 말씀 더 보탠다.

"나는 느그 어매가 좋다고 헌게, 그런 줄로 믿는다. 결혼식은 올 가실로 정했시야. 주인집 딸도 그러겠다고 했다는구나."

나는 지금 아무것도 믿을 수 없다. 모든 것이 다 뒤집어진 느낌. 동생처럼 가깝기는 했지만, 서로 말수가 적었던 만큼이나, 먼 곳에 있다고 생각했던 현경이 마음도 그랬고, 닦달질을 한 번이라도 더 하고 싶어 몸살을 쳤던 아줌마는 더욱 그랬다. 꼭 어떤 꼬임에 빠져 헤매고 있는 건 아닐까.

"좋으시겠습니다."

"좋다마다요."

"저기 떠 있는 저것이, 그 유람선입니다."

올림픽대로 잠실선착장 근처를 지나면서 택시기사가 그랬다. 턱짓으로 가리킨 쪽엔 환하게 불을 밝힌 그것이, 두둥실 떠 있다. 그리고 그쪽에서, '…저마다 자유로움 속에서~' 노래가 들려오는 것 같았다. 그런데 내 귀는 아직도 그 소리를 분간할 수 없고, 그쪽에서는 또 뭔가가 뛰쳐나와 나를 덮쳐올 것만 같다. 그래서 나는 또다시 오금이 절인다.

'가장 적응력 강한 것이 항상 살아남는다.'고 다윈은 진화론에서 주장했다. 언제부턴가 습관처럼 곱씹었던 말이지만 오늘따라 새삼스럽고 낯설다. 오로지 살아남아야 한다는 일념으로 주집거린 건 아니었다. 하여튼 말이 씨가 된다고, 일테면 강한 놈이 살아남는 게 아니라 적응력 뛰어난 놈이 살아남을 터였다. 그럴 거였고, 그러리라 믿었다. 아무튼지 월요일 아침에 스마트폰을 서로 바꿔 들고 출근한 것이다. 빌어먹을. 이리저리 밀리고, 이래저래 차이고 꼬이면서도 직신작신 살아온 '58 개띠' 신랑은 많이 고단했었고, 잘 버팅겨 왔지만 이제는 코피가 터질 지경이다. 뿐만 아니라 아슬아슬 넘고, 위태위태 견디며, 아글타글 건너 '60 고개'를 턱밑에서 올려보고 있는 각시는 용케도 그 적응력을 스스로가 믿어 의심치 않는 눈치다. 믿거나 말거나지만 말이다. 하여간에 이들은 아직 맞벌이 부부다. 덕분에 굶지 않고 그럭저럭 만족하며 탈 없이 살았다. 인간은 적응의 동물이라고, 산전수전 공중전까지 그야말로 역사적 사명을 다해, 저마다의 소질을 바탕으로 어제까지 살았고, 스마트한 이 세상을 살기 위해서, 오늘도 역시 고군분투 중이다.

*

　스마트폰…! 행인지 불행인지 그것과 막역한 사이는 아니지만 또 없어서는 아니 될 요망한 물건인지라, 울면서 겨자 먹기 식으로 휴대하고 다녔다. 뿐인가 일단은 편하고 남들도 다 사용하니까! 그리고 소통하려면 서로가 통通해야 한다는 사실도 분명한 터. 어쩔 수가 없었다. 그러나저러나 최신상품을 차지할 팔자는 아니었다. '최신기종의 휴대폰은 그것을 소유한 사람들에게 잠깐이나마 자신이 특별하고 남보다 앞서 있음을 대변해 준다.' 했어도 그만큼 절실하지 않았고, 그럴 이유도 없었기에 겨우 구색을 맞추어 들고 다닐 수밖에. 그럼에도 불구하고 누가 감히 이렇게 편리하고 간편하고 유용한 물건으로 거듭나고 또 거듭날 줄 상상이나 했겠는가? 뿐이겠어. 또 얼마나 더 많이, 더 빨리, 더 편리한 물건으로 어마무시 변하게 될지! 더는 그 변화를 상상할 수도 없다. 어쨌거나 스마트한 사람은 아닐지라도, 스마트한 세상에서 소외되지 않기 위한 본능적인 몸부림이었으리라.

어느 날 각시가 무작정 요청했다. 핸드폰을 업그레이드해야 한다고. 그 부탁이 한 번만 더 무산되었더라면 무례하고도 무식한 언사가 동원되었을 터였다. 아들, 딸은 금메달. 딸만 둘은 은메달. 아들만 둘은 '목메달'이라는 현실을 겨우 감내하고, 어찌어찌해 아들 한 놈을 앞세워 휴대폰 매장에 갈 수 있었다. 떡 본 김에 제사 지낸다고, 신랑은 아직 한참 더 사용해도 무방하고, 불편하지도 아니하고, 일반 폰 기능에서도 겨우 몇 가지를 활용하고 있을 뿐인데, 내친김에 부부는 동일 모델의 스마트폰을 구입했다.

아들은 너무 자연스럽게, 보란 듯 부모의 의견을 묻지도 않고 최신 스마트폰 기기들은 제외시켰다. 폰 활용능력이 떨어진다는 이유로. 제한된 데이터와 저렴한 요금제를 약정으로 한, 선택의 폭을 확 줄여 협박 비슷하게 강요했다. '많은 것은, 만족스럽기보다 오히려 더 불만족스럽게 한다.'는 등, '선택의 폭이 크면 클수록 그 많은 물건 중에서 우리가 고른 물건에 더 만족하지 못하며, 선택의 폭이 작을수록 우리는 선택결과를 좋아한다.' 등등의 잔소리가 이어졌다.

각시가 한숨을 내쉬자, 그 정도면 괜찮고 충분하다고 아들은 양보하는 척 뭉갰다. 부모를 개무시한 처사였지만 참아야 했다.

통신기기를 잘 모르는, 디지털 이민자와 디지털 원주민 차이라고나 해야 하나. 하여튼지 모르는 게 죄였다. 뿐만 아니라 답답하고 갑갑하다는 구박과 핀잔을 들으며, 부부는 우선적으로다 실생활에 도움이 되는 애플리케이션과 온라인 플랫폼 등등을 다운로드하고, 활용법을 배워야 했다. 그것도 무릎꿇림 자세로 말이다. 다행인 것은 그 용어들을 각시는 어느 정도 알아듣는 척이라도 하는데, 어리바리한 신랑은 벌써부터 후회막급. 하여간에 일반휴대폰도 다 유용하게 사용해보지 못했다. 그럼에도 불구하고 3G에서 5G(5세대) 이동통신망으로 팡팡 넘어가는 판국의 멀티태스킹(동시에 여러 가지 일을 처리하는 능력) 세상에서 이렇게라도 살아, 적응하고 있다는 것에 감사할 따름인데, 신랑은 아날로그식 일상을 언제까지 그리워해야 할는지?

  각시는 아침에 허둥대다 무심코 스마트폰을 바꿔 들고 나섰을 터였고, 신랑은 지하철역 개찰구에서 캐시비 교통카드가 결제되지 않아 스마트폰이 바뀐 것을 확인했다. 목메달 부부를 위한답시고 선심을 쓰듯 구입하게 했던, 동일한 폰과 폰 케이스까지, 모양이나 크기가 같았으니 실수 아닌 실수는 잦을 수밖에 없었다.

  출근하면서 각종 메일과 카카오톡, 페이스북 등을 확인하고, 모임이나 알림에 응답하고 반응한 후, 네이버와 다음, 구글 뉴스를 확인하면 그 사이에 사무실 근처 역에 도착했다. 정보가 너무 풍족해서 오히려 괴로울 지경이니, 아직 유튜브와 팟캐스트, 1인 방송까지 찾아다니며 선호하는 정보를 더 취하고 싶지는 않았다. 그것들의 유익함을 모르지 않지만, 그 무익함 또한 무시할 수 없었고, 지나침을 넘어 선전선동의 수단으로 변화해 이미 괴물이 된 느낌이고. SNS(Social Network Service: 사회관계망 서비스)가 아니라도, 우리는 정보 과부하로 이미 몸살하고 있다는 사실과 우려를 외면할 수 없었다.

참으로 사람이 간사하고 변덕스럽다. 출퇴근하면서 부족했던 독서량을 채울 수 있어서 내내 지하철을 고집했던 신랑이었다. 그런데 어느 순간 누구나 할 것 없이 스마트폰 노예처럼 변모해 있었다. 시도 때도 없이 밀려드는 정보들에 반응해야 하는 의무감일 수도 있고, 단톡방이나 메일에 응답하지 않고 살기는 어쩐지 불안할 것이며, 이 세상을 살면서 소통하지 않고도 양심의 가책을 면하거나 소외라는 불안감을 피할 수 없기 때문은 아니었을까? 일테면 가도 그만 못가도 그만인 동창이나 동문회로부터 애사 또는 경사를, 껄끄러운 모임을, 시시껄렁한 만남을 SNS로 접했을 때나 메시지 플랫폼에서 확인하고는, 이러지도 저러지도 못하여 끙끙거릴 때 말이다.

정보통신법 위반사항인지도 모르겠고, 그렇다고 또 따지고 싶지도 않다. 어차피 서울지하철 2호선 안에서 할 수 있는 행위에 한계가 있다는 것쯤은 이미 알겠고. 시끌삭끌 비좁고 산만할 뿐 아니라 각자의 시선을 간수하기가 참으로 민망해서 내내 눈 감고 있거나, 늘 그날이 그날 같은 풍경의 창밖을 영혼 없이 바라보거나, 너나없이 넋 나간 표정이거나, 아니면 승객의 대다수는 스마트폰에 빠져 있다. 그러고 보면 지하철 안 풍경은 많이 바뀌기도 했다. 조간, 석간신문과 주간잡지 또는 셀 수 없이 많았던 무가지가 그랬고, 광고 전단지 배부와 파지 수거를 목적으로 바쁘게 오가는 사람, 물건 파는 사람, 구걸하는 사람 등등, 시절과 계절에 따라 그야말로 자연스럽게 나타나고, 어쩔 수 없이 사라지는 것들을 우리는 무수히 보았다. 출퇴근 시간, 그 복잡했던 지하철 통로에 서서, 오히려 알차게 읽었던 수많은 책과 월간지 또는 계간잡지들도 이제는 눈이 아파서 볼 수 없다는 신랑의 처지이고 보면, '현재의 순간은 말 그대로 눈 깜짝할 사이'가 딱 맞지 싶다.

하여튼지 그런저런 관계로 각시 스마트폰을 지금 열어볼 수밖에 없음을 고백한다. 행여나 뭔 비밀이라도 캐낼 마음은 추호도 없다. 폰에는 역시 다양한 어플(애플리케이션)이 깔려 있다. 활용능력이 뛰어난 건지, 필요한 것들이 그토록 많은지 알 수 없지만 느낌만으로도 묵직했다. 뭐가 뭔지 모르는 것부터, 갑자기 트로트 천국이 된 것처럼 오디션 출신 인기남녀가수들 노래모음은 물론이고, 시답잖은 유튜브 채널까지 골고루 있었다. 노래? '노' 자만 들어도 골치가 아프다 했던 각시였다. 이렇게 변했나 싶기도 하고! 하기는 세상이 변하는데, 각시라고 바뀌지 말라는 법 있겠는가. 어쨌거나 뭐 특별할 것도 없었다. 굳이 남다르다면 카카오톡에 많게는 일백 개가 넘고, 열 개 스무 개가 넘는 것도 여럿인데, 그 단톡방 알림창을 열어보지 않았다는 거였다.

각시다움의 느긋함과 본인 업무 외에는 무관심으로 대처하는 무대뽀 심리였으리라. 솔직히 그 느긋함과 무관심은 오롯한 개인 소유 시간으로부터 여유롭지 못함에서 비롯된 일종의 측은함일 수도 있겠다. 시켜서도 아니겠지만 시키지 않았는데도 워낙에 집과 직장 또는 신랑과 아이들밖에 모르는, 오로지 돈 모으는 재미로 산다는 각시였다. 더군다나 친구들보다 훨~ 먼저 갱년기가 나타나더니 달거리도 이미 끝나버렸다는 고단함의 그 투정은 안타까움과 아쉬움으로 바라 마지않을 수 없었다. 뿐인가 모든 남자들이 아버지나 아들처럼 보인다 했었고, 신랑 환갑여행으로 동유럽을 갔는데도 곁에 오지 못하게 했을 만큼, 그렇다고 열흘이 넘는 여행지에서 각시를 돌로 물로 보고, 거시기 뭐시기를 시도조차 하지 않았던, 하지도 못했던 신랑 역시도 어느 사이에 중성(中性)으로 변화되어 있었던 터였다. 부창부수라고 해야 하나, 망신도 크면 개망신이라는데…. 야튼 나쁘지는 않았다.

그러나저러나 이건 또 어쩐 일인고. 최근에 열어보았을 단톡방 하나가 눈에 들어왔다. 얼마 전 직장동료들과 전통마을에 여행 갔던 사진과 대화 같았다. 그렇고 그런 수다들이고 또는 거기서 거기인 모습의 사진들 속에 중늙은이 사내가 각시와 유별나게 즐겁거나 혹은 얄 바가지 모습으로 찍힌 사진 한 컷이 눈으로 쏙 들이닥쳤다. 세월이! 아니 삶이 신랑을 중성으로 내몰았을지언정, 각시 옆의 외간 남자를 무시하거나 외면하는 게 기필코 예의는 아니지 싶었다. 하여간에 어라~ 놀고들 있어요? 누가 봐도 오해하기 딱 좋은(민속촌이나 전통마을에 흔히 있었던 혼례식 전통복장의 신랑 신부 조형물, 포토 존) 사진이 여러 컷, 그것도 다양한 표정으로 자별하게 찍혀 보관돼 있었다. 재밌자고 찍을 수 있고, 동료들의 권유에 차례로 얼굴을 내밀 수도 있었겠지만, 순간이동이라도 한 것처럼 진짜 신랑과 신부로 둔갑해버린, 아주 잘 어울리면서도 무진장 예쁘고 마냥 즐거운 모습의 사진들이었다. 좋아 보이면서도 어쩐지 좀 거시기해서 보고, 또 눈을 씻고 바라본 사진 속 그 남자는 절대로 아버지나 아들처럼 느껴질 수 없었다. 기운이 쫙 빠진, 그냥 그런저런 모습이고, 거기다 싫은지 좋은지 애매모호한 표정의 푸대대한 남자였다.

  그럼에도 불구하고 각시는 그야말로 정신줄 놓은 것처럼 즐겁고 최대한 예쁜 모습을 적극적으로다 표현하고 있었다. 컨디션이 좋아 잘 나왔는지, 본래 바탕이 그랬는지조차 헛갈릴 만큼 무심했었는데, 꾸밈없이 맘껏 환하게 웃는 모습이 그야말로 진짜 내 각시가 맞나 싶을 지경이니, 이런 미치고 환장할…. 신랑은 혼란스러울 수밖에. 죄 없는 스마트폰에 화풀이라도 하듯 전원을 꺼버린다. 지금, 이걸 어쩐다! 제기랄, 늦바람인가?

신랑 스마트폰에는 별반 눈에 쏙 들어올 게 없었다. 각시는 회사에 도착해서야 폰이 바뀐 사실을 알았고, 아무 생각도 없이 백팩에 넣어두었다. 목메달 부부는 애당초 폰 비밀장치를 동일한 패턴으로 사용했다. 무슨 사고가 발생하거나 황당한 일이 생겼을 경우를 대비하라는, 사정없이 이기적이거나 인정머리 없게 똑똑한 놈들, 두 아들의 성화를 무시할 수 없었다. 더군다나 서로가 뭘 숨기고 말 것도 없었기에 흔쾌히 그러기로 했었다. 그만큼 둘 다 멍텅구리였는지, 아니면 세상을 거꾸로 살았는지 알 수 없지만, 그런 사소한 것들로 인해서 아득바득할 이유도 없었다.

솔직히 각자의 스마트폰을 한 점 부끄럼 없이 다 펼쳐놓을 수 있는 부부가 얼마나 될지 궁금할 때도 많았고, 부부 사이가 하도 아슬아슬해서 때로는 그 물건이 시한폭탄처럼 느껴지기도 했다. 어쨌거나 사랑이 부족해서도, 믿음이 강해서도 물론 아니겠지만 그닥 궁금할 게 없었다. 신랑은 우선 외울 수 있는 전화번호도 많지 않아서 오히려 덜 답답할 터이고, 현금과 카드가 없으니 그 좋아하던 술자리도 다 틀린 터, 오늘은 어쩔 수 없이 칼퇴근해야 하니 차라리 전화위복의 날이라 생각하는 각시다.

사실은 아들로부터 은행 업무 활용법을 배우면서도 인상을 쓰고 쌍소리까지 하면서 스스로 포기했다가, 자존심을 접고 사정하여 며칠 후 다시 배웠다. 어쨌거나 인터넷뱅킹을 아직 사용하지 못했으면 얼마나 후회했을까 싶었다. 정말로 편했다. 은행 창구를 기웃거리지 않아도 되는 그 편리함 말이다. 하지만 각시는 그렇게 열심히 배우고도 의심이 많아서 보이스피싱이 어쩌고, 해킹이 저쩌고 하며 사용을 보류한 상태다. 물론 폰뱅킹을 오래전부터 이용하고 있기에 그랬을 터였지만. 아무쪼록 각시는 기억을 더듬어 신랑이 거래하는 은행, 신한 쏠(SOL) 창에 공동으로 사용하면 편하다고 강요해서 쓸 수밖에 없었던, 그 패턴 영역을 터치했더니 쉽게 로그인되었다. 역시 기대를 저버리지 않는 신랑이다. 비상금이라도 관리할라치면 그 패턴을 바꾸거나 지문인식으로 변경했을 터인데 그대로였다.

평소 돈을 돌처럼 생각했던, 그러니까 돈을 벌 욕심도, 능력도 없고, 숫자에도 너무 둔감했던 신랑이었다. 다시 말하면 신랑의 가장 뛰어난 재주는 욕심을 부리지 않는 것이라 해야 하나. 그런 사람이 출판사를 시작했으니 애당초 큰 기대는 할 수 없었다. 그것도 대학동기들과 함께였다. 인문학, 사회학 책을 좋아했었던 그들은 부산, 광주, 대구에서 올라온 촌놈들로 공부보다 민주화가 먼저라는 열정 때문에 최루탄 가스를 마시고, 곤봉에 시달리고, 고문으로 청춘을 상실해야 했던, 그래서 그 후 그들은 스스로 할 수 있는 게 없었다. 현실이 고단했던 그들에겐 열정도 더는 없었다. 약속이라도 했던 것처럼 시들부들한 젊음을 다 보내고, 청년 끝자락에서 겨우 좋아했던 책을 다시 읽었고, 그들 셋은 또

다시 서로를 위로하고 격려하면서 출판사를 시작했다. 운영도 공동으로, 이익 배분도 같은 방식으로 했기에 그저 밥 빌어먹지 않을 수준이어서 역시나 더 바랄 이유도 없었다. 했는데 출판사와 관계없는 계좌가 의외로 여러 개였다. 술값, 밥값, 택시비 등 입출금이 빈번한 저축예금 통장부터 우대통장, 적금통장, 정기예금, 개인종합자산관리계좌까지. 별일이었다. 맹물처럼 순한 덕인지 아님 오지랖인지 알 수 없지만, 각종 모임의 총무 역할이 많은 터라고 쉽게 생각했다.

 돈을 좀 부족하게 벌어서 거시기할 뿐이지, 얼마나 착하고 가정적이며, 알뜰살뜰 살림도 잘하는 신랑이었는데! 봉급통장을 맡기고 용돈을 받아 한 달을 쓰면서도 많다 적다 한 번도 불평하지 않았던 신랑인데, 의심을 하다니. 방정한 품행의 신랑을 못 믿으면 또 누구를 믿으라고? 헌데도 뭔가 의심스럽기는 마찬가지. 결코 쪼시래기 금액이 아닌 딴살림이라도 차릴 만큼의 알 수 없는 돈이 각시 마음을 몹시 흔들리게 했다. 이걸 어쩐다! 각시는 점심도 넉넉히 먹지 못하고 골머리를 앓았다. 전화해서 당장 그 믿음을 되찾고 싶은데, 아침에 신랑이 들고 나왔을 그 폰은 전원이 내내 꺼져있다. 사소한 것에 목숨 걸지 말랬다고, 당장 나서면 해결방법이야 오만가지도 넘겠지만 전원이 꺼져있는 것처럼 한쪽이 소통을 거부하면 말짱 허당… 그야말로 천하제일 스마트폰 세상이고, 스마트한 이 세상이지만, 정작 우리는 많은 것을 놓치고 살거나 우리도 모르게 많은 것들을 놓고 살아가는 건 아닐까 싶다.

 큰아이가 졸업을 앞두고 인턴 신분으로 해외 현장견학을 갔는데, 부부는 아들에 관한 알고 있는 정보가 전혀 없었다. 그걸 모르고 있었다는 사실도 출국하고 일주일이 지난 후였다. 폭우 피해로 한국인이 현지에서 사고를 당했다는 해외 뉴스가 나왔을 때는 그냥 지나가는 소리에 불과했다. 다음날 느닷없는 전화벨이 울었다. 휴대폰 때문에 이미 천덕꾸러기가 된 물건인지라, 그 벨소리조차 생소해서 부산스러울 수밖에 없지만 거실 탁자 위에 놓인 유선전화기가 모처럼 소리를 내고 있었다. 아슬아슬 잠수 타던 시절에 동지들 전화를 목 빠지게 기다리던 때나, 동생이 사고 치고 돌아와 똥 마려운 강아지처럼 안절부절못할 때나, 누나들이 연애할 때나, 다급한 소식을 기다리며 전화기 주변을 맴돌던 부모의 모습까지 아련한 추억은 많았다.

 먼저 전화를 받기 위한 나름의 반칙행위를 동원해 우르르 달려들 때의 야단법석은 아닐지라도 각시는 너무 차분하다 싶게 그 전화를 받았다. 분명 아들 친구라 했는데, 여학생 목소리였다. 어쨌든 그 목소리는 약간 경직되고 다급했는데, 각시는 오히려 생기발랄하게 무슨 일이냐고 물었다. 아들뿐이라서 그랬는지, 아들들 친구라는 여자의 목소리나 모습은 아직껏 듣도 보도 못 했던 것이다. 휴대폰이 나오기 전에는, 그러니까 전화기와 전화번호부, 또는 가족이나 친인척, 친구들의 전화번호를 적어둔 수첩 등이 거실이나 안방을 차지하고 있었던 시절에는 그래도 뭔가 조금씩이라도 소통할 수 있었다. 끼리끼리 몰려다녔거나 통화를 자주 했던 녀석들 하나둘쯤의 얼굴이나 목소리, 또는 전화번호를 기억할 수 있었을 터였다. 뿐만 아니라 하나를 보면 열을 안다고 가정교육부터 전화 예절까지 따지던 때라, 친절하고 공손해야 함은 기본이었고, 밤 9시가 넘어서 남의 집에 전화를 하는 것은 한마디로 싸가지 없음이었다. 각자의 스마트폰을 사용하면서부터는 식구들 폰 번호도 기억할 필요가 없었고, 서로의 정보를 나누지도 않았고, 정보를 알려고도 하지 않았던 것이다.

하여튼지 아들의 여자 친구는 너무 걱정 말라면서, 본인도 좀 진정했는지 차분한 목소리로 그랬다. 아들이 파견된 그 현장에서 사고가 발생했고, 사망자도 있었는데, 다행히 아들 일행은 무사하며, 사고수습 후 멕시코 현장에서 캐나다 현장으로 옮겨갈 예정이니, 아무 걱정 말라고 밤늦게 카톡이 왔다는 내용이었다. 금쪽같은 아들의 생사를 뜬금없이 들었으니 황당하고 당황할 수밖에. 그 사이 '그럼, 안녕히 계세요.' 하고 전화가 뚝 끊어졌다. 자다 날벼락 맞은 것처럼 목메달 부부는 우왕좌왕인데, 정말이지 아들에 대해 아무것도 아는 게 없었다. 막돼먹은…, 그야말로 싸가지 바가지로 키우진 않았다 싶었는데, 실망스럽고 서운했다. 물론 뭔가 사정이 있어서 그랬겠지만, 백번을 양보하려 해도 아들이 섭섭했다.

  신랑은 촌놈으로 태어났기에 아이들은 기필코 수도 서울에서 키울 생각이었다. 속물스러울지라도. 속자생존 의미를 무언으로 가르쳤으며, 아들 친구들에게도 편하게 이용하도록 땅콩만 한 집이지만 과감하게 개방했었다. 촌놈이었기에 고등학교부터 대학 때까지 자취생활을 했었고, 그 생활의 씁쓸하고 쌉쌀함을 잊지 못해서였으리라. 어려운 시절이었고, 넉넉함이 그만큼 그립고 목마르던 때였다. 어쩌다 친구네 집으로 몰려갔을 때나, 방문했을 때, 그 친구들이 그토록 부럽고 행복해 보였다. 물론 잘 먹고 잘 놀았던 집도 있었고, 혼나게 욕먹고 사정없이 내쫓기기도 했었는데, 돌아오는 길은 어김없이 이유도 없는데, 늘 서글펐고 눈물이 났다. 덕분에 적자생존을 배웠겠으나, 이유 여하를 막론하고 아들의 그런 행위를 이해할 수 없었고, 또 괘씸하기까지 했다. 어쨌거나 내 자식들은 부모 뒤통수를 치지 않을 거라는 믿음을 희망봉처럼 간직하고 지금껏 살았지만, 당장 어찌해볼 방법도 없어서, 살아있으면 돌아오겠지 했다. 각시가 호들갑을 떨거나 말거나….

*

  세상이 빛의 속도로 바뀌고 있다. 공감하지 않으려 용을 쓸수록 꼴은 비 맞은 개꼴이고, 개털을 면할 수 없으니 납작 더 엎드릴 수밖에. 출판사 동료들과 술자리가 길었는지 지하철 막차를 놓쳐버린 날이었다. 그동안 수없이 막차를 놓쳤을 것이고, 때로는 '따블, 따따블~'을 외치며, 어렵고 힘들게 택시를 잡아탔던 것도 한두 번이 아니었다. 고래처럼 술을 마신만큼 비례해서 술값과 택시비 지출도 많았을 텐데, 어느 날부터인가 술이 몸을 거부한 건지, 몸이 술을 밀어냈는지 알 수 없으나 신랑의 술자리는 바람 빠진 풍선처럼 줄었다. 그만큼으로도 만족하지 못했다면 술고래지 사람이었겠는가? 아님 자전거 타고 동해바다로 이미 떠났던지…!

하여간 벌써부터 출판업도 어쩌지 못하는 사양업종으로, 오늘만 낼만 하는 처지라 동료들의 이야기는 늘 끝이 없었다. 파주출판단지로 옮겨간 유수의 출판사들도 힘겨운 판에 을지로와 충무로 중간지대에서 아직까지 살아있다는 것이 신통방통하고, 그만큼 모두가 열심히 몸으로 견디고 버티는 중이었다. 스마트한 세상에 발맞춰 종이책을 대신해 전자책을 더 만들어냈지만 별반 다르지 않았다. 책 읽는 사람이 없으니 종이책이든 전자책이든 만들 필요가 곧 없을지도 모르겠다. 너무 당연하고 옳은 말인데도 책 만들기를 쉽게 포기할 수도 없었다. 그래서 그 결론은 늘 '도로 아미타불'이고 '말짱 도루묵'이었다.

떠날 사람은 떠나고 남을 사람은 내일 출근하라면서 술집에서 나왔다. 결코 찬바람 때문만은 아닌데 자괴감 탓인지 오한이 들고 몸과 마음도 몹시 흔들렸다. 택시를 잡기 위해 한참을 더 허둥거렸다. 빈 택시는 많았다. 그것들은 하나같이 예약표시를 켠 택시들로 바쁘게 지나갔다. 차선 중앙으로 더 나가서 애타게 불러도 소용없었다. 믿거나 말거나 인내와 양보를 자부심의 지표로 삼았고, 그렇게 자나 깨나 살았을지라도 지금 이 순간, 참을성의 한계는 느껴졌다. 이미 시간도 많이 지났다. 시절을 방심한 건지, 무시했는지 탓할 수 없지만, 택시호출 애플리케이션 하나 깔아놓지 못한 자신에게 화가 치밀어 더는 견딜 수가 없었다.

  이 밤을 걸을 생각이었다. 걸어서 남산을 넘고 동작대교를 건너갈 작정으로 동료에게 문자를 남겼다. 출근 시간이 늦더라도 걱정하지 말라고. 꼴도 체면도 말이 아니지만 다른 수단의 도움을 청하고 싶지는 않았다. 머리가 못 따라가면 당연하게 몸이 고생해야 한다는, 촌놈의 오기가 발동했다. 남산1호터널을 넘을 생각으로 터덜터덜 걷는데, 방향을 잘못 잡았는지 택시가 휙 돌면서 신랑 앞으로 느닷없게 섰다. 순간적으로 몸이 급하게 반응했고, 반사적으로 택시를 집어탔다. 궁하면 통한다 했을지라도 염치가 없는 행위였다. 할 말도 없고, 본인 코가 석 자라 기사의 분위기를 살필 겨를이 없는데, 어라~ 기사가 먼저 행선지를 물었다. 술 취한 척, 멋쩍게 도착지를 알려주었다. 그래도 뻘쭘했다. 그렇다고 시시콜콜 다 까발릴 수 없어서 한참을 우두커니 앉아있었다. 더는 민망할 것 같아 택시호출 서비스에 관해 물었다. 분풀이라도 하듯 기사가 입을 열었다. 밤중에는 눈먼 택시 잡기 겁나게 힘들고, 카카오나 티맵 등등 택시호출 어플 없이는 이용자뿐 아니라 운전자도 거시기하게 힘들단다. 세상이 편리해진 만큼 사람도 편안해야 하는데, 오히려 더 복잡하고. 호출하고 잠깐 사이도 참지 못해서 취소해버리고. 호출에 빨리 응대하기 위한 조급증 등등, 그야말로 죽을 맛이란다.

키오스크(공공장소에 설치된 무인정보 단말기) 앞에 서서 황당무계했던 그림이 떠올랐다. 일테면 '정부 기관이나 공항, 백화점, 전시장, 극장, 음식점 등에 설치된 터치스크린 방식을 사용하는 무인종합정보안내 시스템' 말이다. 스마트세상을 살면서 얼마나 더 충격을 먹게 될지 알 수 없고, 뭐가 더 얼마나 바뀌고 변하게 될지 상상할 수 없지만, 그렇다고 미리 눈을 딱 감고 살 수도 없기에 그냥 막무가내로 살았다.

햄버거 집에서 일이다. 퇴임 전까지는 고액 인세를 선불로 챙겨드린 저자였고, 덕분에 출판사도 활력이 넘치던 시절에는 날 받아서 저녁식사를 대접해야 했던 사회학을 전공한 진보학자였다. 교재가 팔리지 않으니 관행처럼 관계도 만남도 소홀해졌다. 일부러 그럴 수 없었겠지만, 서로에게 도움을 주지 못하는 처지의 현실에서는 그 무엇도 위로가 되지 않았다. 나른한 오후 시간인데 사무실 문을 반쯤 밀고 서서 인기척을 했다. 있으나마나한 문턱이라 문밖에 서 있을 필요가 없는 상황인데도 무척 조심스러워

했다. 그 많던 잡상인은 다 어디로 사라졌는지 가끔은 그들의 다양한 행태가 그립고, 거래처 손님들이나 저자와 조교들도 출판사까지 들락거리지 않아도 모든 업무는 더 빨리 처리될 수 있어서 때로는 외부사람이 보고 싶을 지경인데, 노교수가 박카스 박스를 품에 안고 들어섰다. 그 깊이를 짐작할 수 없을 만큼의 인품을 동반했었던 교수의 모습은 그대로인데, 죄송하게도 뭐라 표현할 수 없는 아픔이 먼저 느껴졌다.

낯선 곳도 아니었고, 사무실에 그동안 무슨 변화가 있었던 것도 아닌데, 몹시 부담스러워 했다. 자리를 권했지만 극구 사양했고, 방해가 되지 않는다면 잠시 밖으로 나가자 했다. 용무가 있으면 당연히 출판사에서 댁으로 방문했을 것이고, 전화로 직원을 불러내도 충분했을 터인데, 지나친 격식으로 인해서 오히려 긴장해야 했다. 근처에서 제자들과 점심을 먹고, 출판사가 생각나서 들렀다 했는데도, 자꾸만 별일이 있는 것처럼 느껴졌다.

출판사에서 가까운 햄버거 집으로 교수가 앞장섰다. 오래전에 함께 왔었던 곳이지만 매장 안은 삐까뻔쩍해서 차라리 생소하기만 했다. 2층으로 올라가 조용한 곳에 자리를 잡고, 다시 물었다. 무슨 일 있느냐고. 교수가 대답 대신 웃으며, 신용카드를 꺼내주면서 로스트 커피와 애플파이를 주문해 달란다. 종업원 불러 서비스를 받으면 될 일을, 그러면서 꾸물거리고 있는데, 여자종업원이 다가와 주문은 1층에서만 가능하단다. 교수가 느긋하게 웃으며 고개를 끄덕였다. 아래층 매장은 소음도 많았고 어수선하고 모두가 분주했다. 사람이 덜 많은 줄, 데스크 앞으로 가 뒤에 서서 기다렸다. 곧이어 주문한 음식을 받기 위해 서 있는 줄임을 깨닫고 두리번거릴 수밖에. 뒤쪽에 선 아가씨가 자판기처럼 생긴 물건을 가리키듯 그랬다. 키오스크에서 주문하면 된다고. 모르는 것은 물어보면 쉬울 것을, 하지만 모두가 바쁘고 틈을 보이는 이가 없었다. 그 물건 앞에도 역시 몇 사람이 줄 서 기다리고 있었다. 이러다가 주문은 할 수 있을지, 기다리다 지친 교수가 내려오는 것은 아닌지, 몸 둘 바 모르겠는데, 드디어 그 물건 앞이었다. 우선 세련되고 휘황할 뿐 아니라 가까이 가기가 거북스러워 주춤대다, 뒷사람 신발을 밟는 실수를 하고 말았다. 고개 숙여 사과하고, 대신 자리를 양보하고 뒤로 물러나야 했다.

젊은이는 너무 당연한 것처럼 그 물건 앞에 서서 능숙하게 스크린을 터치하고는 곁눈질까지 했다. 꼰대가 뭔 '빅맥'이야? 하는 표정이었지만 어쩔 방법은 없었다. 더는 지체할 수 없어, 조금은 비굴하면서도 정중하게 돌아서서 부탁할 수밖에 없었다. 주문을. 다행인지 각시 또래의 여성이 고개를 까딱하면서 문제의 그 물건 앞으로 다가섰다. 여러 가지로 세상이 참~ 거시기하다. 그 말 밖에는…, 그냥 몽롱할 뿐이었다. 어렵고 아프게 받아 든 커피 두 잔과 파이 두 개가 그야말로 무겁게 느껴졌다. 참담하기까지는 아닐지라도 충분히 부끄러웠다. 교수도 먼저 경험했다는 투로, 이런 곳도 가끔은 다녀볼 필요가 있다며, 당신도 '베라'에서 손자에게 아이스크림 사주려다 톡톡히 망신을 당했단다. 차분하게 읽어보고 설명대로 실행하면 될 터였다. 하지만 디지털음성이나 ARS(자동응답시스템)의 음성에 익숙하지 않아 순간에 귀머거리가 된 느낌이거나, 디지털기기에 미리 겁먹는 태도에서 비롯된 해프닝이라며 위로해주었다.

급변하는 디지털 세상의 복합시간적 문화에 적응하며 살기를 간절히 원한다면 우선 꼰대 사고방식부터 벗으라는데 그게 쉬운 일인가. 고단했다. 출판 업무에도 갈수록 감각이 떨어졌고, 편집이나 교정, 디자인까지 너무 앞서 나가고 심각한 시각 차이로 인해 머리가 아픈 지 오래였다. 타자, 청타, 활판, 전산 조판부터 옵셋, 컴퓨터 인쇄까지 그야말로 출판현장도 어지럽고 빠르게 변했다.

그뿐이겠는가. 언젠가 분위기를 즐겨보자며 각시가 '스벅'으로 신랑을 끌고 들어섰다. 거시기한 점심값보다 커피값이 더 비싸다는 선입견 때문이었고, 유별나게 국내산을 고집하거나 별스런 애국자도 아닌 터라, 촌스럽게도 순순히 따르지 않을 수 없었다. 하여간 매장공간이 하도 엄청나서 입이 쩍 벌어졌는데, 그럼에도 불구하고 빈자리가 없어서 다시 놀랄 수밖에. 이번엔 얼빠진 놈 짓 밟기라도 하듯, '이프리퀀시 카드 있으세요?'라고 종업원이 물었다. 신랑이야 그 말 자체를 귀담아듣지 않았지만, 얼씨구! 영어를 좀 한다는 각시도 순간 당황하는 것이다. 한두 번 들락거린 스타벅스가 아니었을 텐데도 그랬다. 곱지 않은 신랑의 표정을 의식한 탓인지, 각시는 곧 그게 뭐냐고 용감하게 물었다. 'e-프리퀀시 바코드를 스캔하여 e-스티커를 적립하는 친환경적이면서 편리한 행사방법'이라는데, 역시 신랑은 알아들을 수 없는 말들이었다. 각시는 알겠다는 듯, 신랑을 돌아보며, 한마디로 적립카드라 했다.

캐러멜 마키아또, 생크림 케이크, 카페 아메리카노를 어떻게 마시고 먹었는지 기억하고 싶지 않았다. 앉아있는 내내 이 세상을 어떻게 살까 싶었다. 어쩌다 영화관이나 음식점에 가서도 각시 뒤만 쫄쫄거리며 쫓아다녔고, 능력이 있고 없음을 떠나 금전과 관련해서는 각시가 알아서 해야 한다는 똥고집 같은 신랑의 오만함 탓이었을 것이다. 그것도 부족해서 가끔은 수렵시대의 남자를 꿈꾼다니, 어찌 앞날이 무사하기를 바라 마지않을 수 있겠는가. 아침에 나가서 달랑 토끼 한 마리 사냥해오고도 큰소리쳤다는 그 시절의 남자들은 이 세상에 존재할 수 없는데, 그래서 동정의 염을 금할 수 없는데 말이다.

그러나 저러나 교수가 햄버거 집 변화를 알려주기 위한 목적의 방문은 아닐 것이고, 출판사 어려움 또한 모르지 않았을 터였다. 계속 안달복달해 하자 그 모습이 안타까운지, 낮은 음성으로 교수가 그랬다. '올바른 결정을 통해 이윤을 극대화시키는 결정이란 없다. 인간은 최상의 결과가 무언지 알 수도, 평가할 수도 없기 때문이다. 오히려 우리는 우리가 내린 결정 내에서 우리가 가진 가능성에 따라 최선을 다하는 것으로 만족해야 한다.' 야튼 좋았다. 별일 없다니까. 주위도 둘러보면서, 익숙한 것만 고집하지 말고, 앞으로 걸으면서 옆으로도 걸어야 전진할 수 있듯, 한마디로 정신 차려서 출판사를 잘해보라는 충고와 격려 같았다.

  이커머스(인터넷이나 컴퓨터 통신을 이용해 온라인으로 이루어지는 전자상거래)를 이용하면서 각시는 그야말로 환호했었다. 바보 같거나 머저리처럼 마냥 좋아해서 각시만 맹물인 줄 알았는데, 아니었다. 많은 사람이 살맛나는 세상이라고, 돈이 최고라고, 뿐만 아니라 편리하면서 배송도 빠르며, 물건도 다양하고 저렴하며, 무엇이든 눈치 볼 필요 없이 구매할 수 있어서, 정말이지 환장하게 좋다고 아우성이고, 난리법석이었다. 지금껏 직장생활을 하고 있었던 각시도 당연했을 터였다. 할인매장이나 재래시장에 갈 여유가 없었고, 퇴근하면서 동네슈퍼에서 장 봐오는 것도 힘들고 한계가 있었다. 때로는 한밤중에 신랑과 아이들까지 동원해 대형매장에서 한 주일 또는 그 이상의 먹을거리 장보기를 했었다. 물론 그 시절의 젊음이 좋았고, 신랑이나 아이들도 본인들이 필요로 하는 물건을 구입할 욕심으로 마다하지 않았고, 식당 코너에서 맛있는 음식을 얻어먹을 수 있었기에 즐겁기도 했었다. 하지만 어느 순간부터 온라인쇼핑이나 인터넷쇼핑, 또는 홈쇼핑에서 가정용품이나 생활용품, 잡화 및 식품까지 구입하지 못할 게 없으니, 그쪽으로도 걸음이 멀어졌다.

당연한 수순이었겠지만, 아이들도 커가면서 귀찮아했고, 신랑도 이래저래 핑계만 늘고, 각시도 꾀가 나기는 마찬가지였다. 하여튼 쇼핑이 쉬워지고 편리해진 만큼 한 가족의 소소한 즐거움은 아련한 추억으로 남았다. 어쨌거나 다양하고 화려한 온라인쇼핑몰에서 클릭 몇 번으로 고르고, 선택하고, 장바구니에 담고, 결제하면, 만사 OK. 다음 날이면 현관 앞에 배달되었다. 처음 온라인쇼핑에 푹 빠져 각시가 허우적거릴 때는 과소비에 의해 불필요한 물건이 쌓여가듯, 신랑도 더는 견디고 참기가 힘들었는데, 그 또한 아슬아슬 잘도 넘어갔다. 그렇듯 지혜를 통해서 낡은 문제를 해결하는 대신 우리는 항상 새로운 문제를 만들어내 위기를 넘고 있었다. 그게 최선인지 알 수 없지만 말이다.

*

목메달 부부는 지금 퇴근하는 지하철 안에 있다. 2호선과 9호선, 이용열차는 다르지만 둘 다 집에 빨리 도착하기를 바라는 마음으로 흉물처럼 느껴지는 그 스마트폰을 내려다보고 있다. 바뀐 폰에서 뭘 더 보고 싶어서가 아니고, 무료한 시간에 뭐든 해야 할 것 같아서였다. 하여튼 자신의 폰을 완벽하게 공개할 수 있는 사람이 얼마나 될까? 있다. 없다. 종일 쓰잘데기없는 상상과 좀팽이처럼 싱숭생숭해서 마음이 편치 못했던 신랑이다. 내 각시가 설마? 믿음만큼 실失이고, 의심한 만큼 득得이다? 그렇다. 아니다. 그러면서도 좀스럽게 수십 번을 되새김질을 했었다. 뿐인가. 오로지 신랑 하나만 믿고 살았는데, 오직 그 진심만을 믿었는데, 돈으로 배신을 때렸다는 생각 때문에 각시는 골치가 지끈거렸다. 좋은 일을 생각하면 좋은 일이 생기고, 나쁜 일을 생각하면 나쁜 일이 생긴다는 말로 스스로를 위로했다. 행복과 노력은 비례한다, 그랬다. 무엇보다 사람의 근본은 쉽게 변하지 않는다, 그러지 않았던가. 그럴 사람은 아닐 거라며 온종일 다독였다.

부부는 그 물건, 스마트폰을 집어넣고 긴 한숨을 내쉰다. 그러나 또다시 가슴이 뛴다, 야단법석으로. 요런, 개지랄 같은 마음을 확 엎어, 말어? 빨리 집에 가야 하는데, 오늘따라 지하철은 굼뜨다. 누가 먼저 사랑이라 했는지 따질 필요는 없었다. 사랑으로 인연을 맺어 살고 살았던 각시와 신랑은, 미워도 좋아도 매 순간을 끝까지 함께 할 부부가 아니었을까? 빅토르 위고는 그랬다지. '인생은 꽃, 사랑은 그 꽃의 꿀~'이라고.

송영차량 스타렉스가 도착했다. 08시 35분쯤 되었고, 어김없이 일곱(할머니 5명, 할아버지 2명)분 어르신이 동승했을 터였다. 센터 출입문이 열리고, 이어 차량 문이 자동으로 열리면서, "좋은 아침!" "어르신들 어서 오세요." "선상님, 안녕~" 누가 먼저랄 것도 없이 인사를 나눴다. 그 사이 송영보조자와 운전자가 어르신들 내릴 준비를 했다. 천천히, 천천히. 무엇보다 안전이 우선이다. 먼 곳부터 차례로 승차했으나, 하차할 때는 가장 나중에 탄 어르신부터 내려야 한다. 먼저 탔으니까 빨리 내려야 한다는 고집들을 바로 잡기까지 투덜투덜 말도, 탈도 많았다. 움직임이 불편할 뿐 아니라 좌석위치를 고려한 때문으로 어르신들을 차례대로 잘 태우고 잘 내리는 것 또한 운전자의 능력이다. "빨리 안 내리고 뭔 지랄이래, 뚱땡이 년은." 오늘은 또 무슨 불만인지 알 수 없지만 할머니1이 안쪽에서 궁시렁이다. 여지없이 할머니4가 "저 미친년은 맨날 같은 소리여." 습관적으로 맞받고 무거운 몸을 부축받아 겨우 하차해서 거칠게 숨을 내쉬며 엘리베이터에 오른다.

먼저 내린 할아버지1과 할머니2는 구석에 서서 아침인사를 나누는지 부산스럽다. 할머니3이 "우리 이쁜 선생님." 하면서 나사복 몸을 더듬거렸고, 엉덩이를 쓱쓱 문지르며 장난을 쳤다. "저 망구는 아직도 남자를 밝히네, 부끄러운 줄도 모르고." 할머니5가 잽싸게 뒤따르며 그랬다. 할아버지2는 늘 편안한 음성으로 "오늘도 수고가 많수다, 나 선생." 그랬지만 당신 표정은 오늘도 어둡다. 그러는 사이를 할머니1이 비집고 들어서며, "웜에, 우리 선상님은 언제나 멋져." 늘 그랬듯 꺼내서 들고 있던 요구르트를 나사복 손에 쥐어준다. 버릇이다. 반갑다는 몸짓이고 당신도 뭔가 한다는 표현이다. 그러지 말라고, 안 먹는다고, 한 번만 더 가져오면 아들(유일하게 무서워하고 또 믿는 사람)한테 전화한다고 했어도 그뿐이었다.

승하차 시 손 소독과 발열체크를 꼭 해야 하는 번거로움도 잘 견디고, 마스크를 쓰고 생활하는 것 또한 이제는 습관이 된 듯하다. 엘리베이터가 2층에 도착하기 전 나사복은 계단으로 뛰어 올라가 문 앞에 섰다.

〈중심잡기〉가 눈에 똑바로 보인다. 시詩 제목인데 모두가 기억했으면 싶어서 붙여두었다. "워머, 우리 멋쟁이 선상님." 방금 보고도 할머니1은 또 격하게 인사를 한다. 입과 몸으로 대화를 주고받으며, 두 손으로는 부축하면서, 두 눈은 어르신들 움직임을 놓쳐서는 안 된다. 길게는 40여 분 차량에 있었으니 급한 용무가 있기 마련이다. 요양보호사의 숙련된 행동에 따라 일사천리로 할머니3, 2, 1을 화장실로 안내하고, 나사복은 다른 어르신들과 생활실로 이동하여 안전하게 소파에 앉을 수 있도록 돕는다. 또한 입구에 벗어놓은 신발을 신발장에 정리하고, 겉옷과 소지품을 챙겨 개인사물함에 넣는다. 물론 어르신들 사진과 이름표가 붙어있지만 마음이 바쁘거나 돌발변수가 생겼을 경우 다급해서 실수도 하게 된다. 별거 아니지만 어르신들보다는 뒷정리하는 종사자가 더 야무지게 챙기고 알아 정리해서 인수인계를 해야 한다. 그래야 저녁송영 때 시끄럽지 않다. 서로 바뀌거나 분실과 습득, 있고 없음에 관한 소란을 방지하기 위함이다. 어르신들 이름부터 소지품이나 신발, 옷차림 등등이 엇비슷해서 실수도 많았고, 그 어르신들마다의 습관이나 버릇, 챙겨야 할 소지품, 복용 약, 특성과 행위, 집착하는 물건, 도움, 지팡이 등 소소한 것들을 잘 기억해야 하고, 상황에 따라 빠르게 움직일 수 있어야만 종사자들은 초보 딱지를 면할 수 있었다.

"치매에 걸리면 불필요한 것들이 벗겨져 나갑니다. 걱정할 일이 있어도 모르죠. 치매는 신이 우리에게 준비한 구원입니다." 이렇게 말한 그는 수십 년 연구 끝에 치매연구 전문가가 되었다. 하지만 그 또한 치매진단을 받는다. 그리고는 치매연구에 보탬이 되고자 자신의 투병경험을 기록하기 시작했다는 내용의 다큐멘터리를 보면서 치매를 가슴으로 느꼈던 나사복은 치매환자와 어울려 6년을 넘게 사회복지사 업무를 하고 있다. 물론 고비도 있었다. 중심잡기가 쉽지 않았다는 뜻이다. "오늘도 중심을 잘 잡아야지 / 결심하는 것이 / 내 하루의 첫 기도이다." 아침마다 몸으로 시詩를 느꼈던 탓인지, 인생 이모작으로 시작한 일이었는데 이제는 나름 즐겁다. "물은 쏟으면 줄고, 정은 쏟으면 붙는다."는 의미, 어르신들과 생활하면서 더 많이 깨닫게 된 것이다. 그래서 치매와 관련된 이야기와 사례, 서적, 영화와 다큐 등등을 좋아한다. '웰 에이징!' 자신부터라도 '잘 늙고' 싶은 심정이었다. 그리고 즐겁지 않으면 솔직히 힘든 직업이다. "사회복지사 커플이 결혼하면 기초생활수급대상자!"란 전설처럼 떠도는 말의 의미를 지금은 알 것도 같다. 물론 함께 근무하는 종사자들, 간호조무사와 요양보호사, 운전원과 조리원까지 어느 누군들 그러하지 아니하겠는가?

"늙은이 망령은 곰국으로 고친다." 싸가지 바가지 같은 말이지만 우선 써먹는다. 따뜻한 차 한 잔씩 나눠드리고, TV 켜고, 창문 닫고, 막 돌아서는데, "선상님, 나도 커피 한잔 줘봐여." 화장실을 다녀오는 할머니1이다. 화장지를 맘껏 풀어 돌돌 말아서 올록

볼록 여기저기 숨겼는데, 화장지 끝자락이 가슴팍 사이로 삐져나왔다. 지적해봐야 소란스러울 뿐이니 못 본 척해야 한다. 설득도, 사정도 해보고 별 방법을 다 동원해 보았지만 묘수는 없었다. 대다수 어르신들이 집착하는 그 잘난! 말 많고 탈 많은 화장지? 그 화장지만으로도 한나절이 부족할 만큼 할 말은 많다. 하여튼 한마디 더 나오기 전에 믹스커피를 준비해서, "어르신, 여기 커피요. 오늘도 한잔하신 겁니다." 할머니1이 빠르게 다가왔다. 툭하면 커피타령이라 하루 석잔 이상은 안 된다고 메모판에 기록하고 확인까지 해도 빡빡 우기면 대책이 없었다. 돌아서면 잊어버리겠지만, 그래도 표시해두는 게 상책이다.

　오늘도 화장실에서는 할머니2의 뒤처리로 분주한 모양이다. 보호자의 속내를 익히 알고 있어서 말없이 해결하는 편이 속이라도 덜 상한다. 아침에 일어나 기저귀를 한번 확인하고 어르신을 센터로 보내면 좋으련만, 요양보호사는 변이 말라비틀어져서 닦이지도 않는다며 소란이고, 지독한 구린내와 지린내가 화장실부터 복도를 점령한 상태였다. 그 사이 두 번째 송영차량 모닝이 도착했다. 비교적 먼 거리의 어르신 3명을 센터장이 모셔왔고, 다시 출발했다.

　잠시 후, 스타렉스가 8명(할머니 6명, 할아버지 2명) 어르신을 또 모셔왔고, 모닝이 네 번째로 어르신 2명을 모시면 아침송영은 무사히 끝난다. 물론 종사자도 각자의 업무시간에 맞게 출근한다. 센터에서 가깝고 인지능력도 비교적 좋아 걸어서 다니는 5등급 할아버지와 6등급(인지지원등급) 할머니가 도착하면 전원 출석하게 된다. 각각의 여건상 낮 동안 가정에서 치매 어르신을 돌볼 수 없어서 센터를 이용하기 때문이랄까. 진료예약이 있거나, 밤새 안녕이라고 갑작스럽게 병원에 입원하는 경우가 아니면 무단결석은 없는 편이다. ㄱㄴ구립 ㄷㄹ데이케어센터는 서울특별시 좋은돌봄 인증기관으로써 장기요양급여제공의 규정에 따라 치매와 노인성 질환으로 중심잡기가 어려운 어르신 스물두 분(여자 17명, 남자 5명), 중심잡기를 잘 해야 할 종사자 14명이 어울려 생활하는 주야간 보호시설이다. 어르신을 위한 구립의 단독건물이라 환경도 좋은 편이고, 생활공간도 넉넉해서 이용어르신이나 보호자들의 만족도가 매우 높다.

할아버지1은 지금 화장실에 가야 할 표정이다. 어제도 아침부터 들락거리기만 했지 성공하지 못했다. 주 2회 변을 보는데, 그것도 규칙적이지 못하다. 화장실 근처를 서성이면 긴장할 수밖에 없다. 그동안 똥 잘 나오는 자세부터 나오지 않을 때 대처방법 등, 상식과 비상식, 민간요법까지 여럿을 동원했지만 소용없었다. 태생적인 것도 있었고, 병이 생긴 이후 더 그랬다니까 말이 더 필요 없다. 극심한 변비로 어르신도 고통스럽지만 마르고 굳은 변 때문에 양변기가 막히면 뚫기가 어렵고, 무른 변이 되도록 기다리는 것도 공동시설에서는 한계가 있다. 당연히 뚫어뻥이나 관통기로는 해결할 수 없는, 굵기가 당신 두 주먹만큼 크고 단단해서 차라리 집게로 집어내 처리하는 요령을 터득하기까지 애절함도 많았다. 그랬으니 도움받는 쪽은 눈물이 날만큼 곤욕스럽고, 돕는 쪽도 곤혹스럽기는 마찬가지. 더는 염치가 없다고 어르신도 한숨을 내쉬지만 해결방법은 결국, 소리 없이 처리할 수밖에 없었다. 어쩌다 어르신 혼자서 해결하겠다고 시도했다가 판을 더 키우는, 일테면 변기와 바닥에, 몸과 옷에 변을 뭉개고 칠해 놓으면 한바탕 잔치를 하게 된다.

성인지감수성과 인격보호 차원에서 남자종사자의 돌봄이 꼭 필요한데, 여건상 그 손길이 부족한 터, 아침부터 이런 변수가 생기면 난감해진다. 어느 때는 마사지를 해야 하고, 그래도 힘들면 변을 손가락으로 파내는 방법이 또한 쉬운 선택일 수도 있다. 자신을 "구부러진 송곳."이라 표현하고 한탄하는, 센터에서 가장 젊고 건장하고 잘생겼으며, 겨우 육십 중반인데 파킨슨과 경도인지장애로 장기요양등급을 받은 어르신이다. 당신 스스로도 '어르신!' 호칭이 거시기하다 했으나, 그냥 편해서 쓴다. 발병은 3년 전부터인데, 더 이상은 가족이 감당할 수 없어서 센터를 이용하고 있다. 전직 국문과 교수였고, 시인으로 등단해서 시집도 여럿 출간했었지만 지금은 거의 말이 없다. 말을 해도 소통이 어려워 많이 불편한 상태다. 때문에 갈수록 말을 피하고, 하려 하지도 않았다. 파킨슨 증상으로 근육이 경직돼 발음이 부정확하고, 말이 입

밖으로 잘 전달되지 않는 것이다. 그뿐이겠는가. 말을 잊어버린 어르신도 있고, 귀가 어두워 대화가 어려운 어르신들이 많아도, 어쨌거나 숙련된 종사자는 그 몸짓과 눈빛으로 소통이 가능해서 크게 어렵지는 않았다. 하지만 참으로 아쉽게도 그런 종사자들은 융통성 있고 슬기롭게 적응할만하면 자주 바뀌게 되었다. 이직률이 높은 업종의 특성을 생각하면 다양한 증상을 나타내는 어르신들에게 더 좋은 서비스를 제공하기까지는 어려움이 있는 것도 현실이다.

손을 씻고 나오면서 할아버지1이 시원하다는 표정으로 나사복을 향해 왼손을 들어 OK, 고마워했다. 10시쯤 되었는지 오전 간식이 준비되고 있었다. "어르신, 일 봤으니까, 맛나게 잡수고 운동 계속하셔요." 그러면서 나사복도 손을 씻었고 어르신 옷매무새와 뒤태도 살폈다. 그랬으나 쓸쓸하고 안타까운 모습은 어쩔 수 없다. 비슷한 시절에 태어났고 학창시절과 사회생활을 동시대에 했었을 터인데, 한 사람은 도움을 받아야 하고, 또 한 사람은 도움을 주는 현실의 현상, 이제는 흔한 일상의 모습으로 놀랍지도 아니하다. 하여튼 젊다는 이유로, 또 딱하다는 뜻으로, 남동생 같은 친근함 때문인지 표현이 가능한 어르신들마다 장난하듯 "인물값 했겠지. 건강할 때 잘 지키지. 있을 때 잘하지 그랬어." 그러면, 할아버지1도 "내 나이가 어째서?"라고 장난을 쳤고, 또 누군가는 "똥 싸기 딱 좋은 나이!"라 했다. 하지만 어르신도 곧 요양원으로 옮겨가야 할 처지다. 아직은 창창한데 너무 빠른 후속조치라는 뜻이다. 한참 더 벌어도 아쉬울 판인데, 이제는 부인도 더 감당할 수 없단다. 호구지책으로 매번 송영시간을 맞출 수 없다는 이유였다. 더는 개인정보에 관한 문제라서 자세하게 공유할 수 없지만, 대기 중인 그곳에서 부르면 언제든 여기는 퇴소하게 된다. 이렇듯 센터를 더 이용할 수 없는 경우는, 일테면 건강이 악화되어 거동이 불편하거나 와상으로 송영이 불가능한 경우와 보호자의 생활여건이 받쳐주지 못하거나 센터생활을 적응하지 못하는 경우 등 여러 가지다.

대부분은 어르신 의사와 상관없이 요양원이나 요양병원으로 옮겨가게 되는데, "구만리장천이 지척."이라 말하며 애매모호하게 떠나는 보호자도 있었다. 아이들 유치원과 비슷한 편제라 주야간보호시설을 한마디로 '노치원'이라 쉽게 설명한다. 하지만 나이 들면 서럽다고, 송영시간이면 그 모습을 곧 확인할 수 있었다. 아파트 단지나 주택지의 주차 공간에서 유치원 차량이 도착하거나 출발할 때를 보라. 뭐가 그리도 좋아서, 날이면 날마다 왁자하고 시끄러운지 알 수 없다. 하지만 어르신들 모습은 딴판이다. 모시고 나오는 보호자들 또한 그야말로 고단하고 지쳐 보였다. "죄 중에 불효죄가 가장 크다."는데 말이다.

코로나19 때문에 어르신들도 혼란스럽다. 뭐가 뭔지 알 수도 없었고 알고 싶지도 않는데, 눈뜨면 규제가 더 심해지고 하지 말라는 것도 많아져서 마냥 죄송할 따름이다. 누구나 지켜야 하고 다함께 이겨내야 하니까 조금만 더 참아보자고 오늘도 부탁드렸다. 동動적인 활동을 삼가고 정靜적인 활동을 권장하더니, 갈수록 태산이고, 생활속거리두기로 동료들과 이야기도 마음대로 하지 못한다. 외부인 출입이 통제되면서 프로그램 강사와 자원봉사자 등이 진행하던 음악활동이나 신체활동, 레크리에이션 수업을 할 수 없으니 어르신들 입과 손발을 묶어놓은 꼴이다. 요일마다 다양하게 진행하던 수업을 하지 못해서, 어르신들 각각의 독특한 스트레스와 알 수 없는 인지장애가 나타나는 것도 현실이다. 그랬어도 하루하루 지나면 괜찮겠지 했는데, 벌써 해가 바뀌었다. 코로나19 통합뉴스룸에서 발생현황을 실시간으로 알렸지만 아직까지는 센터와 관련된 확진환자 없이 잘 버텨내고 있다. 하지만 센터생활의 질은 그만큼 떨어지고 있다. 코로나검사를 받을 때마다 무섭다고 겁내고 두려워했던 모습들도 이제는 아련하다. 요양시설이라서 어르신과 종사자 모두는 '화이자' 백신접종이 우선하여 끝났다. 그나마 다행이지만 언제쯤 다시 박수치며 노래하고 율동을 할 수 있을지 답답할 지경이다.

  센터는 어르신을 위해 양질의 케어서비스를 제공하려 노력하고, 방역에도 최선을 다하고 있지만 어려움도 많았다. 때문에 시市와 구區에서는 사회적 거리두기 단계가 상향될 때마다 가족돌봄이나 재량 휴원을 권고했지만 예상했던 것처럼 그 변화를 원하는 동참의견은 제로에 가까웠다. 당장 생사의 갈림길도 아닌 상황에서 어르신도 어르신이지만 보호자들의 생계문제도 있었고, 센터와 종사자간의 임금문제도 있었기에 지방자치단체장의 다급함을 다 수용할 수는 없었다. 하여튼 "늙은이 괄시는 해도 아이들 괄시는 않는다."는 말처럼 유치원이나 어린이집은 일정 기간 휴원을 하거나 가족돌봄 휴가 등을 이용했으나 아쉽게도 어르신들, 즉 부모를 그런 식으로 돌보겠다는 보호자들은 거의 없었다. 이용료(개인부담금 15%, 보험공단 85% 지원)가 부담스럽기보다, 하루의 8시간부터 길게는 12시간을 센터에서 책임지기 위해 모셔가고 모셔다주는 서비스를 이용하는 보호자들, 즉 아들과 며느리로서 혹은 딸과 사위로서, 어르신을 돌보겠다고 느닷없는 그런 결정을 할 수는 없었을 것이다. 그나마 부부세대나 '마처세대'의 보호자는 "어쩔 수 없지요. 오래가지는 않것지요?" 했지만 말이다.

  그야말로 처음에는 어르신들보다 종사자들이 더 미치고 환장할 판이었다. 방역수칙과 지침은 왜 그토록 많은지, 그래도 코로나19 시간은 느리게 흘려갔고, 오늘 하루도 또 무사히 지나가기를 기원해본다. 인지능력이 저하된 어르신들이라 즐겁게 노래하고 웃고 떠들며 활기찬 활동들이 많아야 하는데, 방역지침 때문에 어르신들은 맥아리가 없는 생활을 너무 오래 견디고 있다. 센터는 이용어르신을 위해 일상생활 도움뿐만 아니라 케어서비스를 다양하게 제공할 수 있어야 하는데, 그 공백이 아쉬울 따름이다. 일테면 데이케어센터 설립의 목적과 기능을 잊어버리는 건 아닐까 우려스럽다. 이제는 방역의 이유를 알려고도 아니하고, 어르신들 모두의 애창곡이던 '내 나이가 어때서'를 까맣게 잊어버린 듯하며, "빌어먹을! 요놈의 목숨이 질긴게 별것을 다 보고, 도대체가 언제까지 요렇게 재미없는 것만 할는지." 불만도 많지만, 코로나19의 끝도 아직은 알 수 없다.

우당탕 퉁탕~ 생활실에서 소란스러움이 전해졌다. 이어 할머니4와 1의 목청이 악머구리 끓듯 한다. 1층 사무실 사람들(센터장과 사회복지사 3명)도 동시에 긴장한다. 사고 발생의 두려움 때문이다. 가끔씩 일어나는 소소한 시비들은 오히려 활력을 증진하는 기회도 되지만, 어쨌거나 동태파악은 해야 해서 나사복이 2층으로 올라간다. 보나마나 할머니1이 소란을 만들고, 할머니4는 수습하는 과정에서 울분을 참지 못한 야단법석일 터였다. 둘 중 한 사람이 없으면 그야말로 센터가 조용할 터인데, 누군가 스스로 이용을 중단하지 않는 한, 센터에서 먼저 퇴소를 강요할 수는 없다. 모두에게 공평하고 공정해야하기에 그렇기도 하겠지만, 한편으로는 그만큼의 불편함도 이용자들은 감내해야 한다. 이용 대상자는 필요에 따라 언제 어느 때나 자유롭게 보호시설을 이용할 수 있을 만큼 복지정책이 여유롭지 못한 것도 사실이다. 한마디로 자리가 부족하기 때문에 쉽게 퇴소하거나 입소할 수 없다.

입소를 간절히 바라는 대기자도 많을 뿐만 아니라, 치매 어르신들에게 생활공간이 자주 바뀌는 것 또한 바람직하지 않아 이동도 많지 않았다. 어쨌거나 건강보험공단과 지방자치단체의 도움으로 각종 보호시설이 법에 따라 운영되고 있어서, "세상 많이 좋아졌다." 고마워하는 가족들도 많다. 보편복지와 선별복지의 장단점을 탓할 여유도, 이유도 없이 치매가족에게는 실질적인 도움이 우선 간절하기 때문이다. 하여튼 좋을 때는 언니동생하면서 속마음까지 털어놓았다가도 또 어느 순간부터 서로를 경멸하는 사이로, 일주일은 더없이 좋았다가 또 일주일은 내내 싸우고 서로를 잡아먹지 못해서 난리굿 판이다. 아쉽게도 요즘은 그 굿판이 잦다는, 일테면 치매가 더 빠르게 진행되고 있다.

지방 중소도시에서 올라왔으나 촌스럽지 아니하고, 화려한 장식을 좋아하며, 오목조목하나 우악스럽고 당당한 몸피의 할머니1은 70대 초반인데 중증치매로 일상생활이 점점 어려워지고 있다. 눈에 보이는 물건들, 수건과 물컵, 화장지와 마스크, 비품과 액세서리 등등, 어느 순간 슬쩍해서 당신 가방에 숨겨놓은 습벽으로 인해 종사자들 인내심과 슬기로움이 평가되기도 한다. 때로는 지지해서 달래고, 때로는 강하게 제지하지만 그때뿐이다. 어설프게 다가갔다는 남자 요양보호사들도 당해내지 못하는, "날 잡아 잡사~" 하면 감당이 불감당이다. 더럽고 치사해서 피하는 게 상책이라는 요령을 동료 어르신들은 너무 자연스럽게 터득했다. 가족들도 어머니 때문에 의견이 많았고, 아직은 요양원으로 보낼 수 없다는 아들 주장이 강하지만, 독거생활에 따른 위험성과 불안함으로 딸들은 그 한계를 벌써부터 호소하고 있었다.

반면에 넙대대하면서도 마음은 한없이 평펴짐한 그러면서 누구라도 잘난체하는 꼴을 못 보는, 강퍅하고 지혜롭지 못한 할머니4는 80대 중반으로 여러 노인성질환이 많지만 아직은 건강하고 치매도 경미해서 반장 역할을 하고 있다. 인정도 샘도 많아서 반장을 하고 있지만 치명적으로 문맹이라는 것 때문에 자신도 모르게 감정을 순간적으로 폭발한다. 남편과 일찍 사별하고 서울로 올라와 아들딸 다섯을 억척으로 키워내 지금은 다복한 편이다. 도시 생활에 익숙하고 종교 생활도 오래했던 관계로 활발하고 사교적이지만 불평불만이 많아서 종사자들도 어렵기는 마찬가지다. 하여튼지 늘 오지랖이 문제였다.

할아버지2가 입원치료를 하는 동안 반장을 할 수 없었고, 움직임도 불편하고 몸과 마음이 편치 않아 힘들어하던 그 틈을 비집고 들어 반장이 되었다. 어르신 수완에 어리숙한 종사자가 동조해서 놀아났는데, "무식한 년이 어떻게 반장을 하느냐?"고 따지는 할머니1을 사전에 입막음했던 덕분에 그 번복은 포기했었다. 한마디로 할머니1은 깡패 같은 년이고, 할머니4는 무식한 뚱땡이로 둘은 서로를 그렇게 칭한다. 욕으로 치면 둘 다 금메달감으로

육두문자부터 쌍욕과 쌍말이 난무하는 상황을 처음으로 경험한 센터의 모든 사람들은 울 수도 웃을 수도 없는, 그저 경악을 금치 못하는 표정들이었다. 질 수 없다고 서로 쏟아내는 욕들이 어찌나 찰지고 거칠고 험악스러운지 더는 그 욕지거리가 터지기 전에 수습해야 했다. 물건을 던져서 깨지고 다치는 경우가 차라리 덜 아플 것 같은 느낌이랄까. 그렇게 싸우고도 본인의 분이 덜 풀리면, "저런 미친년." 또는 "저 무식하고 뚱뚱한 년." 때문에 당장 센터를 그만두겠다고 서로가 씩씩거린다. 얼마나 정나미가 떨어졌으면, 제발 그러라고 어르신들 모두가 쌍수로 환영하겠는가만 매번 도로 아미타불이다. 아무튼 "내가 아닌 사람으로 내가 변해가는 것." 치매 때문에 생겨나는 현상들이겠지만 센터에서는 오롯이 종사자들 인내심으로 감당해낼 부분들이다.

점심을 맛있게 먹고, 케어팀(간호조무사와 요양보호사)의 도움으로 양치도 하고, 각자 화장실 볼일도 본 후, 공기압 마사지를 하거나 침대에 잠시 눕거나 소파에 앉아 TV를 보면서 휴식을 취하거나, 텃밭으로 조성한 옥상에서 산책하는 경우도 있다. 해서 어르신들 이동이 많고, 수선스럽고 복잡한 점심시간과 양치시간에는 돌발사고의 위험이 높아 사회복지사도 돌봄지원을 해야 한다. 치매 어르신들 돌발행동은 언제 어디서 어떻게라도 가능해서 그것을 예방할 수 있는 눈과 손은 많을수록 안전하기 때문이다. 그럼에도 불구하고 현실적 규정을 무작정 탓 할 수 없지만 케어인력이 부족한 것도 현실이다. "중심을 잘 잡아야 넘어지지 않는 법"인데, 그만큼 어렵고 간단하지도 않다.

신발장 앞에서 할아버지3과 할머니5가 신발을 놓고 또 옥신각신이다. 세상없이 인자하고 공손한데, 신발 앞에서는 조금도 양보가 없다. 할머니가 신발장을 열어 뭔가를 확인하듯 두리번거렸고, 또 반듯하게 정리도 하고, 색다른 신발이다 싶어 만져도 보고, 크기가 확연히 다른 남자 신발을 이리저리 움직이면서, "신발 하나도 똑바로 못 놓나!" 그랬다. 전직 초등학교 교장선생님이었는데, 초임 시절 아이들 신발 때문에 어려움이 많았단다. 최근까지도 기분 좋으면 교가를 흥얼거리는데, 아쉽게도 지금은 알아들을 수 없다. 어찌나 정확하고 또렷하게 잘 불렀던지 나사복은 물론이고 여러 사람이 그 교가를 기억할 정도였는데, 어르신은 하루가 다르게 변화하고 바뀌었다.

어느 날부터인지 알 수 없으나 그런 할머니 모습을, 질색팔색으로 할아버지3이 싫어했다. "내 신발을 왜 만져?" 하면서 득달같이 달려갔고, 또 다그치기까지 했다. 평소에도 늘 신발을 지키는 초병처럼 시선을 신발장에 집중하고 있어서 걸핏하면 다툼이 생겼다. 어르신의 유일한 애창곡 "전우의 시체를 넘고 넘어~"를 4절까지 꼭 부르는 4등급어르신이다. 혼자 시골에 살다 올라와 막내딸 집에서 3년을 살았는데도 아직 시골 냄새가 풀풀 난다. 덕분에 더 정이 가고, 말랑말랑 악의라고는 병아리 눈물만큼도 없지만 육이오와 전투화의 기억에서 벗어나지 못해 여전히 현실을 혼란스러워한다. 학도병으로 잡혀가지 않으려 밤낮으로 도망치던 때와 친구와 형들이 끌려가던 모습을 잊을 수가 없었고, 또 너무 생생하여 지금도 밤이 무섭고 잠을 잘 수가 없다고 했다. 전쟁 후 지지리도 어렵고 힘들던 시절에 입대를 했었고, 오로지 배가 고파서, 종교와 상관없이 예배에 참석했다가 그곳에서 전투화를 잃어버린 사건 때문에 군대생활이 엉망진창으로 바뀌게 되었다는 거였다. 그 시절이 떠올라 가끔씩 웃음으로 이야기를 시작했으나 어르신은 그때마다 눈물을 훔치면서 그 끝을 마무리하지 못했다.

할머니3과 할아버지5는 엉큼하고 때로는 능글맞아 종사자들 가슴을 출렁이게 한다. 할머니3은 팔십 대 후반으로 아직도 곱고 밝으며 여성스러운데 행동이나 말은 또 딴판이다. 남자가 잘생기면 인물값 한다고 아무에게나 시비를 걸고, 부인한테 잘하고 바람피우지 말라고 누구에게나 하소연하듯 했다. 그러면서도 남자들에게 일부러 다가가 장난치듯 느끼한 표현을 하고, 몸을 더듬고, 성性적 행동이나 말을 노골적으로 했으며, 때로는 화장실까지 쫓아가 배변행위를 방해하거나, 정말 뭔가를 보고 싶은 간절한 표정으로 소변기를 기웃거려 남자를 당황하게 했다.

할아버지5는 멀쩡하게 배우자도 있고, 학식이나 스타일로 봐 방정한 노신사로 믿어 의심치 않았는데, 글쎄 성性적 욕구를 휘뚜루마뚜루 풀어놓거나 표현했다. 처음엔 종사자의 현명하지 못한 처신이라 탓하고 믿으려 하지 않았다. 인권을 무시해서가 아니라, 치매 어르신의 행위를 어느 만큼 감내할 것인가의 문제였다. 어르신의 서툰 행위와 의도적인 접촉이나 접근요구 등은 충분히 문제의 소지가 있을 수 있겠으나, 개인감정에 따라서는 치명적인 모욕감으로 공론화하기에 지나침도 없지 않았다. 그럼에도 불구하고 무작정 인내하게 할 수도 없었다. 뿐만 아니라 할머니3과의 노골적인 표현이나 행위 등도 선을 넘지 않도록 살피고 저지하는 것 또한 일반적인 성인지 정서로 감당해 내기가 쉽지 않았다. 조금 과하면 추행이나 모욕이 될 수 있었고, 그렇다고 방치할 수도 없어 우선은 보호자에게 그 사실을 알려 전문의처방을 받도록 하고, 더 성한 사람이 슬기롭게 대처해주기를 바라마지 않을 수 없었다.

할아버지5는 기초생활수급자로 생계급여와 주거급여, 의료급여를 받고 있는, 그러나 아주 풍족하고 여유롭게 느껴지는 어르신이다. 젊음을 믿고 일찍이 남미의 볼리비아로 이민 가서 잘 살았다는데, 돈 떨어지고 몸 아프니까 돌아올 수밖에 없었단다. 그래도 고국이 살만해져서 이만큼의 복지와 혜택을 누릴 수 있어서 어쨌든 고맙다 그랬다. 하지만 그 진정성은 느껴지지 않았고, 요구와 불만도 많아서, 또다시 떠나겠다는 계획과 날짜를 수첩에 적어두고 하루에도 수십 번 확인하고 있지만 다 소용없는 메모였다. 이제는 당신 스스로 아무 것도 할 수 없는, 일상의 대화도 어려운 사실을 당신만 모르고 있다.

할머니2, 6, 7, 9, 11은 예쁜 치매다. 치매면 치매지 무슨 그따 위냐! 그러면 할 말이 없겠으나, 예쁜 치매와 아닌 것은 천양지차 다. 초기치매인 경우가 주로 많지만 말기에 가깝거나, 함께 사는 딸조차 알아보지 못하면서도 여전히 순한 모습의 어르신도 있다. 자나 깨나 웃으며, 잘 먹고 잘 놀고, 열심히 따르고 즐겁게 생활 하는, 본성 그대로 예쁘게 행하는, 그야말로 탓할 게 1도 없는 어 르신들이다. 때문에 주야간보호시설에서 가장 선호하는 3등급, 4 등급 대상자들이다. 물론 치매진행 속도나 과정에서 예상할 수 없는 증상이나 행동이 나타날 수 있으나, 어쨌든 돌봄이 쉽고, 어 르신들도 나름 센터생활을 더 만족해했다. 천생 여자로 살면서 누군가의 엄마였고, 누이였고, 딸이었고, 또 나였을 어르신들에게 는 종사자들 손길 또한 부드럽기 마련이다. 치매가 무섭다가도 저런 치매라면, 나도? 하고 오두방정까지 떨면서 고단함도 털어 본다. 때문에 가족과 보호자들도 아직은 어르신과의 생활이 견딜 만하고, 센터에도 관심이 많아서 적극적으로 협조하는 편이다.

할아버지4와 할머니10은 폭력성이 있어서 늘 주의해야 한다. 느닷없이 밀치거나 꼬집고, 주먹질도 두렵지만 언어폭력도 무서 워서 상처받기 쉽다. 치매 어르신 행동이라고 백번을 이해하려 했 어도 순간순간 무너지는 마음은 어쩔 수가 없었던지 퇴사하는 종사자도 여럿 있었다. 그런 고단함과 단단함도 없이 누군가를 돌볼 수 없었을 것이다. 더군다나 치매 어르신인데, 마음에 철갑을 둘러도 때로는 흔들리기 마련이었다. 두 분 다, 누워 침 뱉기 식으로 아무에게나 시비를 걸고, 욕설과 폭력으로 동료는 물론이고 종사자에게까지 공포분위기를 조성하고 가끔씩은 그 분위기를 견디지 못해 또 다른 폭력도 생겼다. 예비역 대령 출신으로 정확하고 올바름의 표상이라 했던 할아버지고, 목사 사모님 소리를 들었던 어르신들인데, "시어미 미워서 개 배때기 찬다."고, 현실은 그러한데, 그 보호자들은 그럴 이유가 없다고 믿으려하지 않는다. 치매는 보이는 것이 결코 다가 아니라는 뜻이다.

할머니8, 12, 13, 15, 16은 배회와 변덕이 심하다. 흔히 볼 수 있고 많은 치매 어르신들이 나타내는 증상이지만 자칫 방심하면 문제가 발생된다. 살갑고 부드럽고, 대화도 가능하며, 인내심도 많아 좋을 때는 다 좋다. 그러나 늘 낙상위험이 있고, 이리저리 돌아다니며 시비와 일거리를 만든다. 답답하다는 이유로 별의별 핑계를 만들어 외출과 탈출을 시도하려 하지만 종사자들도 척하고 알아낸다. 은행 일을 봐야한다, 집에 누가 오기로 했다, 머리가 아프다, 일몰증후군에 의한 귀가본능 등등. 보호자의 허락 없이는, 죄송하게도 어르신들 마음대로 할 수 있는 일은 없다. 이도 저도 통하지 않을 때는 무작정 무대뽀로 집에 가겠다고 소리치며 출입문 앞을 지키고 서 있거나, 또는 지나가는 사람에게 구조요청을 해 오해를 하게 하거나, 보일러실 창문 틈으로 탈출을 시도하기도 하고, 자동장치가 된 출입문이 알 수 없는 오류가 생겨 아무도 모르게 탈출하거나 등등의, 어르신들 행동은 눈 깜박할 사이에 일어나게 된다. 공교롭게도 사고는 애매모호한 상황에서 발생하기 때문에, "미친개 풀 먹듯." 하고 "미친년 달래 캐듯 한다."고도 했었다.

할머니14는 오른쪽 편마비로 휠체어를 이용해서 이동하고, 식사부터 화장실 사용까지 도움이 적극 필요하지만 인지능력은 그나마 좋은 편이다. 좀 모호하고 어중간한 표현이나 어르신을 돌보는 종사자들 말이 그렇다. 돌봄은 무척 힘들지만 차라리 마음으로는 편한 어르신이라고. 장기요양사업으로 가장 빛나는 도움을 받고 있는 어르신이다. 사는 동안 내내 "남편 복 없는 년은 자식 복도 없다." 그 말을 위안삼아 살았지만 우여곡절 끝에 센터를 이용하면서부터 열에서 아홉이 변했을 정도로 좋다 그랬다. 혼자서 십 남매를 길러냈으니, 결국은 자식들의 살림살이도 더 넉넉해지지 않았다. 뿐만 아니라 불행은 겹치더라고, 비교적 젊은 나이에 어르신도 뇌출혈로 쓰러졌고, 그것으로 다 멈추고 말았다는 거였다. 하여튼지 어르신은 "지금이 최고여, 최고~"라며 행복해하고 있지만, "열 자식이 한 부모 못 모신다."고 얼마나 그 최고가 더 연장될는지? 그리고 그 보호자들은 경제적인 어려움을 호소하는 중이다.

할머니17은 인지지원등급으로 일주일에 사흘(월 수 금)을 이용한다. 나라에서 치매환자와 가족을 좀 더 보살피겠다는 취지로 추가된 등급이지만 실효성은 별로다. 탁상행정의 시행착오인 것이다. 솔직히 돈도 되지 않으면서 행정적인 일만 많고, 어르신들도 불편하고 이용할 곳도 많지 않았다. 공단평가에서 연속 최우수등급을 받은 센터로서의 자부심과 부담감은 아니겠지만, 규정상 6등급 어르신 2명까지 이용할 수 있으나, 그럴 수는 없었다. 1명도 걱정과 우려를 감내하며 모셨다. 발병 전까지 보육원 원장을 했다는 어르신이지만 센터를 3일만 이용해야 하는 이유를 이해할 수 없듯이, 당신 스스로 걸어서 출석하는데, 화 목 토는 아니라고 그냥 돌려보낼 수도 없었다. 물론 보호자는 고맙고 미안한 마음으로 추가 이용료를 지불하겠다지만 규정상 그럴 수도 없다.

아직 본인은 추호도 치매라고 생각하지 않았고, 좀 심하다 싶은 동료들을 살피고 안쓰러워한다. 그럼에도 불구하고 치매癡呆란 "어리석고 또 어리석다."는 뜻이고, 또 "마음을 지우는 병."이 치매라지만 어르신들마다 어찌 행복했던 시절이 없었겠는가 말이다. 뿐이겠는가, 우리 어르신들의 이야기는 늘 즐겁고 또한 슬프지만, 그것이 다 참인지 거짓인지는 알 수 없다. 하지만 종사자들은 자신의 능력껏 그것을 가려내고 잡아냈으리라.

도대체 사무실에는 무슨 일이 그렇게나 많으냐고 가끔 묻는다. 어르신들도 그렇고 종사자들도 그랬다. 그것도 허구한 날, 날이면 날마다. 그리고 보니까 일찍 출근하고 늦게 퇴근하는 것이 습관화되었고, 오히려 정시 출퇴근이 어색할 만큼 누가 시키지 않았는데도 그런 분위기에 적응했다. 그러하지 못하면 결과는 뻔했다. 하루 근무하고 다음날 포기하는 사람부터 일주일이나 한 달도 다 채우지 못하는 종사자도 여럿 있었다. 그나마 견딜만하고, 그래도 상식이 통하는 곳이라 스스로 다짐하고 근무한다. 최저임금으로 버티는 직장생활 다 거기서 거기 아닌가? 그러면, 더는 할 말이 없다. 하여튼 센터 앞을 지나가다 "데이케어가 뭐하는 곳이래요?" 또는 "여기는 어떻게 해야 이용할 수 있나요?" 물으면, 공손하게 안내를 하는 것부터 장기요양등급을 받을 수 있도록 절차를 알려주거나 보험공단에 신청서를 접수할 수 있도록 돕고, 신규 입소상담을 통해 어르신의 특성과 특징을 잘 파악해서 모든 종사자와 공유하고 숙지하여 어르신 돌봄 시 유익하게 서비스를 제공할 수 있도록 하고, 어르신들이 우리 센터에 머무는 동안 안전하고 즐겁게 지낼 수 있도록 최선을 다하도록 함이 사회복지사 기본업무가 될 터였다.

이것 말고도 각자 할 일은 끝없이 많다. 그리고 모든 업무는 서류가 증명하게 된다. 때문에 그 서류철에 파묻힐 지경이다. 국민건강보험공단의 지표와 메뉴얼에 맞추어 공단평가와 모니터링을 해당연도에 따라 준비해야 하고, 노인장기요양보험법에 따라서 장기요양급여와 이용자의 개인부담금을 매달 청구하여 센터가 운영될 수 있도록 해야 하며, 각종의 회계업무를 처리해야 함은 물론 지방자치단체의 지도점검, 행정감사, 인증심사, 보조금감사, 각종 안전점검 및 지침 등을 처리하고 준비하면서 이용자 상담과 보호자상담, 입퇴소 안내, 센터 내 안전관리와 소소한 민원부터 어르신과 종사자의 신변보호 등등 다 나열할 수가 없다. 하지만 그런 와중에도 법을 악용하는 사례는 얼마든지 많았다. 못된 법인法人도 있을 수 있고, 무모한 센터장도 있기 마련이니까. 그것을 지키려는 쪽이나 악용하려는 쪽도 나름 대단하기는 마찬가지겠으나, 하여튼지 종사자들은 본인의 하루 업무처리도 버거운데, 어떻게 그런 부당청구와 불법사용, 보조금횡령과 불법행위 등은 발생하고 또 발각되어 처벌되는지 도무지 알 수 없었다. 그렇게 열심히 지표와 세부지표까지 철저하게 준비하고 대비해도 공단평가나 인증심사에서 자유로울 수 없었고, 산더미 같은 업무와 태산 같은 서류철에 질식할 것 같은데, 그런 일탈행위를 꾀하는 막무가내들은 있었다. 일테면 나랏돈은 눈먼 돈이라는 놈들과 나랏돈 먹기 참 더럽게 힘들다는 놈들의 이해충돌 때문에 끝없는 행정업무에서 벗어날 수 없는 구조, 또한 현실이고 사실이다. 그래서 사회복지 업무와 어르신을 위한 케어서비스 중 무엇이 먼저인지 헷갈리는 경우도 있기 마련이다.

저녁식사를 거부하고 휴게실 침대에 할아버지2가 누워있었다.

가끔씩 밥맛이 없다고, 그래서 따로 죽식을 준비해드렸는데, 오늘은 그것도 마다했다. 아들과의 힘겨루기가 아직 끝나지 않은 터였다. 어르신 스스로도 그랬다. 원인은 당신이 너무 오래 살아서 생기는 문제들인데, 그러면서도 아들은 물론이요, 며느리와 손자 손녀까지도 마음으로 당겨지지 않는단다. 96세의 고령이나 워낙에 인지능력도 좋고 행실도 바르지만 노인성질환으로 온몸이 부서질 듯 아픈데, 그냥 참고 견디라는 말뿐. 병원도 가족도 어찌할 방법이 없단다. 효도하겠다는 장남을 믿고, 함께 생활한 지 겨우 1년이 넘었는데 여전히 불편하기가 짝이 없다고, 어르신도 식구들도 그만큼씩 한탄과 원망이다. 차라리 시골에서 혼자 살 때가 백번 좋았다. 좋은 뜻으로 고향의 터전과 살이를 다 팔아 합쳤으니 돌이킬 수도 없었다. 그동안을 함께 살지 않았으면 애당초 합치지 말았어야 했다고 땅을 치지만 서로가 지금을 후회하고 서운해할 뿐이다. 때문에 "고래 싸움에 새우 등 터진다."고 센터에서도 역시 슬기로움이 필요하다. 그래도 이만큼의 복지혜택을 이용할 수 있어서 다행일 터였고, 이런 복지시설이 없었다면 부모·자식으로서 또 얼마나 많은 피눈물을 흘려야 했을지, 짐작이 간다.

송영차량 막차가 출발준비를 하고 있다. 저녁 8시 30분쯤 되었고, 어김없이 여섯(할머니 4명, 할아버지 2명)분 어르신이 2층에서 내려와 승차를 기다리고 있다. 저녁식사를 하지 않았던 어르신을 위해, 나사복은 시간을 놓쳐 먹지 못했던 오전 오후 간식을 봉지에 싸 들고 나왔다. "오늘도 수고 많이 했수다, 나 선생." 할아버지2가 먼저 저녁 인사를 청하자, 나사복은 "이거라도 잡수고 주무셔요." 하면서 가슴으로 안았다. 어르신도 숨을 멈추고 마음으로 힘껏 당겼다. "나도 오늘은 잘 자것지요? 똥 싸서." 할아버지1도 끼어들고, 할머니1도 "우리 멋쟁이 선상님, 안녕~" 그러면서 차에 올랐다. "어르신들, 내일 또 만나요. 밤새 안녕하시고요." 송영 차량 후미등 불빛이 사라지자, "중심을 잡으려고 노력하고 또 노력해서 / 잘 버티어낸 것에 대한 감사가 / 내 하루의 마침기도이다."

　오늘 하루도 중심잡기는 잘한 건가?

＊ 이해인 시인의 詩,「중심잡기」를 모티브로 하였다.

눈이 떠졌다.
 낯설다, 그냥 다. 저절로 눈이 감긴다. 여전히 수선스럽다. 소음도 익숙하지 않다. 눈을 다시 떴다. 역시 몽롱하고 느낌도 썰렁하다. 예지몽인가? 꿈은 아니다. 뭐지! 이 어수선함은? 머리를 살짝 움직여본다. 무엇에 억눌린 것처럼 답답하다. 숙취 때와는 또 다른 느낌이다. 두통은 심하지 않으나 분위기가 영 불쾌하다. 가림막 파티션과 링거 거치대가 눈에 들어왔다. 집도 아니고 사무실도 아니다. 도무지 상황을 모르겠다. 자각몽인가? 아니 정말 꿈속이란 말인가. 귀싸대기라도 갈겨보고 싶은데 움직일 수도 없다. 나, 환장하겠네! 그러는 사이에 "어~ 아빠 깨나셨는데요." 모르는 여자 목소리다. 또 누군가 "정신이 드세요?" 했다. 생소한 남자 목소리였다. 그리고 잠시 후 각시가 나타나 "이게 뭔 꼴이래요?" 하면서 빤히 내려다본다. 놀란 모습이고 황당한 표정이다. 딸과 아들도 눈에 보인다. 짜증이 섞인 덤덤한 표정이다. 다감해야 할 얼굴들인데, 생경하다. 뭔가? 이 혼란스러움은!

어찌된 영문인지 모르겠다. 몸이 무겁고 팔다리가 부자연스럽다. 이런 젠장 할! 병원이란다. 스트레처 카에 내가 누워있다. 왜 이런 거지? 누구인가, 나는? 병원! 내가 왜 여기 있는 거야? 그것도 응급실에. 날벼락! 아니 벼락이라도 맞았나? 어떻게 된 거지? 이렇게 얼마나 누워있었던 거냐고? 온통 의문투성이고, 도대체 아무것도 떠오르지 않았다. 마치 정지된 화면 같다. 어디서부터 어디까지 멈춘 걸까? 이런 불상사가 또 없다. 누군가 뒤에서 머리를 가격했거나, 아니면 술 취해서 쓰러진 것 같단다. 그림자처럼 뒤를 쫓아다니던 살벌했던 시절도 아니고, 술을 마셨으면 또 얼마나 마셨기에 그랬다는 걸까? 다 접어두고, 우선 믿을 수 없어서 다시 물었다. 지하철 입구 계단 밑에서 발견되었단다. 그 순간 뜬금없는 블랙아웃이 떠올랐다. 그래도 그렇지! 이토록 깡그리 몽땅, 이럴 수 있는 건가? 어처구니없게도 '바다에 빠져 죽은 사람보다 술에 빠져 죽은 사람이 더 많다.'는 말이 순간 머릿속에 맴돌았다.

하여튼 내가 술잔에 빠졌다는 거였다. 이런 제기랄! 변명은 더 필요 없었다. 사실이니까. 한때 살아있는 본인들 모습이 싫어서 젊은 놈들이 허구한 날을 술에 의지했었다. 취하지 못하면 잠을 청할 수 없었다. 몸이 그렇게 원하고 반응했다. 그러는 동안에 필름 끊김 현상을 수없이 경험했다. 뿐만 아니라 '진실은 항상 술 속에 있고, 오늘날 진실을 이야기하려면 취해야 한다.'며, 그래야만 내일 눈을 뜰 수 있다며, 주구장창 퍼마실 때도 있었다. 죽을 만큼 처마셨고, 죽음 직전에 살아나기도 했었다. 그랬었지만 지금 이건 아니다.

블랙아웃? 아니었다. 막걸리 두 잔에 그럴 수는 없었다. 계영배 의미를 두고 새삼스럽게 친구들과 의견충돌이 잠시 있었을 뿐이었다. 그럼 그 트라우마? 언제 적 일인데, 설마! 그런데 왜 이토록 무섭고 떨리지, 지금 이 순간에. 프로이트가 '억압된 것은 반듯이 돌아온다.'고 했듯, 우리들 슬픔과 공포의 트라우마는 해소되지 않고 무의식에 남게 되었고, 그 억압된 기억은 다시금 의식의 영역으로 치고 들어와 정신병적 증상으로 나타난다는 '억압된 것의 회귀' 그것인가? 아닐 터였다. 그러나저러나 일은 벌어졌고, 검사결과를 기다리는 중이란다. 정신이 돌아온 백만술은 오후 시간을 더듬기 시작한다.

점심시간이 지난 후였다.
늦은 점심을 겸해서 막걸리로 간단히 때우자고 김 교수가 먼저 제안했다. 늘 그랬듯 격식의 대접은 필요 없다는 뜻이다. 그리고 술 때문에 생과 사를 넘나든 친구들임을 감안했을 것이다. 오래 전 아픔을 아직도 기억하는 그이가 고맙기도 했지만, 순간 그들의 표정은 어두워졌다. 자랑스러울 것도 없었지만 아픔을 들쑤심 당하는 느낌도 좋지는 않았으리라. 하여간 출판사가 어렵다는 사실을 숨길 이유도 없었다. 한때는 동지였으나 지금도 잘나가는 교수요, 그들에겐 우수 저자인 그이가 거두절미하니, 말은 더 필요 없었다. 다양한 이유를 붙여서 적잖은 인세를 적시 적기에 사양했던 그이다. 글로벌 금융위기 여파로 각 나라마다 경제가 휘청거리고 있다. 누군가 기침만 해도 누구는 독감에 걸리듯, 구멍가게 수준의 출판사도 비틀거리고 숨소리가 거칠어지기는 마찬가지다. 그랬지만 오랜만에 방문한 그이를 위해 반듯한 식사대접도 못 할 지경은 아니다. 그들의 목숨, 그것도 셋(백만술, 주병태, 지금채)을 지탱해주고 있는 출판사를 어쨌든지 도와줄 마음으로, 그리고 어떻게든 보탬이 될 만한 일거리를 그이는 지금껏 꾸준하게 물어 날랐다. 그럼에도 불구하고 출판사는 오십보백보, 천날만날 그 팔자였다. 그 노고에 그들은 늘 미안하고 죄송할 따름이다. 물론 IMF 외환위기 때도 그냥저냥 잘 넘겼는데, 금융위기도 무난하게 넘어가리라 생각하는 그들이다.

애당초 큰 욕심도 없었다. 하루하루를 잘 보낼 수 있으면 그만이고, 입에 풀칠할 수 있으면 만족하자며 시작한 출판사였다.

그들처럼 아직까지 세상에서 겉도는 동지도 있고, 교수와 정치인과 법조인도 존재하고, 벌써 이 세상에서 사라져버렸거나, 다시 민초가 된 동지도 물론 있다. 그들은 한때 '민주화 바로세우기(민세동지)'에 뛰어들었던 선후배들이다. 하여튼 그이를 비롯해 민주열사를 자처했던 '민세'동지들 도움이 없었으면 그들에게 지금, 이 순간은 없었으리라. 그리고 마냥 구질구질하게 변함이 없는, 그저 그렇고 거기서 거기인 출판사가 걱정이고, 여전히 사는 것도 그 모양 그 꼴인 그들이 그냥 마냥 답답해 보였을 것이다. 하지만 그들 생각은 또 달랐다.

도서출판 '민세' 간판을 내걸고 출판사를 시작할 수 있었던 사실만으로도 늘 감사해한다. 다락방에서 첫 출판물로 〈민주정치〉를 번역해서 발행했을 때, 그들 셋은 부둥켜안고 그냥 울기만 했었다. 그렇게 시작된 출판사는 번역서를 비롯해 교양서적과 사회과학 분야의 대학교재까지 발행하며 오늘에 이르렀다. 반복하지만 '민세'동지들 도움이 없었으면 불가능한 일이었다. '돈도 명예도 사랑도 다 싫다.'는 그들이었으니까, 그 과정 또한 유구무언이다. 아니었으면 진즉에 한 놈은 술잔에 빠져 죽었을 것이고, 어떤 놈은 알코올중독으로, 또 어느 놈은 폐와 간이 뭉그러져 죽었을 터였다. 그랬으면 그 얼어 죽을 그들만의 우정과 의리도 지켜볼 수 없었으리라.

이제 겨우 사십 후반을 지났는데 그랬었다. 그토록 바라고 원했던 민주화는 아직 똑바로 서지 않았다. 하지만 열매는 그 나름 익어가는 중이다. 그런데 그들에겐 상처뿐이었다. 그 상처가 조금씩 아물기까지 산으로 들로, 털 빠진 개새끼처럼 쏘다녀야 했었다. 차라리 젊음과 열정, 그게 아니었으면 포기가 더 쉬웠으리라. 물론 그이를 비롯한 많은 동지들은 이 세상 순리에 따르고 임하여 적재적소에서 자신들 본분을 다하고 있다. 소위 잘 풀린 '민세'동지들이라 칭한다. 하여튼 그들이 다시 밖으로 나왔을 때, 할 수 있는 일은 많지 않았다. 유치찬란했던 그 녹화사업 후유증이었다. 본인들 의사와 관계없이 빨강색이 되었다 파랑색이 되기도 하고, 때로는 회색으로 변화하는 현상을 몸소 느껴야 했었다. 그 과정에서 지금채는 머리가 망가져 '또라이'가 되었고, 주병태는 몸이 부서져 '쩔뚝배기'가 되었으며, 백만술은 마음이 뒤틀어져서 '꼴통'이 된 그들은 도대체가 살 의욕이 없었다. 그 망가짐과 부서짐과 뒤틀림의 정도는 공교롭게도 그들은 현실에서 딱 적응하지 못할 만큼씩이었다.

  가혹행위 기술이 그만큼 진화하고 발전된 이유였다. 어쨌거나 맞아 죽을 뻔했다가 살아났으니 감사할 일이었다. 때문에 뭐라도 해야 했다. 병신이 되었지만 그냥 굶어 죽을 수 없었다. 그러지 못하면 또다시 산과 들로 흩어질 판이었고. 만술은 더 몽니 부릴 수 없었고, 마냥 탓만 할 처지도 아니었다. 그야말로 호구지책을 핑계로 영문번역을 하겠다며 금채와 병태를 무작정 잡았다.

그들은 출판사를 끈으로 그렇게 다시 모였다. 그리고 삶이든 술이든, '가득 참을 경계하는 술잔' 계영배의 가르침을 지키고 실천하기로 했던 것이다. 마치 도원결의 흉내라도 내는 모습이었으나, 그들은 절박한 처지였다. 망가진 청춘이지만 더는 삶을 무시할 수 없었기에 택한 그들 스스로의 다짐이었다. 얼마나 견디고 지켜질지 누구도 장담하지 못했다. 잘살고 못살고, 높고 낮음이 아닌 머무는 동안 누리다 세상을 떠나면서 다 놓고 갈 인생이니 오만해질 이유도 없었다. 더 내려놓을 것도 없었다. 또 바랄 것도 없었기에, 지금 오늘이 존재하리라 생각하는 그들이다. 뿐만 아니라 오늘을 살고 있음이 진정 고맙고 감사하다는 그들이었다.

하여간 그이가 원해서 근처 생선구이 집에 자리를 잡았다. 한갓진 시간이라 식당은 조용했다. 출입구에 앉아있던 손님도 막 일어서는 중이다. 뭔가 할 말이 많은 듯 그이는 표정이 심각했다. 때문에 친구들도 먼저 말을 꺼내기가 어렵다. 그 서먹함을 주방에서 밑반찬을 들고 나온 주인아주머니가 정리해주었다.

"요, 교수님은 오랜만에 보네요이?"

"아~ 그랬지요. 좀 바빴습니다. 고등어구이는 여전히 맛있죠?"

그이가 엉거주춤 말을 받았다. 몇 번 들렀던 손님을 기억해주는 살뜰함이 고마웠다. 그리고 아주머니는 손 빠르게 움직이며, 술 주전자까지 내려놓고 그들을 향해 한마디를 더 보탠다.

"오늘은 어쩔라고 막걸리를 시키실까. 늘 밥만 잡수는 사장님들이."

"우리도 먹을 줄 아는데, 그놈에 쩐이 없어서 따악 끊었다 그랬잖유."

동작이 굼뜬 금채가 웃으면서 말을 받았다. 우선 욕부터 나왔고, 까칠한 말투가 먼저였던 금채인데, 어울리지 않게 엄살이었다. 그런 모습이 엉뚱했던지 병태와 만술을 그이가 돌아보았다. 정말 진심이냐는 표정이다.

"김 교수, 아직까지 우리는 그 계영배 약속을 잘 지키고 있다네."

똑똑했을 뿐 아니라 세상없이 착했는데, 오른발을 보조기에 의존하고 사는 병태가 안심시켰다. 때문인지 그이가 먼저 곰보주전자를 잡았다. 험한 세월을 무던히도 견딘, 그리고 상처도 흔적도 많아 보이는 주전자 같았다. 하지만 주전자처럼 몸을 숙이고 낮은 자세여야 남에게 줄 수 있었는데, 그이는 한때 지나치게 꼿꼿했었다.

"그 믿음을 위해서 오늘은 딱 이거 두 개만 하자구."

막걸리 주전자를 잡은 그이가 말하면서 노란 양재기 잔을 내밀었다. 그들 중에서도 꼴통 으뜸이라 칭하는 만술이 먼저 받고, 금채와 병태, 그이 잔에도 막걸리를 채웠다. 그리고 그이가 조심스럽게 더 높이 술잔을 들었다.

"동지들을 위하여~"

"오늘은 김 교수 덕분에 맛나게 잡사보자고."

한 순배 돌고, 각자 술잔을 놓은 채 또다시 어색한 동작으로 그들은 멈춰있었다. 고맙게도 이때, 아주머니가 구이와 양념장을 식탁에 내려놓았다. 순간에 분위기는 다시 회복되었다. 인생길 굽이 굽이에서 저런 귀인을 만나 인생이 물 흐르듯 했으면 싶은 표정들이다. 그이와 만술은 '민세'동지가 되면서 대척점으로 의견을 서로 양보하지 않았고, 물과 기름처럼 섞이지 못했다. 하나를 얻으면 둘 중 누군가는 꼭 하나를 잃는, 서로가 이해할 수 없는 관계였다. 그리고 결과는 늘 그이가 승자였다. 그나마 나이 들면서 서로를 지켜보는 것으로 배려하는 듯했으나 근본은 여전히 변함없는 사이다. 그이를 바라보는 금채의 마음은 아직도 엉킨 실타래 같았고, 병태는 그나마 그 얽힘의 실마리를 조금 풀어내 느긋해진 현실의 모습이다.

술잔은 천천히 비워졌다. 오랜만에 만나서인지 대화도 겉도는 느낌이다. 그이는 지난 4월 총선에서 아깝게 낙선한 후 많이 힘들어했다. 그이를 포함해 '민세'동지 세 명이 서울과 지방에서 출마했는데, 서울에서 도전한 그이만 실패한 것이다. 후원과 격려와 위로도 자신들이 만족할 만큼 지원하지 못해 아쉬울 따름이었다. 이래저래 면목도 없었다. 그 와중에 이렇게 그이가 출판사를 찾아준 것이다. 그리고 다행인 것은 그이 복직신청이 받아들여져 2학기부터 다시 수업을 할 수 있었다. 패자로서 모처럼 쓴잔의 맛을 느껴야 하는 기회였는데, 그이는 그것마저도 피해갔다. 그렇듯 그이는 잘 풀리는 인생을 살고 있다. 배신자인데도 배신자 같지 않았고, 나쁜 놈인데도 미워할 수 없는 그이가 김 교수였다.

"늦었지만 복직 축하해. 다음엔 그 뜻을 꼭 이루자고, 김 교수."

"그래, 복직은 정말 잘된 일이지. 김 교수 책이 안 나가면 우린 밥을 굶어야 하는데, 우리가 다행이지. 하여간 잘 풀리는 사람은 뭐가 달라도 달라요."

"복직 잘됐어. 우리도 우리지만 김 교수가 얼마나 답답했겠어. 그리고 미안하이, 선거 때 우리가 조금 더 도왔으면 결과도 좋았을 텐데."

떡 본 김에 제사 지내듯, 만술이 먼저 말을 꺼냈다. 해서 금채와 병태도 진심 어린 마음을 표해냈다. 조용히 듣고 있던 그이가 입을 연다.

"고마워 친구들. 나는 동지일 때도 부족했는데, 친구로도 역시 모자랐네. 그걸 이제야 깨우쳤다네. 그리고 요번 계기로 나는 정치를 포기했네. 그 이유를 알았기 때문이야. 지금 우리가 사는 세상이 온갖 모순과 거짓과 악으로 넘치는 것은 지식이 부족해서가 아니고 덕이 모자라기 때문이네."

분위기가 싸해졌다. 선입견 탓인데, 그이가 뭔가 색다른 말을 하고 있다는 느낌 때문이었다. 술자리가 더 난감해지기 전에 나서야 했다. 한 모금 마신 술잔을 만지작거리던 만술이 놀라는 표정으로 말한다.

"무슨 소리야, 김 교수. 지식과 덕! 자네가 부족하고 모자란다고?"

"그랬어, 한참이나 부족하더라고 덕이. 해서 포기했다네. 그리고 친구들에게 부탁할 일이 있어 왔다네. 이건 우리 '민세'동지들 의견이기도 해."

그이 단호함과 신중함이 술자리를 또 경직시켰다. 교재 인세와 저작권 때문은 아닐 거라 생각하면서도 그들은 긴장하였다. 그런데 그이가 다시 꺼낸 말은 엉뚱했다. 본인 지역구를 만술에게 양도하고 위임하겠다는 것이다. 지금부터 잘 관리해 다음 총선에서 진보후보의 덕을 활짝 펼치라 했다. 승산이 있을 것이고, 백만술의 덕치면 당연히 통할 거라 장담했다. 준비는 지금부터 하면 충분하단다.

침묵이 또 흐른다. 너무 갑작스럽고 뜬금이 없다. 누구도 쉽게 입장표명을 할 수 없는 의견이다. 아주머니가 구세주처럼 다시 나타났다. 분위기를 살피다 공깃밥과 시래깃국을 조용히 내려놓고 돌아선다. 차분했던 병태가 먼저 생각을 정리한 듯, 주춤거리며 그이를 향해 악수를 청했다. 결연한 모습이 느껴질 만큼 둘은 단단하게 손을 잡았다. 그리고 병태가 말한다.

"김 교수, 고마우이. 그 결심 존중하겠어. 결국에 김 교수와 만술은 통했다 그거지. 정말 축하할 일이야. 언젠가 이런 날이 오리라 믿었고 기대했어. 아무튼 좋은 생각이야. 역시 능력자는 우리를 잊지 않았어."

그러나 곁에 앉은 금채의 몸이 경련하듯 뒤틀렸다. 뭔 뚱딴지고 생뚱맞은 뜻인지 모르겠다는 표정이고, 뭔가 또 의심스럽다고 흥분이 되는 모양이다. 병태 말이 끝나기 무섭게 발딱 일어났다. 하지만 금채는 곧 숨을 고른다. 잠시 진정되었는지 술잔을 비우고 차분하게 말을 시작한다.

"그 말, 정말로 확실한 거야? 그럼 계영배를 깨버리자 그거네. 춥고 배고파도 죽지 않고 지금껏 살았는데. 지금 와서 왜? 하여튼지 병태와 나는, 만술이 곁을 떠나면 다 끝인데. 우리가 이렇게 사는 게 싫은가? 김 교수, 우리 책임질 수 있냐고. 백만술이 너, 우리 버릴 수 있냐고? 넌, 개 같은 정치하지 말라고. 그 정치하는 놈들 욕먹는 거 못 봐? 인생 뭐 있냐고. 우린 그냥 이렇게 살자."

조심스러우면서도 불만이 가득한 몸짓이다. 얼굴을 뒤틀면서도 금채는 입으로는 힘들게 진지한 표현을 했다. 그런 금채를 바라보던 그이가 말을 받았다.

"친구들 말 맞네. 그러나 지금이 기회야. 내 탓이기도 했지만 많이 늦었어. 이제는 그만 밖으로 나와야 해. 진심이야. 만술이 나오면 금채와 병태도 나올 거니까."

뜻밖의 제안일 뿐만 아니라, 아직도 그이를 믿지 못하겠다는 금채의 몸짓이 놀라웠다. 그럴 법했고, 충분히 그럴 수 있었다. 그들로써는. 느닷없게 심각해져 버린 만술이 숨을 몰아 내쉬다 겨우 말을 꺼낸다.

"누군가 그랬지, 마음은 팔고, 살 수도 없지만 줄 수 있는 보물이라고. 김 교수의 보물 같은 그 마음만은 내가 기꺼이 받겠어. 그리고 더는 필요가 없어. 우린 충분히 주고받은 거야. 하여튼 다 고마워. 더 이상은 불필요해."

물러서지 않고 그이가 다시 말한다.

"그동안 내 잘못이 많았네. 깊이 반성하는 중이야. 이런 날이 더 빨랐더라면 모두가 좋았을 텐데, 내 욕심이 과했어. 그게 아쉬워. 내 속을 다 드러내지 않아도 너그럽게 이해해주었던 동지였기에 가능했던 거야. 그 기다림과 견딤이 날 이렇게 만들었어. 인간은 어쩔 수 없이 자기중심적이야. 내가 배고프지 않으면 남 배고픈 거 느끼지 못해. 나 역시 마찬가지였어. 하여튼 고맙고 감사해. 잘 알겠지만 기회는 많지 않아. 단단히 준비하게나, 백만술."

"…."

더딘 걸음으로 충무로지하철역에 도착했다.

출퇴근길에 늘 이용하는 역이다. 몸도 마음도 무거웠지만 서둘지 않고 내려가는 에스컬레이터 발판에 섰다. 그 순간, 초입에서 중심을 잃고 넘어졌다. 정수리를 진압봉에 맞아 폭삭 꼬꾸라지듯, 쓰러진 것이다. 어느 봄날, 교문 앞에서처럼 순식간에 발생한 일이라 뭘 어찌해 볼 겨를도 없었다. 몸뚱이는 통나무처럼 접어지는 계단의 움직임에 따라 하단까지 밀려 내렸다. 퇴근 시간 후라서 더 요란스럽지는 않았지만 본인 스스로 일어나지 못했다. 빗살무늬 상처가 선명한 두피에서 피가 흐르고 있었다. 호흡은 있으나 의식은 없었다. 재킷과 백팩은 제자리를 이탈해 한쪽 팔에 걸렸고, 매무새도 엉망이었다. 한쪽 구두와 휴대폰도 빠져나와 있었다. 몇몇 사람은 취객으로 보였는지 무심하게 지나갔다. 다른 몇 사람이 관심을 보이자, 사람들이 모여들었다. 누군가 119를 부르고, 누군가 더 다가와 상태를 확인했다. 백만술은 구급차가 도착하기까지 모로 누운 채 꼼작도 하지 않았다. 다행히 피는 멎어 있었다. 단순 주취자의 상태가 아님을 확인한 구급대원들은 서둘러 이송준비를 했다. 경광등을 켠 구급차가 사이렌 소리와 함께 속력을 낸다. 응급처치를 시작한다. 그는 꿈속을 헤맨다.

화창한 봄날이다.

오늘도 정문 앞 도로에 골리앗 투구벌레가 수없이 깔려있다. 아니 딱정벌레도 우글거린다. 하루 이틀도 아니다. 그런데도 볼 때마다 징그럽다. 혐오스럽고 위협적이다. 꼼지락거리는데도 조용하다. 다 죽었나? 죽지는 않았다. 조용한데도 무시무시하다. 가끔씩 울렁거리고 꿈틀거린다. 물러가나? 그랬으면 좋겠다. 아니다, 다시 조용하다. 긴장감이 느껴진다. 조금씩 술렁인다. 준비가 됐다는 신호다. 다시 쥐 죽은 고요하다. 캠퍼스는 축제 준비로 분주하다. 운동장에는 축포가, 잔디마당에서는 사물놀이패가 준비하고 있다. 곳곳에 전사들과 투구를 벗은 벌레들도 보인다. 둘 다 당차고 결연한 표정이어서 전율이 느껴진다.

   새내기들은 신바람이고, 공붓벌레들은 고단한 모습이다. 이것도 저것도 다 싫은 청춘들은 그냥저냥 이리저리 몰려다닌다. 학교 관계자들은 근심과 걱정이 가득하다. 그래도 꽃바람 휘날리는 교정은 아직 평온하다. 축포가 터지기 시작했다. 동시에 공포탄과 사과탄이 날아다닌다. 투구벌레들도 날개를 폈다. 개미 전사들도 움직인다. 걷어차인 개미집은 아수라장이다. 번갯불이 튀고, 매운 꽃가루가 뿌려지고, 투구벌레 날갯짓은 인정사정이 없다. 대들다 깨지고, 도망치다 짓밟힌다. 문밖으로 나서는 개미들마다 순간순간 쓰러진다. 딱정벌레들이 개미를 잽싸게 물어간다. 널브러진 개미는 여기저기 천지다. 오그라지고 꿈틀거리고 흐물흐물 늘어진 몸뚱이도 있다. 더 물어가기 힘든지 끌고 간다. 살았는지 죽었는지 살피지도 않는다. 응급처치도 없다. 살아있으면 다시 걷어차이고, 의식이 없으면 사정없이 뺨을 후려친다. 반응이 없으면 더 후려치고, 또 휘몰아쳤다. 숨을 쉬고 눈도 떴다. 그러면 끝이다. 응급실도 아닌 칠성판 위에 패대기친다. 다리가 부러지고, 머리가 깨졌는데도 소용없다. 마냥 방치되고 있다. 하지만 두렵거나 무섭지는 않다. 철장 안에는 신음과 앓는 소리뿐이다.

　오늘도 놈들은 술잔에 빠졌다.

　이승에서 죽었다 겨우 살아나왔다. '술은 고독한 자의 친구다.' 뿐인가, '술은 우리의 아픔을 잊게 해준다.' 그리고 '술은 우리의 인간성을 드러내는 거울.'이라면서 술 속으로 들어갔다. 술 없으면 죽고 못 살 놈들이다. 이날저날 만날, 술타령이다. 한 놈은 술을 마셔야 살았고, 또 한 놈은 취해야 살아났으며, 역시 한 놈도 살기 위해서 마셨다. 역기능도 있었다. 취하면 목 놓아 울거나, 시비를 걸거나, 또 폭력적이어서 놈들의 행태를 눈 뜨고 볼 수가 없었다. 어느 날, 술잔에 빠져 죽지 않으려 반성하고 또 후회한 후, 들어섰는데 지옥도 천국도 아니다. 여긴 주막이란다. 마음먹기에 따라 안식처도 되고 도피처도 된단다. 불방망이를 든 도깨비가 여지없이 앞을 막아섰다. 출입은 마음대로다. 하지만 대답을 못하면 입장 불가다. 막걸리 오덕(五德)과 삼반(三反)을 합창하란다. 그쯤은 식은 죽 먹기라며, 빨리 입장하고 싶어서 냅다 외친다. "1덕은 취하되 인사불성일 만큼 취하지 않음이요. 2덕은 새참에 마시면 요기되는 것이며. 힘 빠졌을 때 기운 돋우는 것이 3덕이요. 안 되던 일도 마시고 넌지시 웃으면 되는 것이 4덕이며. 더불어 마시면 응어리 풀리는 것이 5덕이다, 이놈아." 의기도 양양하게, 그만 빗장을 열라 이르자, 불방망이를 흔들며 마저 읊으란다. "놀고먹는 사람이 막걸리를 마시면 숙취를 부른다 해서 근로지향의 반유한적(反有閑的)이요. 서민으로 살다가 임금이 되었지만 궁 안의 맛 좋은 술을 마다하고 막걸리를 찾아 마셨던 것처럼 서민지향의 반귀족적(反貴族的)이며. 누구나 참여하는 제사나 대사 때 합심주로 돌려마셨으니 평등지향의 반계급적(反階級的)인 막걸리다, 요놈아." 거나하게 취한 놈들이라 귀신 곡하듯, 술술술 잘도 풀어냈다. 그 깊은 뜻을 아는지 모르는지, 묻지도 따지지 않았다. 술에 빠져 살았지만 그나마 다행인 것은, 그 중심을 잃지 않은 덕이란다. 불방망이가 길을 터준다. 취했던 그 꼴로는 불지옥에나 갈 놈들인데, 용케 잘 찾아왔다는 뜻이다. 주막에는 이미 주객들로 만원사례다.

자리를 잡자마자 기다렸다는 듯 반긴다. "안녕 친구들아. 인생은 주객(酒客)이고, 세상은 주막(酒幕)이야. 여기는 처음이지. 잘 왔다고. 구천을 떠돌던 영혼이 사람 모습으로 요 세상의 주막에 온 것이야. 환영해. 지금부터는 단술로도 취해보고, 쓴술로도 취해봐. 잔은 필요 없어. 누구나 다 빈손으로 취하러 왔다고. 잔 없고 술 안 파는 주막 없고, 잔 없어서 술 못 마실 주막도 없지만, 그 잔은 우리 것이 아니야. 갈 때는 다 주막에 놓고 가야 해. 단술 먹고 웃는 소리, 쓴술 먹다 우는 소리, 시끌벅적했던 세상만사, 여기는 주막이고, 술 깨면 떠나가는 우리는 나그네야. 훗날 또 오는 친구에게 잔을 내어주고 홀연히 빈손으로 가야 하는, 우리는 주객인 것이야!" 어디서 많이 보았던 친구들인데, 도무지 모르겠는데, 주객들이 그렇게 떠들고 주막을 떠났다. 아직도 주막에는 흥에 겨운 주객들 천지다.

저쪽에서 누군가 또 소리친다. "내 어찌 이 한잔 술을 마다하리오. 하늘이 술을 내리니 천주(天酒)요, 땅이 술을 권하니 지주(地酒)라. 내가 술을 좋아하고 술 또한 나를 졸졸 따르니, 내 어찌 이 한잔 술을 마다하리오! 그러하니 오늘 밤 이 한잔 술은 지천명주(地天名酒)로 알고 마시노라. 물같이 생긴 것이 물도 아닌 것이 나를 울리고 웃게 하는 요물이구나. 한잔 술이 목줄기로 적실 때, 내 안에 요동치는 슬픔을 토해내고. 두 잔 술로 심장을 뜨겁게 하니, 가슴속에 작은 연못을 이루어놓네. 석 잔 술을 가슴 깊이 부어, 그리움 연못에 사랑하는 그대를 가두어 놓으리라!" 곤드레만드레 사랑에 취해버린 주객도 조용히 주막을 떠났다.

주객은 끊임없이 주막으로 들어선다. 뒤뚱거리며 들어선 찰리 채플린이 '인간의 진정한 모습은 술에 취했을 때 드러난다.'고 말한다. 그러자 먼저 와있던 철학자 아르케시우스가 '술은 인간의 성품을 비추는 거울이다.' 그런다. 뿐만 아니라 '술은 진실을 가로막지 않는다. 단지 진실을 말하게 해줄 뿐.'이라고 제임스 조이스도 끼어들었다. 저쪽 구석에서 누군가 '술꾼은 맨정신일 때가 제일 제정신이 아니다.'며 말을 꼬았다. 또 누군가 '술이 사람을 못된 놈으로 만드는 게 아니라, 그 사람이 원래 못된 놈이라는 것을 술이 밝혀주는 거.'라고 빈정거렸다. 그 이름만으로 무게가 느껴지는 유명인사들도 취하니 할 말이 많은 듯, 주막의 밤은 깊어만 간다. 본시 술자리는 시끌벅적하기 마련이고, 의견과 이견, 찬반도 많은 법이다. 술이 들어가면 지혜가 나오기도 하고, 비밀이 밖으로 밀려 나오기 때문이리라. 주막이 좋은 까닭은 너와 나 따지지 않고, 있고 없음도 필요 없으며, 잘나나 못나나 다 함께하는 주객만 있어서란다. 천국도 지옥도 더 필요 없는데, 그 주막에서 마냥 죽치고 싶은데, 그만 나가란다. 버텨보지만 소용없다. 꿈을 깨우듯, 불방망이가 나타나 여지없이 주객을 몰아냈다.

CT와 MRI 촬영결과가 나왔다.

그 결과를 두고 의견이 갈렸다. 백만술은 감사함도 실망감도 느껴지지 않았다. 왜 이 지경인지가 궁금할 뿐이다. 급사하지 않았으니 천만다행이고, 의식이 돌아왔다니 만만다행이다. 하여튼 겉모습에서 느껴지는 환자에 대한 시각차는 확연히 달랐다. 압박붕대가 감겨진 머리 상처를 볼 수 없지만, 대수롭지 않은 찰과상 정도에다 겉보기는 말짱했기 때문이다. 그나마 치명적이지 않음을 감사하라는 의사소견과 도대체 하지마비가 뭐냐는 가족과 친구들 실망이 그랬다. 한참을 울었던 각시는, 그것으로도 부족했던지 이번에는 화난 표정으로 따졌다. 다시 걸을 수는 있냐고. 하지만 따지고 화낼 일이 아니라는 듯 담당의사는 차분하게 설명을 시작했다.

척수손상, 쉽게 말하면 요추 부위에 손상이 발생한 경우로 다리가 제 기능을 하지 못할 가능성이 큰, 불안전마비 상태다. 그렇지만 완전손상보다 불완전손상 환자의 회복속도나 예후가 더 좋은 편이니, 우선 희망을 가지라. 그럼에도 불구하고 사지마비든 하지마비든 대부분의 척수손상 환자는 휠체어를 이용하게 된다. 그리고 마비증상은 근육경직, 신경병증성 통증, 성기능장애, 방광, 대소변장애 등등 심각한 장애를 초래해 일상생활을 어렵게 한다. 뿐만 아니라 현대 의학기술이 매우 발전하고 있지만 척수손상은 아직도 완전히 기능을 회복할 치료방법은 없다. 그래서 손상된 기능을 최대한 회복시키기 위해서는 전문 재활치료와 합병증 예방관리가 중요하다. 또한 재활치료는 손상 부위와 손상 정도에 따라 치료목표를 설정하고 초기에 적극적으로 치료받는 것이 좋다. 그리고 또 운동치료는 환자 스스로 침대에서 움직일 수 있도록 기립대훈련, 매트운동, 이동 동작운동부터 실시한다. 마찬가지로 불완전마비 환자는 하지의 기능회복 정도에 따라 기립훈련과 보행훈련 재활을 진행하게 된다. 그래서 또 환자에 따라 맞춤척수손상 재활치료계획을 수립하고 일상복귀 후 삶의 질이 개선될 수 있게 작업훈련과 보호자의 관리방법도 교육한다. 하여튼지 재활치료 과정에서 환자와 보호자의 의지는 무엇보다 중요하다. 때문에 재활치료 계획은 환자와 보호자가 함께 결정하고, 목표달성 정도를 체크하며, 긍정적인 마인드로 재활치료를 할 수 있도록 심리상담도 진행하게 된다.

택시를 불러 김 교수를 먼저 보냈었다.
기분이 울적하고 엿 같다 투덜거리는 친구들과도 헤어졌다. 금채와 병태가 출판사로 다시 들어가자 했었다. 웬일인지 만술은 고집을 접지 않았다. 그이 의견을 다시 파악해보자 말했지만, 사실은 많이 흔들렸던 만술을 진정시키고 싶어서였다. 그 제안과 시기가 의심스럽기도 했다. 다음 총선까지는 긴 시간이었고, 무엇보다 딱 한 번 도전했다가 포기하는 그이 마음도 납득하기 어려웠다. 사람들 마음이 너무 다양하고 복잡해서 때로는 괜한 오해와 갈등과 의심을 만들기도 했었다. 마음속에 근심 걱정이 차면 문제를 해결할 지혜의 공간이 사라질 수 있었다.
그럼에도 불구하고 느닷없게 프락치사건이 떠올랐기 때문이다. 그 시절 그들은 강제징집을 피할 수 없었고, 그것은 아픔의 과거가 되었다. 하지만 그이에게 녹화사업은 전화위복 되었고, 인생도 일사천리로 풀렸다. 그걸 탓할 이유도 없고, 그 사실을 잊을 리 없었다. 했는데 만술은 한 치의 의심도 없이 평소와 다르게 무척 혼란스러워 했다. 이제는 친구들도 함께 나가야 하고, 본인도 당당하게 나가 현실과 부딪치고 싶은 마음도 있었다. 물론 뜻하는 바 그대로 이뤄질 수는 없겠지만 나설 수 있는 명분은 충분했다. 그이도 그걸 알았기에 양보하겠다는 것이다. 하지만 친구들은 아직도 밖으로 나서길 두려워하고, 그것을 누구보다 잘 알고 있는 만술이다. 잘나가던 '민세'동지들이 부러웠으면 만술도 벌써 출판사에서 떠났을 터였다.

그랬지만 그들 셋은 한 몸처럼 서로를 위하며 오늘까지 살았다. 누구도 그들의 조합을 이해할 수 없었지만 말이다. 술잔 속에 빠졌던 시절에도 이 세상과 타협할 기회는 여러 번 있었다. 어쨌거나 사는 동안 비위치레는 하지 않겠다는 그들의 다짐은 확고했다. 그래서 그들은 모였고, 가족을 대신해 그들 셋은 식구가 되었으며, 출판사 다락방에서 함께 살기 시작했었다. 그 모습 또한 상식적이지 않았고, 의리고 우정이고를 떠나서, 이렇게 긴 세월 이어지리라 생각하지 못했다.

이제야 겨우 살만해졌다 싶었다. 출판사도 그럭저럭 굴러갔다. 또한 서울특별시민으로 힘겹게 버티고 있지만 사는 데 별문제도 없었다. 더 욕심내지 않으면 그만이고, 누가 뭐라 했을지라도 본인들이 좋으면 그것으로 만족이었다. 그들에게 지금까지의 세월은 '늘 지움을 실천하라지만 어찌 다 지울 수 있었겠는가. 다만 상처를 더 받지 않는 아량을 기르며' 잘 견디었다. 바라고 원하는 것도 없었다. 그들은 애당초에 결혼까지 포기했었다. 받은 상처가 많아서였다. 그런데 만술은 우연찮게 짝을 만나 가정을 꾸렸다. 상처가 치유된 덕분이 아니라 또 다른 상처를 감당해야 했다. 당시 어떻게든 살아보겠다고 해외로 '잠수'를 탔던 '민세'동지였다.

 청춘 시절은 온데간데없는 아줌마 모습으로 뜬금없이 나타나 함께 살자고 했었다. 그것도 무조건 무작정. 해서 만술은 다락방으로부터 분리되었고, 그 빌미로 금채와 병태는 출판사 옆 오피스텔에 새 보금자리를 틀었다. 또 그렇게 세월은 조심조심 흘렀다. 말도 탈도 많았던 결혼이었지만 고맙기 짝이 없게 아이들도 빨리 생겼다. 보다 열심히 살아야 할 이유였다. 그들 중에서는 그나마 사는 것처럼 사는 중이다. 누구보다 친구들에게 감사하고, 고생을 자처한 각시도 고맙다. 아이들을 위하고, 각시도 그 상처로부터 벗어나게 하려면, 변명 같지만 그의 제안을 진심으로 받아들여야 할 것 같았다. 물론 나 확신할 수도 없다. 여전히 갈팡질팡 오락가락이다. '낮추며 살기를 바랐지만 언제까지 낮게만 살 수 있겠는가. 행여 높게 올라도 오만하지 않으며 겸손하게 살면'되지 않을까도 싶었다. 그 또한 믿을 수 없다. 인간의 변덕스러움을 어찌 다 감당하겠는가 말이다. 머릿속이 복잡한 만술은 친구들을 뿌리치고 남산 한옥마을로 올라갔다.

 늦가을 해 질 녘 풍경은 스산하고 외롭게 다가왔다. 낮은 곳으로 내려앉은 낙엽은 차라리 차분해 보인다. 키 작은 나뭇가지에 단풍잎 몇 장이 아직 남아있다. 살랑살랑 부는 바람에 흔들리는 나뭇잎은 아슬아슬하다. 그만 자리를 내주고 편안해져도 좋으련만 붉은색이 다 바래지도록 떨고 있다. 겨울이 오기 전에 더 아끼고 사랑해야 할 무엇이 남아있어서겠지 싶었다. 낙엽이 뒹구는 공원마당을 뒤로하고 정자마루에 걸터앉았다. 마음이 심란해서인지 고즈넉한 주변이 더 낯설게 느껴진다. 근처에 출판사가 있어서 틈나면 산책을 나왔던, 늘 위안을 받았던 곳이다. 오늘따라 사방이 조용해서 오히려 불안하다.

　대선과 총선이 요란스레 지나갔다. 진보와 보수가 자리바꿈도 했다. 바뀌거나, 바뀌지 않으면 세상이 뒤집어지고 쪼개질 것 같았으나 다 말짱했다. 여전히 태양은 떠올랐고, 세상도 그대로였다. 그 '태양처럼 이 세상에 따뜻함을 전하면 될 일이고, 어려운 이웃과 음지를 외면하지 않는 심성'으로 그 자리를 지켜내면 될 일이었다. 그런데 따뜻함이 모두에게 다 전해지지 않았던 모양이다. 반으로 갈라진 민심은 또다시 요란해졌다. 광화문에서 켜졌던 촛불은 앉은뱅이소와 대운하를 껴안고 여기 남산자락까지 여름 내내 그 열기를 전달했었다. 아직도 정부의 불통과 강압시위는 식지 않았고, 그 열감을 유지하고 있다. 그랬음에도 그들은 밖으로 나서지 않았고, 잘 견디고 있었다. 나설 기운도, 이유도 물론 없었다. 그런데 만술은 혼자서 흔들리고 있었다. 깊은숨을 내쉬며 한옥마을에서 내려왔다.

　지하철역까지 왔던 기억은 거기서 멈춰있었다.

　결정된 것은 아무것도 없다. 그들이 잠시 흔들렸을 뿐이다. '막

힘없이 살기를 바라지만 어찌 바람처럼 살 수 있겠는가. 다만 맞서지 않으며 살'뿐이었다. 계영배뿐 아니라 절주배까지 챙겨 들고 그들은 잘 견디었다. 혼자였으면 불가능했으나 셋이었기에 그 약속을 지켜냈다. 뿐만 아니라 바닥짐이 너무 무겁게 느껴지기도 했었다. 그렇다고 바닥짐을 버릴 수 없었다. 희망이고 견딤의 중심이었다. 그 바닥짐 덕분에 오늘을 살고 있었다. 그랬는데 사고가 터졌고, 백만술은 병원에 누워있다. 또 언제까지 병원 생활을 해야 하고, 재활치료는 기약조차도 없다. 다시 일어서고, 걷게 될지 누구도 알 수 없다. 또다시 비움이 필요한 것일까. 비워야 더 담을 수 있고, 부족함도 알게 된다. 어느 사이에 무모와 무시, 그리고 자만과 오만으로 가득 차 있었다. 술잔이 넘친다는 사실을 잠시 잊고 있었던 것은 아닐까?

---

* 술에 관한 에피소드와 아포리즘은 SNS 정보를 활용함.

해설

자아와 세계의 심연

한채화 (문학평론가)

자아와 세계의 심연

한채화(문학평론가)

 행복한 시대에는 세상이 끝없이 넓고 다양하더라도 요람에 있는 듯이 아늑하고 편안하다. 왜냐하면 행복이란 외형적인 욕구의 충족이 아니라 내면에서 찾아지는 것이기 때문이다. 즉 외부 세계와 나의 내면이 전혀 다른 세계로 분리된 듯이 보이지만 행복한 시대에는 사람들을 둘러싼 외부와 내면, 즉 세계와 자아가 낯설지 않고 하나라는 느낌이 들 정도로 친숙하다.
 별이 빛나는 창공을 보고, 갈 수가 있고 또 가야만 하는 길의 지도를 읽을 수 있던 시대는 얼마나 행복했던가? 그리고 별빛이 그 길을 훤히 밝혀주던 시대는 얼마나 행복했던가. 이런 시대에 있어서 모든 것은 새로우면서도 친숙하며, 또 모험으로 가득차 있으면서도 결국은 자신의 소유로 되는 것이다.[1]라며 고대 그리스 문화의 구조를 설명하면서 루카치가 말한 첫 마디는 행복한 시대를 일컫는 말이다. 그러나 내부와 외부, 자아와 세계, 영

---

1) 게오르그 루카치, 『소설의 이론』, 심설당, 반성완 역, 1989, 29쪽.

혼과 행위는 언제나 메울 수 없는 간극이 있다. 문학이나 철학은 그 균열에 초점을 맞추어 설명하거나 보여줌으로써 독자들로 하여금 균열을 인지케 한다.

여덟 편의 단편소설로 구성된 윤석원의 소설집 『쑥맥들』은 윤석원의 장편소설 『광주에 가고 싶다』[2]에서 돌아오지 않은 민주를 되새겨 보는 지점에서 출발한다.[3] 즉 자아와 세계 사이의 심연과 같은 균열을 『광주에 가고 싶다』에서 보여주면서 마무리했다면, 이번의 소설집은 간극이 원환적 고리를 이루면서 하나가 되어 행복한 시대를 펼쳐 보여줄 것인가 하는 기대를 갖게 한다. 물론 기대라는 것이 충족되거나 배반당할 수도 있겠지만 그 과정 역시 역동적인 독서의 과정인 셈이다. 텍스트의 상징이나 비유 너머를 채워 읽는 것은 당연히 독자의 몫이며, 고유한 권리라고 생각한다. 모든 독자들이 그 권리를 충분히 누릴 수 있기를 기대한다.

---

2) 『광주에 가고 싶다』, 윤석원, 도서출판 새미, 2011.
3) 위의 책, 332쪽.
 텍스트 속에 등장하는 인물 가운데 아직도 우리들 곁으로 돌아오지 못한 인물이 민주이다. 한자로 그 이름을 명기(明記)하지는 않았지만, 작가의 내포적 언어를 어느 정도 이해하는 독자들이라면 '민주'로 읽어낼 것이다. 돌아오지 않은 민주는 결국 광주로부터 30년이 지난 오늘을 바라보는 작가의 관점일 터이다.

쑥맥들
— 모방된 욕망

소설은 담 너머 사람들의 삶에 대한 호기심을 갖고 있다. 작가 입장에서 그것은 소재이고, 독자 입장에서는 텍스트에 대한 기대와 다르지 않다. 텍스트와 독자의 양방향적 소통이라는 관점에서 본다면 서로 합치된 지점에서 만나는 것이 이상적이라고 생각할 것이다.

그 공통점 가운데 하나가 권력을 향한 욕망으로 시공을 초월한다. 사람들은 자신의 욕망을 달성하기 위하여 그룹을 만들고 결국에는 그러한 그루핑에 의하여 편가르기가 이루어진다. 이를 조금 더 밀어가면 국가 사이에 그루핑이 이루어져서 전쟁이 되기도 한다. 물론 자국의 이익을 확장하거나 지키기 위한 측면도 있겠지만, 어제 일어난 일이 오늘과 무관할 수 없고, 여기에서 일어난 일이 저기와 관계없지 않다. 윤석원의 서사텍스트 〈쑥맥들〉을 본다면 현실의 사건 구조가 문학의 서사 구조와 상동성을 갖고 있다.

이야기는 잘라도道 목살군郡 심두면面 죽수리里에 있었던, 지금은 좀 더 큰 학교로 통합된 룡대중학교(龍大中學校)를 졸업하고(27회) 어른이 되어서 서울 생활을 하는 출향인들의 재경동기회 모임날이 배경이다. 그리고 영원히 회장을 할 것 같았던 공달수의 죽음이 사건의 시발점이고, 새로운 회장 선출이 주요 사건이다.

달수를 최고라 믿고 의지했으며, 많은 것이 비슷했던 현 총무인 모병식과 어느 조직이든 리더가 달수처럼 오래 버티면 문제가 발생하기 마련이라던, 국가공무원을 퇴직한 고복만의 회장 쟁탈전. 서술자도 말했듯이 뭐 그리 대단한 자리도 아니건만 물밑 작업까지 했으니 그 경쟁의 치열함은 대통령선거 못지않다.

"어절씨구, 여그 이 콧딱지만헌 회장 뽑음서도 바야흐로 쑥맥의 난에 이르고 있으며, 쑥과 맥을 분별해야 할 언론과 권력기관은 쑥맥 시대에 기름을 부어 불 지르고, 개 거시기 같은 권력은 그 위에서 눈치껏 난세를 즐기고 있는데, 콩과 보리도 제대로 구별허지 못허는 쑥맥의 세상을 쥐 죽은 듯 말없이 살기는 너무나도 심들고 폭폭헌 일 아니것능가? 절로 터진 입인께 말해보더라고."

"올커니, 다 지당허신 말씀이랑께!"

"쑥맥들아, 인자부터는 씨잘데기없는 짓거리 고만 허드라고이. 괜찮은지 편찮은지도 더는 따지지 말랑께. 너와 나 말고 우리가 좋고, 좌도 우도 말고 다 함께 가면 우리나라 좋은 나라, 대~한민국이여. 그렇께, 우리 쑥맥들은 여그까지여. 화무십일홍일 것인디, 우리도 빨리빨리 자식덜 결혼시켜서 손주덜 손잡고 봄나들이나 가더라고. 그렇께야, 시방부터 우리덜 회장과 총무는 가시나덜이 접수헐란다. 특히 병식이, 복만이는 잘 알 어들었것제이."

두 사람의 치열한 경쟁 속에서 중간에 앉은 여자졸업생 박봉자를 회장에 마순임을 총무로 추대하면서 일단락되었다. 중간자적인 인물인 두 사람 역시 쑥맥에 다름 아닌 삶을 살았지만 갈등을 봉합하는 인물이며 화합의 길을 열어주는 역할을 한다.

마순임은 교가를 대신해 '각설이타령'을 부르면서 각설이타령이라는 상징적인 소재를 통해서 이쪽저쪽에 앉아있던 놈들이 옷을 뒤집어 입고, 모자를 눌러쓰고, 바지춤을 움켜잡고 하나둘씩 각설이가 되어 나섰다. 한바탕도 좋고, 두 마당은 더 좋고, 세 바닥은 뒤집어지게 또 좋았다. 어디서 주워 담은 이야기들인지 모르지만 다 바른 말이고, 옳은 소리였다. 판소리를 통해서 모두가 화합하는 길을 열어가는 축제의 장이 되었다.

'역사와 전통이 찬란한 룡대중학교' 졸업생들의 모임을 배경으로, 그들의 삶과 세월의 흔적, 그리고 세대 간의 이야기들을 풍부한 사투리와 구수한 언어로 풀어낸 작품이다. 공달수, 병식, 복만, 봉자, 순임 등 다양한 인물들이 삶의 궤적과 내면을 솔직하게 드러내어, 독자들이 그들의 이야기에 공감하고 감정을 이입하게 될 것이다.

민중적이고 구수한 이야기체와 인물들의 모방된 가짜 욕망을 녹여내는 판소리의 리듬감이 어우러져 인물들과 일체감을 형성하면서 갈등이 해소되는 쾌감을 선사하는 작품이다.

동상이몽
— 배경의 메타포

베트남은 1955년부터 1975년까지 북베트남(공산주의)과 남베트남(반공산주의) 간의 내전을 겪은 나라이다. 공산주의와 자본주의의 대립이 전쟁의 배경이 되었고, 이 전쟁에 미국의 군사 개입은 물론 한국군도 참전하여 수많은 인명 피해를 입었던 공간이다. 1973년 파리협정으로 미군이 철수하면서 종전의 길로 접어들었고, 이 전쟁에 참전한 미국이나 한국은 같은 전쟁터에서 서로 다른 꿈을 꾸었을지도 모른다. 〈동상이몽〉이라는 소설의 공간적 배경이 베트남인 것은 독자들의 상상력을 자극하기에 충분하다.

공식 기록에 따르면 한국군인 약 5,000명 이상이 사망하고, 11,000명 이상이 부상당했다는 공간이 베트남이다. 그러나 오늘날 베트남은 많은 한국인이 찾는 관광지이다. 같은 공간이 한때는 생사를 담보할 수 없는 전쟁터였지만 지금은 관광지라니 침상은 같지만 꾸는 꿈은 참으로 다르다. 시간적 편차는 있지만 동상이몽의 공간이다.

　이런 공간에 홈쇼핑 베트남여행에서 만난 두 가족. 같은 아파트 다른 동에 살고 있지만, 부인들 간에 안면만 있는 사이. 홈쇼핑에서 여행상품을 사면서 베트남 여행길에 동행하게 된다. 관광상품을 집에서 구입하는 세상이니 충분히 가능성이 있는 이야기이다.

　천사동과 천구동의 여행담을 통해서 인물들의 내면세계와 부부 간의 복잡한 감정을 잘 표현하였다. 채신머리없어 보이지만 서글서글하고 능청스럽고 장난기가 넘치는 천사동 남자는 마냥 즐겁다. 반면에 점잖고 반듯하지만 거만하고 좀 까칠해 보이는 천구동 남자는 가타부타 변화도 표정도 없다.

　천구동 여자는 삶이 더 무의미해지기 전에 부부 사이가 개선의 여지가 있는지 없는지 느끼고 싶었다. 첫날이라 기대도 하지 않았지만 역시나 남편은 바쁘게 샤워를 끝내고 잠자리에 들었고, 일어나는 순간까지 심하게 코골이를 했다. 한밤중이고 피곤했을 터, 이해할 수 있었다. 그런데 천사동 부부는 그 토막 밤을 내내 뜨겁고 열나게, 그리고 숨 막히게 흥분되는 기분을 아침까지도 다 주체하지 못했다는 거였다.

　서술자는 그들의 아내이다. 부부관계라는 상징적인 행위와 여행을 바라보는 관점에서도 대비를 이룬다. 즉 천사동은 활기차고 쾌활한 성격으로 과장되기는 하지만 부부관계와 여행의 즐거움을 만끽하는 반면, 천구동은 차분하고 내성적이며 내면의 갈등을 품고 있다. 이들의 대화와 행동은 부부관계의 다양한 모습과 인간 내면의 복합적 성격을 잘 보여준다. 둘 다 모두 불만이 있지만 결혼생활을 살아내고 있다는 느낌을 지울 수 없다.

  어느 집이건 결혼생활은 갈등의 연속일 수밖에 없다. 태어나고 자란 환경이 서로 다르기 때문이고, 그 다름을 인정하기보다 자신의 생각으로 상대방을 끌어들이고자 하기 때문이다. 기타는 아름다운 소리를 내지만 각기 다른 줄로 있고, 육중한 건물도 그것을 지탱하는 기둥은 서로 따로 서 있으면서 자신의 몫을 다할 뿐이다. 부부도 서로 다름을 인정하고 사랑이라는 이름으로 상대방을 구속하지 말아야 할 것이다.

팔랑귀
— 명명(命名)의 비유(比喻)

작가는 인물의 성격 창조의 한 방법으로 이름을 짓기 때문에 유비적(類比的)이라고 할 수 있다. 이미 언급하였듯이 『광주에 가고 싶다』의 중심인물인 승우라는 이름은 어떤 경우라도 친구를 이겨낼 것 같다. 좀 더 밀어가 보면 현실에서는 진다고 하더라도 결코 패자의 모습일 수 없다는 작가적 의지마저 훔쳐볼 수 있다.[4] 반면에 그의 친구 박기만은 순박하기 이를 데 없는 친구 나승우를 그럴듯하게 속이고 있다. 기만은 친구를 기만(欺瞞)하면서 자신의 목표를 달성하려는 기회주의적 인물로 타락한 모습의 상징적인 존재이다.[5]

〈팔랑귀〉의 중심인물인 형제의 이름도 그와 비슷하다. "이 세상을 분수껏 살고, 준수하게 살라고 모처럼 아버지 능력이 훨씬 넘어가는 정성으로 지어준 이름이 '나분수'고 '나준수'였다." 보여주는 것이 아니라 직접 명명에 대한 설명을 곁들이고 있다. 그만큼 전달하고자 하는 바가 강렬했다고 볼 수 있다.

나아가서 성격에 대한 구체적 언급도 서술자가 직접하고 있다. 즉 나분수는 부모가 바라고 원하는 대로 분수껏 살았는데, 언제

---

4) 『광주에 가고 싶다』, 330쪽.
5) 위의 책, 331쪽.

부턴지 푼수가 되어 있었다. 지금도 여전히 푼수처럼 살고 있다. 농촌을 떠나지 못한 이유로, 내내 고향을 지키고 있는 덕분에 만년 이장님이었고, 친구부터 선후배까지 필요하면 서슴없이 부탁하고, 전화해서 심심풀이 땅콩처럼 부려먹기 딱 좋은 사람이 나분수였다.

동네 어르신들과 홀로 사는 이웃의 할머니와 할아버지들을 조석으로 살피는 것은 당연지사요, 근동의 동창들까지도 자기 부父 또는 모母의 근황을 시시때때로 물어왔고, 또 소식을 전달했으며, 큰일이든 작은 일이든 불구하고 어쨌거나 챙겨봐야 했었던, 마치 우리 고향 일은 나푼수로 통한다고 했을 만큼 그야말로 만만한 것은 다 나분수 차지였다.

일반적으로 분수는 "예의, 절제, 겸손" 또는 "적절한 행동과 태도"를 의미하는 비유적 표현이다. 즉, 자신이 지켜야 할 적절한 선이나 한계를 잘 지키며 행동한다는 의미로 사용된다. 그러나 '푼수'는 '어리석거나 우둔한 사람'을 의미하는 속어다. 즉, '푼수'는 '어리석거나 판단이 부족한 사람'을 의미한다. 나분수가 어떻게 살았는지 알 수 있다.

게다가 나분수는 팔랑귀여서 남의 말을 잘 듣거나, 쉽게 설득되거나, 귀가 얇은 사람이다. 어머니 말뚝귀를 반만 따라하고, 거기다 일만 닮았어도 그놈의 팔랑귀 소리를 듣지 않았을 거라고 꽁알거렸을 터였는데, 그러거나 말거나 다 물 건너간 느낌이다. 이런 사정이니 임종을 앞둔 어머니가 작은아들 준수에게 유언처럼 "네 형은 텅텅 빈 빈껍데기니까 지금부터는 준수 네가 형을 조금이라도 살피면서 살라"고 남긴다.

정리하면 '팔랑귀'라는 나분수는 주변의 말이나 상황에 쉽게 흔들리거나, 때로는 자신의 감정을 제대로 표현하지 못하는 모습이다. 그러나 가족이나 이웃 그리고 친구들 사이에서 깊은 유대감을 동시에 보여준다는 점에서 양면성을 지닌 인물이다.

이런 형 나분수와 달리 동생 나준수는,

나준수는 그 이름처럼 용모와 재능이 빼어나기보다 규정대로 따르고 좇아서 지키며 잘 살라는 뜻이었을 텐데, 그러하지 못했던 것 같다. 형 나분수와는 확연히 달라서 공부도 잘했고, 똘똘 총명했으며, 어느 곳에서도 눈에 띄는 학생이었다. 해서 우리의 나준수도 당시 촌놈들에게 정형화된 길처럼 여겼던, 상급학교는 군郡을 벗어나 도청소재지를 거쳐 서울로 옮겨갔다.

서울에서 대학에 진학한 나준수는 부모가 원했던 준수(俊秀)한 길에서 벗어나 나라의 민주화가 우선이라고 했지만 실패한 386세대의 전유물처럼 삶이 아팠던, 지금까지도 여전히 어머니의 아폰 손가락이었다. 그런 나준수는 어머니 상태가 마음속에 꽉 찼던지 하룻밤을 병실에서 보내며 어머니의 임종을 지켰다. 그로 인해서 아주 작지만 어머니에 대한 보상을 한 셈이다. 실패한 인물 같지만 자신의 몫을 묵묵히 실현하면서, 형에 대한 배려심을 갖고 있는 인물이다.

또한 나분수와 나준수의 삶은 시대적인 폭력의 아픔을 안고 있는 아버지의 삶이 대물림되고 있음을 섬세하게 드러내고 있다. 표면상으로는 어머니의 희생과 강인함, 그리고 자식들의 미숙함이 대조된다. 그러나 이면을 살필 수 있는 독자라면 삶의 근본적인 문제 제기를 짚어볼 것이다.

시간의 흐름과 사건의 전개가 자연스럽고 유기적으로 연결되어 있다. 가족의 역사와 농촌의 현실을 배경으로 한 서사구조는 작품에 깊이와 현실감을 더한다.

이미 보았듯이, 윤석원의 소설에서는 민주화운동과 관련된 인물이 자주 등장한다. 특히 이번의 소설집에서는 민주화운동 이후의 삶을 초점화하는 특징을 보인다. 학창 시절을 최루탄 가스와 감시당하는 속에서 보내야 했기 때문에 졸업하지 못한 사람들도 있고, 정신적·육체적인 상처를 가진 이는 매우 많을 것이다. 그들의 요구대로 어느 정도 민주화는 이루어졌는데 정작 그들의 삶은 황폐하기 그지없다.

작중 인물도 현실 속의 인물들처럼 사회적 존재라는 대전제를 바탕으로 그 본질을 제시해야 한다. 말할 것도 없이 인물은 환경에 지배받기도 하고 환경을 지배하기도 한다. 윤석원의 소설은 바로 이 지점에서 이야기를 시작하여 환경을 지배해 나가는 인물들을 지향하는 특징이 있다. 가해자들과의 화해를 모색하는 과정이 그러하다. 당연히 그들 역시 사람으로서의 행복한 삶을 살 권리가 그들에게 있고 그렇게 되어야 하기 때문이다. 팽팽한 긴장감을 끊어버리고 화해의 길을 모색하는 성격 창조는 길이 끝난 지점에서 새로운 길이 시작됨을 알리는 시그널인 셈이다.

벽, 넘다
― 형상화된 동사

〈벽, 넘다〉라는 제목에서 '벽'이라는 단어가 주는 절망적인 느낌을 안고 텍스트를 펼치게 된다. 극복하기 어려운 한계나 장애를 비유적으로 이르는 말일 수도 있고, 아니면 관계나 교류의 단절을 비유적으로 이르는 말일 수도 있다. 어떤 의미로 받아들이더라도 부정적인 의미를 함의하는 단어이다.

그리고 '넘다'라는 기본형은 '넘었다'는 과거형도 아니고 '넘을 것이다'라는 미래형도 아니다. 따라서 주체적 인물이 처한 어려운 상황을 어떻게 풀어나갈지 아니면 그 자리에 그대로 두는 개방성으로 텍스트를 펼치게 된다. 서사텍스트가 독자들에게 흥미로운 것은 지속적인 예상과 어긋남의 반복을 통하여 독자가 채워갈 수 있기 때문이다.

두 가지의 스토리 라인은 '벽'과 '넘다'이다. 따라서 이 상반된 두 개념의 스토리 라인을 살펴볼 필요가 있다. 도시에서 태어나고 자란, 그리고 지식인의 말끔하고 단정한 인상인데도 찬바람이 느껴졌던 고인. 도서출판 '틈'에서 번역과 잡무를 담당하고 있는 그런 고인의 배우자. 이 두 인물 사이에 '틈'의 대표인 서술자. 이 세 인물의 관계망 속에 '벽'과 '넘다'가 있다.

서사텍스트에서 이름은 단순히 명명의 기호라기보다는 상징과 비유이다. '틈'이라는 출판사도 벽과 넘다 사이에 존재하는 공간이고 그 공간의 대표가 서술자이다. 벽의 단절성을 극복하는 공간이면서 그 대표인 서술자가 넘어설 수 있는 가능성을 내포한다. 벽이 단절의 공간이라면 틈은 소통의 틈바구니가 된다. 그 공간 사이에 서술자와 그 대상인 여자가 있다. 대상녀가 남편의 벽에 갇힌 존재라면 서술자는 틈새를 열어주는 존재인 것이다.

> 세월이 흐를수록 그 불신의 벽은 위로는 더욱 높아졌고, 아래로는 더더욱 깊어졌다. 이미 넘을 수 없는 벽이었다. 본인들 의사와 상관없이 남자는 끝없이 높아짐으로 해서 그 벽이 두려

웠을 것이고, 여자는 깊어지는 진창에서 헤어날 수 없을 것 같았다. 부부는 기필코 그 벽으로부터 자유로울 수 없으며, 사는 동안에는 넘을 수도 없으리라 생각했다.

반면에 고인이 된, 벽처럼 느껴지는 남자는 사시사철 칼주름의 정장 차림이 가능하도록 늘 준비하도록 아내에게 강요했다. 그뿐만 아니라 먹는 것, 부부관계, 육아 등에서 일방적이다. 나아가서 교사였던 아내에게 가정은 여자가 지켜야 한다는 말로 직장마저 그만두게 한다. 이런 일련의 행동들은 당연히 아내에게 폭력일 수밖에 없다. 아내에게 있어 남자는 사람에 대한 존중이 전혀 없는 거대한 폭력자의 모습, 거대한 벽인 셈이다. 이 절망적인 벽인 남편의 갑작스러운 죽음으로 인하여 일거에 해결되었다. 예상 밖의 반전이지만 새로운 길의 문이 열린 셈이다.

아내는 남편이 살아있는 동안에도 '틈'이라는 직장에서 일을 했다. 그곳은 오빠의 친구이며 서술자가 대표로 있는 출판사이다. 도서출판 '틈'에 나오지 않았더라면 그야말로 죽음이었고, 그것으로 자신은 다 끝이었을 거라며 감사해했다.

'내일을 위해 우리도 그만 갑시다.'라며 대표가 그 일행을 몰고 장례식장을 나갔다. 벽으로 상징되는 인물의 삶의 종점을 떠나서 내일은 새로운 길에 들어서리라는 다짐처럼 들린다. '넘다'는 이제 벽을 넘는 모습의 형용사처럼 들린다.

작가의 앙큼함은 최소한의 정보만 제공하고 슬그머니 꼬리를 감춘다. 나머지는 독자들의 몫이다. 물론 주어진 정보대로 나머지를 이어갈 필요가 없고 독자의 상상력으로 크기만큼 흥미로운 결말을 써볼 수 있을 것이다.

단순한 장례식을 배경으로 하면서도, 삶과 죽음, 사랑과 이별, 그리고 인간의 내면적 고뇌를 다루고 있다. 묘사는 매우 섬세하고 풍부하다. 인물과 사건이 유기적으로 연결되어 있으며, 시간과 공간의 흐름이 자연스럽다. 서로를 이해하지 못하는 부부의 모습은 현대인의 관계 단절을 상징하며, 동시에 인간의 내면적 고뇌를 보여준다.

낯선 외출
— 반전의 미학

제목부터 궁금증을 일으키는 〈낯선 외출〉은 대결 구도처럼 읽히지만, 그 너머를 꿈꾸고 있어서 끝까지 텍스트를 놓을 수 없었다. 서술자 유섭은 하라는 공부는 안 하고 이리저리 쫓겨 다니며 데모를 했다. 당연히 쫓아다닌 자들이 있을 터이니 '그놈들'로 부르는 폭력의 가해자들이다. 폭력의 피해자인 유섭은 결국 졸업도 못 하고 취직도 못 했다. 따라서 서술자는 그들로부터 폭력에 시달려서 그 정신적인 후유증을 앓고 있다.

친구의 집 반지하에서 살고 있는 서술자는 친구의 어머니이자 집주인이기도 한 분으로부터도 끊임없는 잔소리를 듣는다. 경제활동을 하지 않기 때문에 궁핍한 생활을 이어가고 있으면서 수시로 호된 잔소리를 듣게 된다. 그녀 역시 폭력적인 가해자인 셈이다.

반복적으로 등장하는 어머니의 미싱은 옷을 수선하지만 어머니는 일삼아 돌리기도 했다. 어머니가 미싱을 돌리는 소리를 들으며 자란 서술자는 그 미싱 소리가 곧 어머니이며 삶의 질곡인 셈이다.

아버지는 유섭에게 훌훌 다 털고 일어나 다시 시작하라고 부탁하지만 아직도 말을 할 수가 없고, 밖으로 나설 용기도 없다. 뿐인가, 올림픽대로를 이처럼 쾌적하게 달리는데도, 가슴이 답답하고 막막하다.

소설의 독자들은 텍스트를 대면할 때에 그 제목으로부터 상상력의 씨앗을 받는다. 그리고 독서 과정을 통해서 텍스트에 대한 기대감을 키워나간다. 재미있거나 힘들어도 텍스트를 손에서 놓지 않고 풍선처럼 기대감을 키워간다. 마침내 관용의 한계에 이르렀을 때 그때마저 정보를 주지 않는다면 텍스트를 손에서 놓게 될 것이다. 그러나 관용의 한계에 도달할 즈음에 기대했던 정보를 주면 독자들은 무릎을 치면서 통쾌할 것이다. 그러나 기대에 어긋날 때에는 실망하지 않고 텍스트의 다음 페이지를 넘긴다. 윤석원의 소설 〈낯선 외출〉은 독자들의 기대를 배반하면서 완벽한 반전으로 독자들을 놀라게 한다. 당연히 반전의 폭이 크면 클수록 쾌감이 증가하고 텍스트를 놓을 수 없을 뿐 아니라 쾌감도 증가한다. 독서의 즐거움이다.

갑작스럽게 상경한 아버지와 어머니가 의아하기만 한 서술자는 주인집 딸, 즉 친구의 여동생과 자신의 약혼 때문에 상경한 사실을 알고 경악한다.

> 나는 지금 아무것도 믿을 수 없다. 모든 것이 다 뒤집어진 느낌. 동생처럼 가깝기는 했지만, 서로 말수가 적었던 만큼이나, 먼 곳에 있다고 생각했던 현경이 마음도 그랬고, 닭달질을 한 번이라도 더 하고 싶어 몸살을 쳤던 아줌마는 더욱 그랬다. 꼭 어떤 꼬임에 빠져 헤매고 있는 건 아닐까.

멋진 반전의 결말인 셈이다. 아버지와 어머니의 관계가 회복되었듯이 주인집 아줌마와 서술자의 관계도 회복되는 계기가 될 것이다. 이는 곧 화해이며 우리 사회를 뒤덮고 있는 갈등의 문제를 이제는 넘어서서 화해의 공간으로 나와야 한다는 작가적 의도를 필자는 읽게 된다. 물론 현실적으로 갈등이 줄어들기는커녕 더욱

골이 깊어진 느낌이지만 소설에서 화해의 공간을 마련하려는 작가의 의도에는 그러한 꿈을 갖고 있으며 희망적이라는 단초를 갖게 되는 지점이다.

주인공 유섭의 감정과 기억이 섬세하게 표현되어 있어 독자가 그의 심리 상태에 깊이 공감할 수 있다. 특히, 과거의 상처와 현재의 회복 과정을 자연스럽게 연결하는 점이 인상적이다.

폭력, 가난, 가족 간의 갈등과 같은 현실적인 문제를 다루면서도, 희망과 치유의 메시지를 잃지 않는 균형 잡힌 서사 구조가 돋보인다. 특히, 일상적 대화와 내면 독백이 자연스럽게 조화를 이루고 있는 점에 주목한다.

게걸음
— 문명 포비아

태초에 말씀이 있었다는 말은 음성언어가 먼저 있었다는 의미이다. 그러나 시·공간적 한계를 갖고 있는 음성언어로는 원활한 소통이 불가능하였다. 문자언어의 탄생 배경이기도 하다. 따라서 음성언어든 문자언어든 한 가지만으로는 온전한 소통이 불가능한 한계를 넘어서고자 탄생한 것이 영상통화인 셈이다.

휴대할 수 있어서 언제 어디에서든지 원하는 대상과 음성이나 문자로 소통할 수 있는 매체가 바로 스마트폰이다. 문제는 나날이 발전을 거듭하는 스마트폰을 젊은 세대는 손쉽게 따라잡을 수 있지만, 변화에 둔감한 노년의 세대들에게는 넘을 수 없는 벽과 같다는 점이다. 꼰대를 넘어서 문명의 이방인이라고 할 수 있다. 심한 경우에는 이 사회로부터 소외당하지 않을까 하는 두려움마저 갖게 된다. 일종의 문명 포비아 현상이라고 부를 수 있다.

그 정도면 괜찮고 충분하다고 아들은 양보하는 척 뭉갰다. 부모를 개무시한 처사였지만 참아야 했다. 통신기기를 잘 모르는, 디지털 이민자와 디지털 원주민 차이라고나 해야 하나. 하여튼지 모르는 게 죄였다. 뿐만 아니라 답답하고 갑갑하다는 구박과 핀잔을 들으며, 부부는 우선적으로다 실생활에 도움이 되는 애플리케이션과 온라인 플랫폼 등등을 다운로드하고, 활용법을 배워야 했다. 그것도 무릎꿇림 자세로 말이다.

전화기 이상으로는 쓰지 못하더라도 너나없이 스마트폰을 사용하는 시대. 여기에 소유자만의 크고 작은 비밀 한두 가지 정도는 숨겨놓고 지낸다. 그런데 만약 배우자의 스마트폰을 펼쳐본다면 판도라의 상자를 여는 것과 같을 것이다. 비밀이 굉장한 것이 아닐지라도 한두 가지 비밀이 없는 사람 있을까. 비밀 상자를 열게 된다. 낯선 남자와 활짝 웃으며 사진을 찍은 아내, 아내 모르게 비밀 자금 통장을 갖고 있는 남편. 판도라 상자를 열어본 당사자의 상황과 그 이후의 문제는 텍스트에서 언급하지 않은 채 독자들의 몫으로 남겨두었지만 얼마든지 많은 불신의 사건들을 읽어낼 수 있다. 문명의 이기가 아니라 해로운 도구가 되었다.

솔직히 각자의 스마트폰을 한 점 부끄럼 없이 다 펼쳐놓을 수 있는 부부가 얼마나 될지 궁금할 때도 많았고, 부부 사이가 하도 아슬아슬해서 때로는 그 물건이 시한폭탄처럼 느껴지기도 했다. 어쨌거나 사랑이 부족해서도, 믿음이 강해서도 물론 아니겠지만 그닥 궁금할 게 없었다.

현대인의 일상과 디지털 세상 속에서의 적응과 갈등을 섬세하게 그려낸 작품으로, 매우 친근하면서도 깊은 통찰을 담고 있어 인상적이다. 전체적으로 일상 속 작은 순간들을 통해 인간관계, 기술과의 공존, 세상 변화에 대한 적응 과정을 자연스럽게 풀어내고 있어 읽는 내내 공감과 함께 현대사회의 복잡성을 느끼게 된다. 독자들에게 던져진 판도라 상자를 독자 나름대로 해석하며 읽어보기를 권한다.

스마트폰, SNS, 온라인쇼핑, 키오스크 등 첨단 기술에 대한 적응과 그로 인한 변화, 그리고 그 속에서 느끼는 소외감과 혼란이 사실적으로 묘사하였다. 특히, 세대 간 차이와 디지털 이민자와 원주민의 차이를 섬세하게 포착하여 공감대를 형성한 점을 눈여겨본다. 특히, 아들, 남편, 그리고 각시의 내면 심리와 감정을 섬세하게 표현하여 인물들의 인간적인 면모를 깊이 있게 보여준다.

일부 에피소드에서 보여주는 유머러스한 표현과 따뜻한 시선은 무거운 주제 속에서도 읽는 즐거움과 위로를 느끼게 한다.

중심잡기
— 존엄성 리포트

서술자 나사복은 치매환자와 어울려 6년을 넘게 근무하고 있는 사회복지사이다. 인생 2모작으로 시작한 일을 하면서 다양한 사건으로 인한 갈등과 힘든 점을 상세히 소개하고 있다. 소설이라기보다는 일지와 같은 내용이지만 그 안에서 일어나는 수많은 갈등을 보여줌으로써 독자들로 하여금 많은 생각을 하게 하는 작품이다.

주지하는 바대로 우리나라는 제1·2차 베이비부머로부터 시작되어 빠르게 인구 고령화가 진행되고 있다. 통계를 보면 2020년대 들어 노인 인구 비율이 지속적으로 증가하여 2020년 기준으로 전체 인구의 약 15% 이상이 65세라고 한다. 이미 고령사회로 접어들었을 뿐 아니라 머지않아서 초고령사회에 진입하게 될 것은 자명하다. 부수적으로 이미 여러 사회적, 경제적 문제들이 대두되고 있다.

연금 및 복지 부담 증가로 인한 재정적인 부담이 적지 않다. 핵가족 중심에다가 그마저도 노동시장으로 내몰리는 상황에서 가족 중심의 돌봄이 어려워지고 있다. 이는 노인 돌봄 인력 부족과 시설 확충이 필요하다는 의미이다. 은퇴 후 소득이 줄어드는 노인들이 늘어나면서 빈곤 문제와 생활 안정도 중요한 과제이다. 보건의료 수요 증가로 의료 자원 배분과 서비스 제공이 중요한 시대이다. 또한 가족과의 단절, 사회적 활동 부족으로 인한 고립 문제도 심각하다.

〈중심잡기〉는 이러한 고령화와 치매의 문제 현장을 낱낱이 보여준다.

사람이 사는 마을에 갈등이 없을 수 없고 그 가운데 종사자들과의 갈등 역시 불가피하다. 이런 속에서 나사복은 스스로 중심 잡기라면서 어렵고 힘든 상황을 극복하고 있다.

"치매에 걸리면 불필요한 것들이 벗겨져 나갑니다. 걱정할 일이 있어도 모르죠. 치매는 신이 우리에게 준비한 구원입니다."

이런 이야기에 나사복은 감동을 받아서 사회복지사가 되어 이들을 돌보는 일을 해야겠다고 다짐했다. 그리고 스스로에게 잘해야 한다는 자기 암시를 〈중심잡기〉라는 시를 통해서 하고 있다. 〈중심잡기〉가 눈에 똑바로 보인다. 시詩 제목인데 모두가 기억했으면 싶어서 붙여두었다는 말은 환자는 물론이고 종사자들도 중심을 잘 잡아야 견뎌낼 수 있다는 말이다. 그만큼 고충이 크다는 반어인 셈이다.

나사복이 보여주려는 갈등은 크게 두 가지로 분류할 수 있다. 그 하나는 중심잡기도 어려운 분들 사이의 갈등이고, 다른 하나는 운영에 있어서 정책들과의 갈등이라고 할 수 있다. 여기에 치매 가족을 돌보아야 함에도 불구하고 그렇게 할 수 없는 가족들의 갈등 또한 간과할 수 없는 문제이다.

〈중심잡기〉는 이미 언급했듯이 노인복지 현장에서 일하는 종사자와 어르신들의 일상을 섬세하고 생생하게 그려내어, 따뜻하면서도 현실적인 이야기를 담고 있다. 친근한 인물 묘사와 자연스러운 대화, 그리고 다양한 상황을 통해 노인 돌봄의 어려움과 아름다움을 동시에 느낄 수 있다. 특히 치매 어르신들의 다양한 증상과 그에 따른 돌봄의 복잡성, 그리고 코로나19로 인한 제약과 그로 인한 고충이 사실적으로 묘사되어 있어, 비슷한 경험을 한 독자들은 충분히 공감할 수 있는 내용이다.

그럼에도 불구하고 치매癡呆란 "어리석고 또 어리석다."는 뜻이고, 또 "마음을 지우는 병."이 치매라지만 어르신들마다 어찌 행복했던 시절이 없었겠는가 말이다. 뿐이겠는가, 우리 어르신들의 이야기는 늘 즐겁고 또한 슬프지만, 그것이 다 참인지 거짓인지는 알 수 없다. 하지만 종사자들은 자신의 능력껏 그것을 가려내고 잡아냈으리라.

단순한 일상 묘사를 넘어, 돌봄 종사자들의 헌신과 인내, 그리고 어르신들의 인간적인 모습과 삶의 이야기를 통해 인간 존엄성과 사랑의 의미를 생각케 한다. 또한, 치매와 노인성 질환에 대한 깊은 통찰과 함께, 사회복지 현장의 현실적 문제점들도 자연스럽게 드러내어, 사회적 관심과 배려의 필요성을 일깨워준다.

계영배
― 경계 넘나들기

술을 많이 마시는 것을 경계하기 위하여 특별하게 만든 잔. 술잔을 가득 채워서 마시지 못하도록 술이 어느 정도까지 차면 술잔 옆의 구멍으로 새게 되어 있다. 넘치면 모조리 잃게 된다는 철학을 과학적으로 표현한 장치로 적당함을 유지해야 하며 지나침은 결국 화를 부른다는 절제의 철학을 내포한다.

작중 인물은 단순하다. 출판사를 운영하면서 어렵게 살아가고 있는 세 명(지금채는 머리가 망가져 '또라이'가 되었고, 주병태는 몸이 부서져 '쩔뚝배기'가 되었으며, 백만술은 마음이 뒤틀어져서 '꼴통'이 된 그들은 도대체가 살 의욕이 없었다.)의 민세동지(민주화 바로세우기)와 함께 민주화운동을 했지만 프락치사건의 중심인물로 보여지는 김 교수가 전부이다.

사건은 김 교수가 국회의원에 단 한 번 출마했다가 낙선하고는 백만술에게 자신의 지역구를 넘기겠다고 말하면서 주목할 사건이 일어나고 갈등이 생기게 된다. 소설 속의 갈등은 현대 소설에 이르러서는 필요조건이 되었는데 그 갈등이란 사람과 사람 사이, 혹은 사람과 그를 둘러싼 사회와의 관계 등에서 생기게 마련이다.

백만술에게 던져진 지역구는 세 명이서 무언의 약속을 했던 계영배를 깨뜨리는 일이다. 지금채와 주병태는 반대하고, 당사자인 백만술은 고민을 하는 갈등의 씨앗을 김 교수가 심은 꼴이다.

그럼 계영배를 깨버리자 그거네. 춥고 배고파도 죽지 않고 지금껏 살았는데. 지금 와서 왜? 하여튼지 병태와 나는, 만술이 곁을 떠나면 다 끝인데. 우리가 이렇게 사는 게 싫은가?

김 교수라는 인물이 일으킨 갈등은 지금채, 주병태, 백만술 사이의 갈등으로 보이지만 그 내면에는 민세동지들이 오롯이 지켜 온 민주화운동의 정신을 훼손하느냐 아니면 지켜가느냐 하는 갈등으로 볼 수 있다. 민세동지들에게 이제는 그곳으로부터 나오라는 김 교수의 말은 이제 그럴 때가 되었다는 의미이다.

 대개의 인물들이 타락한 사회에서 타락한 방법으로 욕망을 실현하듯 백만술은 지역구를 선택한다. 그런 결정은 술을 지나치게 따름으로써 술이 완전히 빠져나가듯이 백만술은 충무로역 계단에서 몸뚱이가 통나무처럼 접어지는 계단의 움직임에 따라 하단까지 밀려 내렸다. 척수손상, 쉽게 말하면 요추 부위에 손상이 발생한 경우로 다리가 제 기능을 하지 못할 가능성이 큰, 불안전마비 상태다. 소설이 역사나 철학과 다른 점은 말하지 않고 보여준다는 점이다. 백만술을 통해서 삶의 계영배를 보여준 작품이다.

 인물들의 내면세계와 삶의 여러 측면을 섬세하게 그려내고 있는 점에 시선이 머문다. 또한 주인공과 주변 인물들이 겪는 혼란, 상처, 희망, 그리고 인간관계의 복잡성을 통해 삶의 본질에 대한 질문을 던지고 있다. 술, 주막, 낙엽, 투구벌레 등 다양한 상징을 통해 인생의 여러 면모를 은유적으로 보여줌으로써 독자들의 머릿속에 화인을 찍게 될 것이다.

윤석원 소설은 짙은 전라도 사투리를 사용하는 특징이 있다. 당연히 지역적 색채와 정서를 풍부하게 전달하는 기능을 한다. 나아가 작가의 의도와는 상관없이 이를 통하여 인물의 지역적 배경이나 성격, 사회적 지위가 생생하게 드러난다. 그리고 독자가 인물의 성격을 더 깊이 이해할 수 있는 열쇠가 되기도 한다. 또한 이야기의 현실감과 생동감을 높여줌으로써 독자가 작품 속 세계에 더 몰입할 수 있다.

쑥맥들

윤석원 지음

발행처	도서출판 청어
발행인	이영철
영업	이동호
홍보	천성래
기획	육재섭
편집	이설빈
디자인	이수빈 ǀ 구유림
제작이사	공병한
인쇄	두리터

등록　1999년 5월 3일
　　　(제321-3210000251001999000063호)

1판 1쇄 발행　2025년 6월 20일

주소　서울특별시 서초구 남부순환로 364길 8-15 동일빌딩 2층
대표전화　02-586-0477
팩시밀리　0303-0942-0478
홈페이지　www.chungeobook.com
E-mail　ppi20@hanmail.net

ISBN　979-11-6855-352-1(03810)

이 책의 저작권은 저자와 도서출판 청어에 있습니다.
무단 전재 및 복제를 금합니다.

이 책은 한국예술인복지재단의 예술활동준비금을 지원받아 제작하였습니다.